军营村　朝霞映照军营美　（李国兴/摄）

军营村　余霞成绮醉军营　（叶声传/摄）

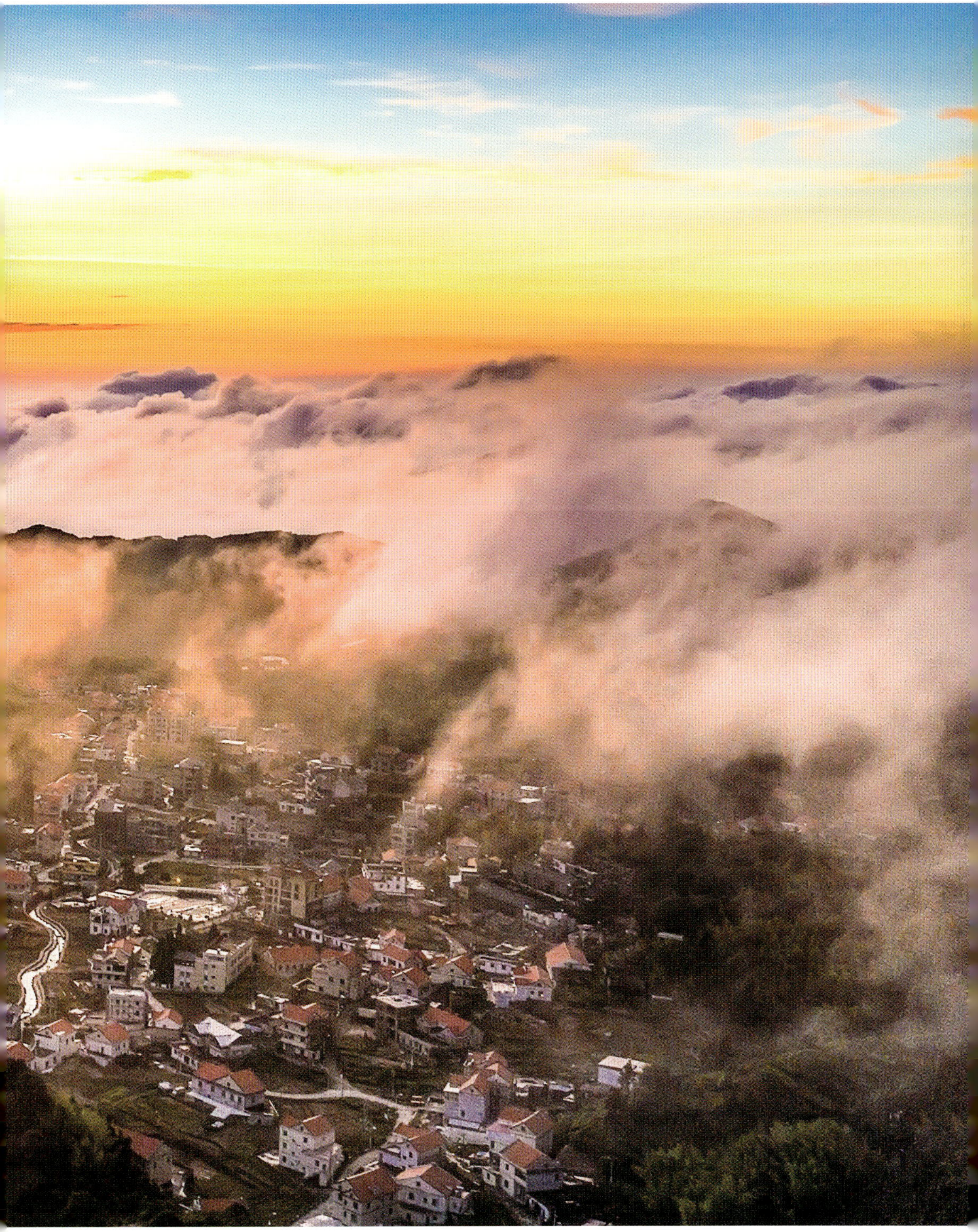

军营村　涂鸦墙　（李青/摄）

军营村　腾云驾雾　（叶声传/摄）

军营村　梦幻七彩池　（林芳流/摄）

白交祠村　鸟瞰茶乡　（叶声传/摄）

白交祠村　玉带绕山间　(黄维明／摄)

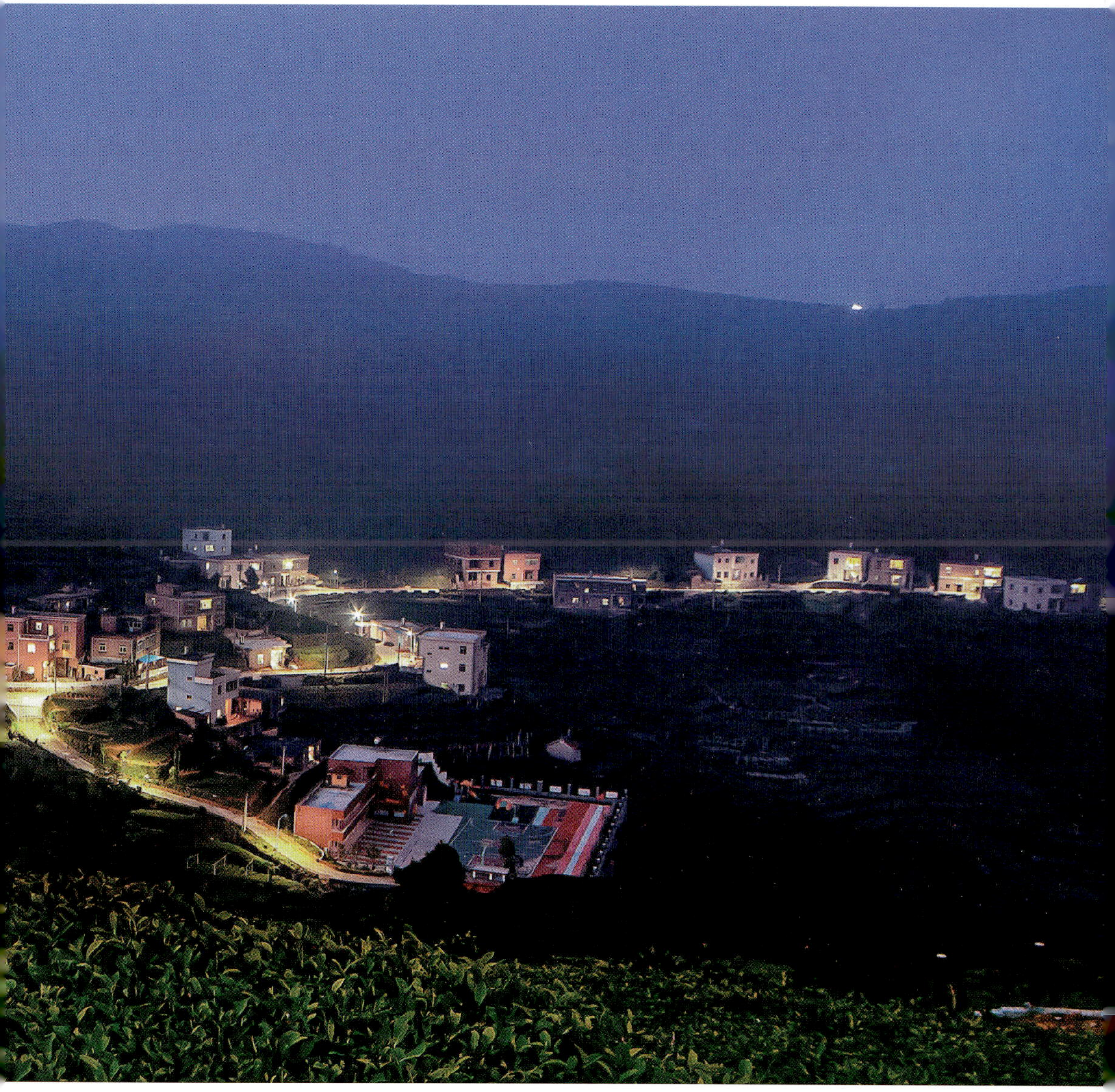

白交祠村　采茶女　（余根深/摄）

白交祠村　旭日晨辉　（吴稳水/摄）

白交祠村　美丽乡村　（李青/摄）

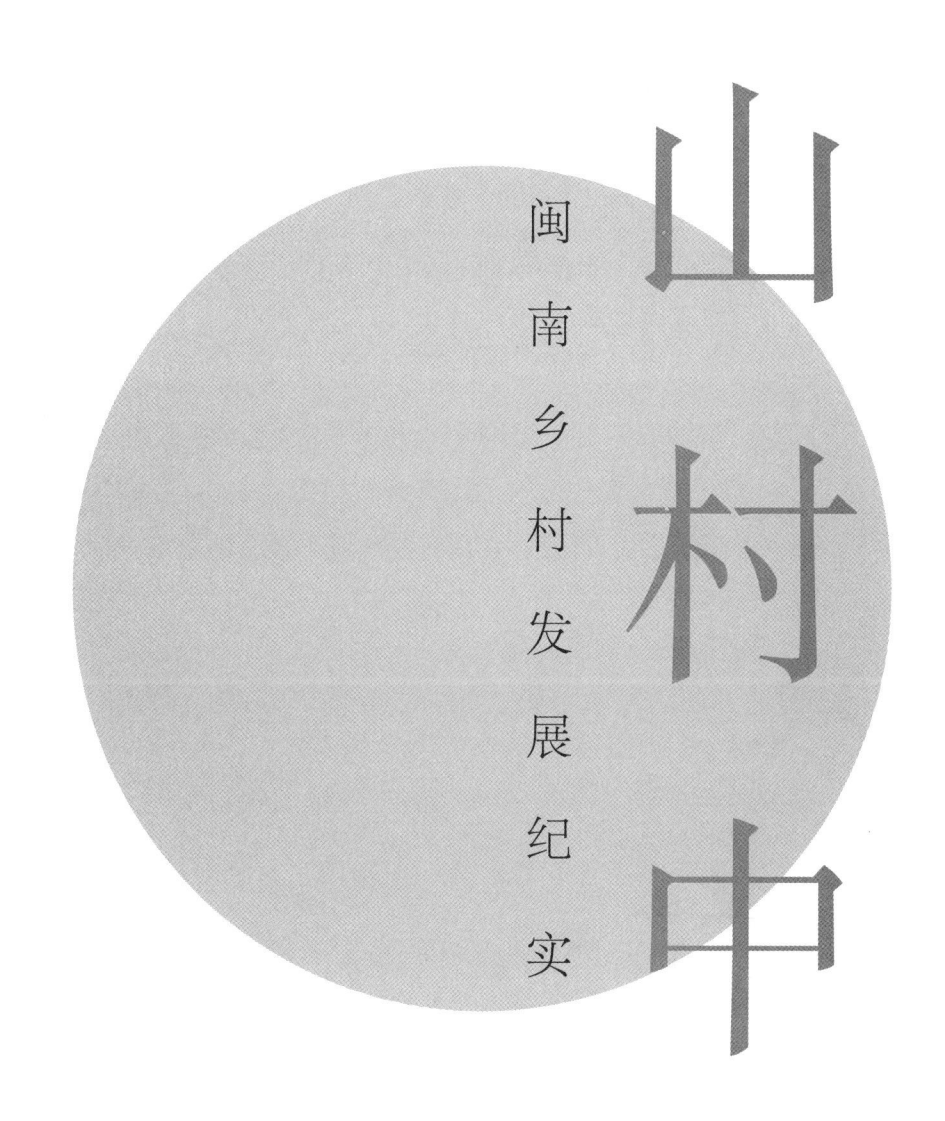

山村中国

闽南乡村发展纪实

纪红建 欧阳伟 著

海峡出版发行集团 | 鹭江出版社

2019年·厦门

图书在版编目（CIP）数据

山村中国：闽南乡村发展纪实 / 纪红建，欧阳伟著. —厦门：鹭江出版社，2019.12
ISBN 978-7-5459-1710-9

Ⅰ. ①山… Ⅱ. ①纪… ②欧… Ⅲ. ①纪实文学—中国—当代 Ⅳ. ①I25

中国版本图书馆CIP数据核字(2019)第299461号

SHANCUN ZHONGGUO
山村中国
闽南乡村发展纪实
纪红建 欧阳伟 著

出版发行：鹭江出版社	
地　　址：厦门市湖明路22号	邮政编码：361004
印　　刷：福州德安彩色印刷有限公司	
地　　址：福州金山工业区	
浦上园B区42栋	电　　话：0591-28059365
开　　本：700mm×1000mm　1/16	
插　　页：8	
印　　张：15.5	
字　　数：194千字	
版　　次：2019年12月第1版	2019年12月第1次印刷
书　　号：ISBN 978-7-5459-1710-9	
定　　价：60.00元	

如发现印装质量问题，请寄承印厂调换。

目 录

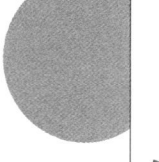

引子　　面朝大海，春暖花开 ……………… 1

壹　　遗忘的角落，辛酸的故事 ……………… 9

贰　　"春天的故事"就此拉开 ……………… 31

叁　　高山上，茶光溢彩 ……………… 53

肆　　迈向绿富美的崭新时代 ……………… 77

| 伍 | 一片绿色,一个传奇 ················ 99 |

| 陆 | 那一片惬意的云彩 ················ 125 |

| 柒 | 走出"深闺" ················ 169 |

| 捌 | 从军营到白交祠,一路绿韵悠长 ················ 197 |

| 尾声 | 面朝大海,心潮澎湃 ················ 231 |

引子

面朝大海,春暖花开 ○○○

厦门是一座向海而生的城市,军营村和白交祠村是厦门少见的高山村。

那是一个春天,1986年4月7日,时任厦门市委常委、副市长的习近平第一次来到军营村和白交祠村访贫问苦。军营村和白交祠村,正是习近平同志早期开展扶贫实践的地方。

厦门市同安区莲花镇的军营村和白交祠村,平均海拔近千米。这里风景秀丽,茶园飘香。

那是一个春天,在面朝大海、春暖花开的时节,高山上的军营村和白交祠村发生了一件大事——厦门市委常委、副市长习近平来到这里访贫问苦。

据时任同安县委书记蔡景祥回忆:那天是个晴朗的日子,习近平同志上午就到了同安,说要去高山上的村子看看。当时从同安县城到山上都是土路,崎岖陡峭,路面坑坑洼洼。其中有很长一段路,一边是峭壁,一边是山沟,路面狭窄,陡坡较多,急转弯一个连着一个。车子颠簸得厉害,开了两个小时才到山上。军营村和白交祠村依然春寒料峭,两个村子周边的山头上好多地方光秃秃的,茶园稀稀落落,看上去很不景气。

岁月沧桑，白驹过隙。33年后的初夏，我们探访高山二村，感受到的是山上的茶时光、新时光。

山路早已经历多次提质改造，路面拓宽了，平整了，还铺了柏油，依旧弯弯曲曲，越往上走，海拔越高，弯越多、路越陡，汽车在山间蜿蜒而上。司机告诉我们，从同安城区到军营村、白交祠村有30多公里，开车要走一个多小时。这条山路"九曲十八弯"，有人数了数，有200多个弯。

窗外一色翠绿，满目青山，一块块茶园像一片片神奇的绿毯，覆盖在梯田之上，层层叠叠，空气格外清新，好似透着天然的茶香。

白交祠村像一幅古朴的画飘落在山顶，蓝天白云做了它的背景，变幻莫测的云雾恰似它的纱巾，随风飘荡，亦真亦幻。

白交祠村村部坐落在一个山洼里，除了前面的文化广场，周边的房屋都在坡上坡下，少有一块大一点的平地。

村里人大多说闽南话，当地方言我们一点也听不懂。

好在杨清洁老人能讲生硬的普通话，他是白交祠村第一任村主任。

杨水淡老主任在场泡茶，忙前忙后，笑着说："他说的话你们不一定能听懂，我给你们当翻译。"

六月间，厦门的气温已然高达三十几摄氏度。

同行的厦门市文艺创作中心主任王永盛告诉我们，山上的气温比厦门要低六七摄氏度。

杨清洁老人中等个子，穿着鱼白色格子翻领T恤，一件藏青色中山装外套，蓝色长裤，脚上趿着一双塑料拖鞋。

我们坐在村部，杨清洁老人用手摸了摸头顶稀疏的白发，认真地说，因为第一次有市领导到白交祠村，所以印象很深。那天快到中午了，一下子来了好几位领导。那时候村里面的路很烂，

引子　面朝大海，春暖花开

坑坑洼洼，很不好走。

杨清洁老人接着说："那天市领导一行访问了好几户农家。当市领导走到村口时，指着光秃秃的山坡对我说，你们要搞山上戴帽，山下开发，带领村民脱贫致富，尽快过上好日子。"

"'山上戴帽，山下开发'这句话我记住了，因为是面对面讲的嘛，我记了一辈子。"杨清洁老人说到这，脸上露出了得意的笑容。

白交祠村负责宣传工作的村委杨金全告诉我们，他才十来岁的时候，就跟随父亲上山栽树，一直栽了很多年。后来，看着看着山上就绿了，茶园也多，村民的日子也慢慢好起来了。

翻开厦门地图，约1700平方公里的版图上，在西北角有一条狭长地带向外延伸，东北面是泉州安溪，西南面是漳州长泰，军营村和白交祠村就在这条狭长地带上。这里是厦门市最边远的地方，海拔900多米，距厦门市区约70公里，常年多雾，湿气大，是典型的山区气候。

同安区隶属福建省厦门市，古城因形似银锭而得名"银城"。西晋太康三年（282年）置县，不久废除。五代后唐长兴四年（933年）复置。1949年9月19日同安解放，历属第五专区、晋江专区、厦门市、晋江地区、厦门市，几经调整。1997年，经国务院批准，同安撤县设区。2003年，厦门市区划调整，原同安区一分为二，拆为同安区和翔安区。调整后，同安区仍为厦门市最大行政区。该区地处福建省东南沿海，位居厦（门）、漳（州）、泉（州）"金三角"中心地带，北与安溪、南安交界，西接长泰，东连翔安区，南面隔同安湾与湖里区相望，西南与集美区毗邻，区位优势十分明显。境内地形复杂多样，地势西北高、东南低，有山地、丘陵、平原和海岛，其中山地面积422平方公里，耕地10.63万亩，浅海滩涂12万亩，海岸线迂回曲折，长达86公里。这里属南亚热带海洋性季风气候区，常年冬无严寒，夏无酷暑，春暖晴雨多变，秋凉气爽宜人；年均气温21℃，年均降水量1440毫米左右，年均日照时数约为2031小时。同安区现有土地总面积658平方公里，连接翔安区和集美区，距离厦门岛大约40分钟车程。环东海域位于同安区、翔安区交界处，是厦门市政府新规划的北部市级中心。

同安历史悠久，人才辈出，科技巨匠苏颂、民间医圣吴夲、理学名宦林希元、一代直臣洪朝选、民族英雄陈化成、语言大师卢戆章、旷世奇才辜鸿铭、华侨旗帜陈嘉庚、化学家蔡启瑞、乒乓球世界冠军郭跃华、原交通部部长彭德清等皆是与当地有渊源的名人，素有"海滨邹鲁之地、声名文物之邦"的美誉。同安是重要的台胞祖籍地，与台湾有着紧密的血缘、地缘、文缘等方面联系。同安还是著名的侨乡。目前，有300多万祖籍为同安的海外华侨华人，以及港、澳、台同胞。为加深世界同安儿女与家乡的联系，同安还举办过世界同安联谊大会。

军营村和白交祠村隔山相望，相距不过三四公里。军营村全村以"高"姓居多，约占85%以上，另有"苏""黄"二姓；而白交祠村则是全村一姓，皆为"杨"姓。

说来两村有着很深的渊源。相传，白交祠村先祖曾在军营村居住达数十年之久，大约400年前迁入白交祠村，军营村人则从安溪移居而来。如今，在军营村村部后边的马路旁，还有一片老宅基地，据说正是白交祠村的祖厝地。

军营村坐落在厦门第二高峰状元尖山脚下，相对白交祠村，这里的地势要平坦很多，却也是个山高水寒、土地贫瘠的穷山村。直至1986年，村民人均年收入还不足200元。

引子　面朝大海，春暖花开　○○○

时任军营村村主任高泉国正在家里忙活，忽然听到有人喊他："泉国，泉国，上面来领导了，你快出来——"

高泉国赶紧跑出家门，远远望见村口有几个人。喊他的是村民高鸽，他正在村头地里干活，见有人向他打听，说要找村主任，他才跑来报信的。

市领导详细了解了村里的情况之后，对大家说，山区发展首先要解放思想，要根据这里的实际情况，结合本地优势，大力发展茶叶，发展集体经济；要搞封山造林，多种茶种果，山坡地也可以种植优良柿子。要搞山上戴帽，山下开发。要改造好茶园，鼓励村民走出去。

市领导突然提出到高泉国家看看，高泉国就在前面带路，领着他们往家里走去。

高泉国的家在一个斜坡上，房子是一层平房，格外低矮，全是石头砌的墙，是典型的闽南特色老厝，乍一看像个地堡。高泉国指着老厝说，这是他父亲在1949年后建造的房子，旁边是后来建的。

"我是农民技术员出身，在当时算是村里条件稍微好一点的，家里也只有一张床，一个圆桌，两条凳子。其实，当时修建这房子的材料是从山上一块一块扛下来的石头。我把这些石头一块一块垒起来，并没有花很多钱。房子很有闽南风格，与村里其他房屋比较起来，已经算是不错的了。"

我们走进老厝，一进屋是一条过道，一个不大的客厅，屋子里十分简陋，摆着一台彩色电视机，一张红木沙发，一张茶几。左侧是两个房间，右侧一扇门通往后起的房屋。

客厅有个后门，更像一个门洞，我们拐进去都要弯腰。侧边有一个边屋，不足十平方米。

高泉国笑着说:"这是个闲屋,就摆着一张床,一个小圆桌,两三张凳子。"我们进门一看,红漆老式床依旧在那,一张长条凳子,两张高脚凳子,高脚小圆桌上放着一个搪瓷盘,一个茶壶,六个茶杯,旁边还有一个红色的塑料热水瓶。

我们问高泉国:"市领导那次来村调研以后,你们村做了哪些工作,有些什么改变?"

高泉国想了想说:"第一件事就是修路架桥。我们修了一条600多米长、6.5米宽的公路;建了一座石拱桥,这是村里的第一座桥,我们把它命名为军营桥,有5米宽;紧接着,第一台推土机就开进村里,我们又建了第二座石拱桥。第二件事就是植树造林,种茶树、种果树。"

那天是个平常的日子,更是一个值得军营村和白交祠村纪念的日子。"山上戴帽,山下开发"为两村的发展指明了方向。

也正是从那一年开始,军营村和白交祠村的村民们有了一个共识,要想改变落后面貌,要想摆脱贫困,再不能"等、靠、要",而是要自力更生,艰苦奋斗,植树造林、绿化荒山,种茶树、种果树,发展经济,让村民的日子尽快富起来。

变了,一切都变了。

有资料表明:军营村和白交祠村一年一小步,两年一大步。

1986年,军营村和白交祠村民开始开荒种茶,一两年后,大多数村民基本已经不种水稻,全心全意种茶、制茶。

1988年,军营村和白交祠村掀起植树造林的高潮,村民除了种茶,就是上山种树,既保护了水土,也能有些经济收益。

1990年,军营村的茶园面积从400多亩增加到了1000多亩。村民的人均年收入从200多元涨到了900多元,解决了温饱问题。

1995年,军营村以人均年收入近2000元的成绩,把戴了几十年的贫困帽子摘掉了。

……

军营村和白交祠村,青山绿水孕育出的土地,又长出了青山绿水的世界。这片高山上的土地是深情的土地,是成长的土地,亦是大自然奇妙的存在。在这片土地上,长出了高大的树,开出了美丽的花,吸引了无忧无虑的飞鸟昆虫,孕育了朴实的人民群众。可高山上的村庄,绝美的景致并不能生出富硕的果子。相反,与之相连的往往是贫困与闭塞。对军营村和白交祠村而言,它们同样不能避免这美丽背后的艰难。如何将绿水青山真正打造成金山银山,这或许是高山上的人们一直以来求之不得的夙愿。好在长年累月躬耕于此的人们最终得到了命运的眷顾,在那个山花烂漫的春天,一切都在发生着改变。

难忘那一年春天,难忘那一份嘱托……

壹

遗忘的角落,辛酸的故事 ○○○

往事不堪回首,点点滴滴在心头。

20世纪80年代,军营村和白交祠村还是"地瓜当粮草,孩子当背包"的状态,连温饱问题都没解决,人均年收入只有200多元。村里想发展却发展不起来,两村干部、村民仍在贫困线上彷徨与煎熬。说起当年那段艰难困苦的日子,每一个经历过的军营、白交祠人都感慨万千。

一

改革开放之初,国家经历了许多重大事件,中国大地发生了翻天覆地的变化,无论城镇还是乡村,可以说每一个角落都能感受到时代发展的改变,都会打下时代的烙印。偏远的军营村和白交祠村好像有些特别,这种印记不怎么明显,更说不上生动。山还是那座山,山上的茶园还是那些茶园,少得可怜的田土还是那点田土,那些村民还是在这个穷乡僻壤繁衍生息。地瓜还是地瓜,佛手瓜还是佛手瓜,填不饱村民的肚子,也卖不了钱。贫困把这两个高山村压得喘不过气来。

改革要从最薄弱的环节突破。最薄弱的环节在哪里?学术界反复研究,最后认为是农村。因为农村跟城市不同,无论经济多么困难,票据还是能够给城市一些优惠，但农民没有粮票，一旦粮食短缺就只有挨饿。所以，改革从哪儿开始？就从这儿突破。十一届三中全会的最大功绩在哪里？就是在改革问题上听从农民的意见，农民希望做什么就尊重他们的意愿。所以，农业承包制出现了，这是农村中最大的变化。从这个时候开始，农民的积极性增加了，除了种田，还养猪、养鸡、养鸭，农贸市场一天比一天丰富了。粮票、肉票、棉花票，各种票证逐渐地消失，刚刚从计划经济体制桎梏下突围出来的人们，开始真切感受到改革带来的巨大变化。

尽快恢复和发展生产成为当务之急。正是在这种背景下，经济体制改革的大幕徐徐拉开。农村土地改革、乡镇企业发展、国有企业改革、中外合资合作，这些改革开放过程中经济领域一环扣一环紧密联系的事件，大大促进了中国社会生产力的发展。

外面的世界很精彩，高山村的情形却很无奈。外面轰轰烈烈的改革进程，好似还没有波及这些边远山区，村民们甚至都不知道什么叫乡镇企业，更不知道什么叫股份制。

大概到了1986年下半年，中央决定推行股份制，在一些企业做试点。但后来因为政治形势发生变化，试点停止了，又回到放开价格的主张上。放开价格不能试点，消息一出来，物价猛涨。老太太在街上听说要涨价了，就赶紧买一大包肥皂扛回去，怕涨价。什么东西都抢购，整个经济就乱了。结果到了1988年，又回到了从前，暂不放开价格。当初还有一个计划，价格调整要按种类分开调，但价格调整的消息一出来就不是这样了，只要是商品就会被抢。回想过去的经验，最后得出一个结论，中国走放开价格的路是行不通的。

这样的故事，军营村和白交祠村的人从来没听过，也从来没受到影响，因为高山上没有汽车，没有商店，没有农贸市场，更没有企业。说是厦门同安的两个村，其实就是锁在深山的两个"穷光蛋"。

壹　遗忘的角落，辛酸的故事

不过，从独特的地形地貌来讲，军营村和白交祠村山清水秀，又好像是世外桃源，是开在高山上的两朵奇葩。

军营村位于厦门市同安区莲花镇西北部，坐落在海拔1072米的状元尖山脚下，海拔近千米，于山坳难得的平坦开阔地建村，距厦门市区约67公里，是厦门最偏远的山村之一。

白交祠村与军营村隔山而居，与安溪、长泰毗邻。村庄从每年正月开始，一直到五月，都被云山雾海环绕着，有"云雾白交"之称，所以有人把它和英国的伦敦、我国的重庆相媲美，称为厦门的"雾都"。

两村都在群山环抱之中，梯田茶园渐次铺开，长年云雾缭绕，茶香四溢，至今保留着原始的生态美，美不胜收。这里天气十分凉爽，比山下平均气温低6~7℃，家家户户几乎都没有安装空调。负氧离子尤其丰富，是个天然的氧吧。

军营村和白交祠村就好比是一对孪生兄弟，又是一对难兄难弟。

说起过去，军营村和白交祠村的村民都把头摇得像拨浪鼓，一个字"苦"，两个字"太苦"。人均年收入只有200多元，"地瓜当粮草，孩子当背包"便是两村的真实写照。

我们来到军营村村部，只见两层楼房的房顶立着一根旗杆，一面鲜艳的五星红旗迎风飘扬。前坪停放着四辆旅游观光电瓶车，楼上楼下空无一人。咦，唱空城计吗？

正纳闷，走来一个老人，朝我们点点头，微笑着说："请进来，领嘚。"

在军营村和白交祠村，随便走到哪里，遇到什么人，大家都会热情地招呼我们。来山上多日，我们就学会了两句闽南方言，"领嘚"就是喝茶，"呷朋"就是吃饭的意思。

老者高求来，是军营村老支书，真看不出来他今年快80岁了。

他手里还拿着一把扫把，刚才是倒垃圾去了。

刚来的时候就有人告诉我们，十次去军营村村部，有九次看到的是老支书高求来。

老支书高求来是军营村的王牌，又是军营村的特例。说他是王牌，那是因为他1962年入伍，1969年从部队退役后，回到家乡军营村担任党支部书记长达28年，直至1997年6月卸任。在任期间，他发动、主持并参与了军营村的交通设施、水库、电力、村镇规划等基础工程和民生工程，极大地改善了村民的生活条件。他不断探索让村民脱贫致富的道路，对繁荣乡村、发展经济等作出很大贡献。他是高山上的一棵不老松。他又是特例，1940年出生的他，快80岁的人了，至今保持着军人的本色，虽说他个子不高，却始终身板挺拔，衣着精致，精神抖擞。卸任后，他又扛起村老年协会的大旗，担任会长，带领村里的老人参与村庄环境治理和基础设施建设，以一个老共产党员不忘初心、无私奉献的本色，用从未停歇的坚定脚步，为军营村的富美之路添砖加瓦，如一面永不褪色的红旗飘扬在厦门海拔最高的村庄里。

高求来和高泉国，原先一个是村支书，一个是村主任，这两个人都是矮矮小小的个子，却有着迥然不同的性格。高求来温和沉稳，不急不躁；高泉国则心直口快，风风火火。

眼看着村里人过着吃不饱饭的日子，他们心里干着急，就是苦于找不到出路，只得守着荒山过日子。

老支书高求来说，当时全村只有300多亩田可以种水稻，想种两季都种不成。高山上天气太冷，晚稻不灌浆不弯头，后来只能种一季，每亩只能产两三百斤谷子，远远不够吃，只有到外边去买高价粮。可又没有几个钱，那个日子真叫苦哇。平常都是吃稀饭和地瓜，小孩子都晓得，只有来了客人才有米饭吃。

壹　遗忘的角落，辛酸的故事

现任军营村党支部书记的高泉阳，方头大脸，身材魁梧。可在当年，他还是个半大小子。回忆起那时候的苦日子，他深有同感地说，在中国大多数人已经能吃上大米饭的时候，军营村和白交祠村的主食还是地瓜和稀粥。当时军营村大半的土地都种了地瓜，只有300多亩水稻，那点粮食远远不够，村民们一餐只能喝上一碗稀得见底的白粥。每天，他都抓心挠肝地想吃一碗白米饭，一碗热气腾腾的白米饭。那个时候不知道什么叫幸福，也许幸福真的很简单，能吃上一碗白米饭就是那个时候最幸福的事了。

说起老支书高求来，高泉阳赞不绝口。在农村，很多村干部退休之后就不再管村里的事了，那是很普遍的现象，大家似乎也无话可说，认为再正常不过。高求来不一样，他总是把大家当孩子爱护，尊重每一个人，总想着为村里多做点事。他真是不遗余力、不计报酬地发挥余热。他有一颗公平公正的心，实实在在地做，亲力亲为地做，踏踏实实地做，赢得了全村人的敬重。"不管哪个单位的人来村部，第一个见到的就是老支书，因为他每天都在上班。在他的字典里，没有双休日，没有节假日。"高泉阳感慨地说，"我们老支书真是活到老，奉献到老，他的感人事迹三天三夜都讲不完！"

高福来比高求来小七岁，从1969年起到1997年，他一直和高求来搭班子，当支委。说起过去，他叹了口气说："我们小时候真苦，从山上到山下莲花公社30多公里，没有公路没有车，全是泥巴小路。什么东西都得靠肩膀挑，挑担柴火去卖，只能卖一点点钱，再挑化肥回来，来回要一天。天还没亮就出门，天黑才回来，一天要见两次星星。我家三兄弟，都是小学没毕业就辍学了，回来帮父亲做事。家里田不多，都是梯田，又分散在几个山头，好像总有做不完的事。没有油吃，每家都是弄一小块肥肉，在锅里转一下，有一点油印子就算吃到油了，来客人了就多转一下。那块肉要吃上十天半个月，舍不得吃啊。可是我们还得干活,还得走路,又没力气,眼睛发花。那时一亩田只能收两三百斤谷子,根本不够吃,好多时候都是吃地瓜吃野菜。我记得1960年到1962年那段时间最苦,我们把山上的树叶摘来捣烂,用米糠做成粑粑,当时吃下去好像是饱了,可是屙不出屎,叫人特别难受。"

我们正说着,走进来一个又黑又瘦的小伙子,他叫苏银坂。原来他只是个子瘦小,年纪并不小。1981年出生的他还记得,当时家里的灶台上高高挂着一块切得方方正正的肥膘肉,做菜时用筷子插住,往锅里轻轻一抹,略沾点油水又挂起来,这便算是吃上油了。他小时候调皮,嘴馋得厉害,做梦都想着那块肉。有时饿得慌,半夜爬起来,偷偷地摸到厨房里,取下那块肉。那肉早就熟透了,他捧在手里,放在鼻子前闻一闻,又舔一舔,真恨不得几口把它吃了。可转念一想,又下不了口,一家人就靠它上面的油星子,要是把它吃了,父亲肯定会气得要把自己给吃了。有一回,他实在没能忍住,就在肉块边上咬一层,满以为咬得平整,不会被爸妈发现。哪晓得,到第二天放学回来,他就闻到了肉香,妈妈炒了一小碗佛手瓜炒肉。其实就那么几小片肉,那个香喽,叫人闻着就流口水。到了晚上,他猛然想起灶台上挂着的那块肉。他悄悄地爬起来,走到灶屋里一看,原来那块肉还在,只是小了一圈。他咬过的地方被切得光溜溜的。那一刻,他的眼泪在眼眶里打着转转。那天夜里他失眠了,翻来覆去睡不着。他总觉得那天吃的肉是世上最好吃的肉,这一辈子也忘不了。

在军营村,苏姓是除了高姓之外的第二大姓,苏水龙又算得上苏姓里的名人。

苏老个子不高,寸头花白,穿件灰色长袖T恤,深蓝色长裤,趿一双拖鞋。他告诉我们,他和老支书高求来轮流在村部值班。他

壹 遗忘的角落，辛酸的故事

就是受老支书的影响，也想着要为村里做些力所能及的事，这样心里舒服些。今天是他值班，主要是打扫卫生，拿报纸，烧开水，泡茶，接待客人。

听苏老说，中华人民共和国成立初期，他家是十口人。父亲、母亲，他夫妻俩、三个妹妹，还有一个女儿和两个儿子。如今，他又是十口人，夫妻二人，两个儿子，两个儿媳，加上四个孙子。

记得当年有句口号：人多力量大。这也是一个佐证吧。

可在那个时候，国家穷得叮当响，人口多的家庭更是穷得嗷嗷叫。1956年，全国农村统统办起高级农业生产合作社，当时叫"合作化"；到1958年，农村一阵风都办起规模更大的人民公社，当时叫"公社化"，广大农民的耕地、耕畜都从手里飞走，归了公。从那以后，农民吃不饱，一直感受不到公有化水平越来越高给自己的生活带来什么好处。

当时流行另外一句口号："大河有水小河满，大河无水小河干"。这句话是在1956年全国"合作化"以后，在当时的政治需要下应运而生的，很快就成为农村社会主义教育中的经典比喻。

可那个时候，农民们只认一个硬道理，有饭吃就行，能填饱肚子就好；锅里没饭，肚子吃不饱，什么口号也灌不进农民的脑壳里去。说什么"大河有水小河满，大河无水小河干"，那是笑话。农民心里明白"小河有水，大河才能满"。

苏老说："我们这里山多田少，种水稻不多，地瓜也不多，茶叶不多，也不值钱。生产队出一天工，一个人才赚不到三毛钱。家里喂一头猪，一年喂到头，舍不得吃，最后变卖点钱买粮食。粮食长年不够吃，要到山外面去买谷子。村上办食堂那会，也是天天吃稀饭加地瓜，从来没有吃饱过。穿的衣服是补丁加补丁，大的穿了再给小的穿。"

那时候苏水龙家里穷，交不起学费，加上读中学要到山下去，所以读到小学毕业就辍学了。当时没有通公路，要走30多公里山路才能到达莲花乡莲花中学，还得自己挑上米、油、盐、菜，挑一次吃一星期。

从山上到山下读书的人不多，那个年代的村民文化普遍不高。男的如此，女的就更惨了。家长们都认为，女的反正是要嫁人的，重男轻女的思想在高山村早已根深蒂固，他的三个妹妹念的书比他还少。

苏老感叹地说："要是当年我们都多读点书，或许大家的日子还会好一点。"我们还想问他一些其他事情，他一个劲地摇头，不知道是不愿意说，还是不想说，或者本来就不喜欢说太多话。看来老人家不善言谈，能说这么多已经难为他了。

我们想找更多的老人问问村里当年的情况，干脆自己信步去找，走到哪里算那里，找到谁就是谁。不知怎么又走到高泉国家附近，见到有户人家门开着，有人拿着脸盆出来倒水，我们便走了过去。老人叫高金顶，他一边喊着"领啊，领啊"，一边把我们请到厅屋里坐。

高金顶家住在高泉国家隔壁，两层楼房，虽说是旧屋子，面积却蛮大，中间还有一个天井。他以为我们是记者，不住地点着头。看得出，村里人对记者并不抵触，甚至比较熟悉。这些年村里发展了，外面来的人多了，除了游客，就是领导或者记者了。

高山茶乡人家，不管家里阔绰还是破旧，厅堂里总有一个茶几，摆着一套茶具。茶壶接上水，往电热壶上一放，不一会水就烧开了。洗杯子，洗茶，一杯红褐色的茶水就冒着热气递到客人手上，茶香弥漫整个屋子。

高金顶一边泡茶一边喝茶，慢慢地说。他怕我们听不懂本地话，吃力地讲着生硬的普通话。他说："中华人民共和国成立那年，我

壹　遗忘的角落，辛酸的故事 ● ● ●

才两岁，家里太穷了，吃了不少苦。我父母有五个孩子，只有我一个儿子。我还有四个妹妹，家里连一双鞋子都没有。我记得十岁以前没有穿过鞋子。我们经常要上山挖野菜，稍不小心就划破了脚，鲜血直流。有时破了一个口子，好久都不好，伤口化脓，还得出去做事。我们家七口人，全靠我父亲一个人种田养活。一家人挤在破破烂烂的屋子里，只有几件破破烂烂的衣服，真的是肚子吃不饱，身上穿不暖。我小学没毕业就没读书了，家里穷，读不起啊。"

我们正说着话，外面传来一阵"咿咿呀呀"的声音，三个一般高的小男孩涌进门来，后边跟着奶奶。三个孩子满屋子到处跑，一会儿黏在一起，一会儿又追着打闹，哭的、笑的、叫的，屋子里热闹极了。

高金顶告诉我们，他家原本住着三代十五口人。他有三个儿子七个孙子，这三个孩子都是四岁，有两个是双胞胎，是二儿子的，另一个是三儿子的。只有大儿子在家里种茶做茶，另外两个儿子儿媳都在外边打工，大的孙子都带出去读书了。过去的日子跟现在没法比，一个地下，一个天上。现在党和政府扶持多了，村里公路通了，桥多了，村里经济好多了，家家户户有钱了，可以说是要什么有什么，想吃什么就吃什么，什么都不用愁了。

高金顶起身走到门口，指着右手边约50米开外的一栋三层楼房说："喏，那就是我大儿子的新屋，刚刚搬进去不久。"

我们顺着他手指的方向望去，一栋新房子静静伫立。在农村，我们随处可见这样的新房，普通，却给人亲切感。它们像是智者一般，见证了农村从贫到富的新变化。从泥巴房到土砖房，往往要耗费一个家庭多年的努力与积累。而建造一栋新房子，几乎是农村人自我实力的见证，也是生活变得越来越好的潜在标志。当然，随着生活水平的提高，人们审美水平不断提升，农村房子的样式也由千篇一律的样子渐趋变得更有个性，逐渐融入了房屋主人的喜好和性格。我们所看到的房子，普通中有它别致的个性。

"房子真不错！"我们啧啧称赞。

"哪里，哪里！"高金顶虽说着谦逊的话，黝黑的脸上却露出了满足、自豪的微笑。

二

慢慢熟悉了，我们又有了新的感触，军营村和白交祠村，好比一根藤上的两个瓜，既有渊源，又有牵连，还沾着亲哩。白交祠村党支部书记杨明福与军营村老主任高泉国是表兄弟，类似这样的表亲、姻亲还有不少。据我们了解，他们相互之间走动并不多。也难怪，大家都在同一片蓝天下，同一座山上，过着大致相同的生活，太熟悉了，太知根知底了，用不着客套，更不存在刻意巴结与奉承。各有各的家务，各有各的活法，如果没有什么红白喜事之类，平时是很少来往的。从某种意义上说，两村的人都较着劲哩，谁都不示弱，谁都不服输，都想做出成绩来，给对方看看。

事实上，两村在许多方面都是旗鼓相当，难分伯仲。

军营村现有 9 个村民小组，258 户 1026 人，其中党员 35 人。

白交祠村也是 9 个村民小组，323 户，总人口 1218 人。村党支部共有党员 49 名，其中预备党员 3 名，下设 5 个党小组。全村山地面积 1.29 万亩，耕地面积 1100 亩，茶园 3500 多亩，公益林面积 3000 亩，2018 年村民人均纯收入 25003 元。

说起过去的苦，白交祠村的人同样有话要说。

记得有人说过，幸福的家庭都是相似的，不幸的家庭各有各的不幸。而对于两个高山上的小村庄来说，他们的苦难却是十分的相似。我们走访了许多老人，有中华人民共和国成立前出生的人，有

壹　遗忘的角落，辛酸的故事

共和国的同龄人，有五六十年代出生的人，也有七八十年代出生的人。说起过去的白交祠村，大家都直摇脑袋。在改革开放之初，白交祠村和军营村一样，还是过着"地瓜当粮草，孩子当背包"的生活，连温饱问题都没有解决，人均年收入只有200多元。像军营村小苏说的那种情况，灶台上挂着一块肥膘肉，做菜时用筷子往锅里轻轻一抹又挂起来，就算是吃上油的现象普遍得很，有的家庭甚至连那块肥膘肉都买不起。谁家灶台上能经常挂着一块肥膘肉做油吃，已经很让人羡慕了。

那时候，山上种地瓜，也种水稻，再就是茶园，这是两村村民的全部活计。水稻收成的时候，全靠人去挑，100多斤一担，一天最多挑两担，就把人累得够呛。

高山村一个最大特点就是山势高高低低、凹凸不平，田少地少，全村人一年四季都在山上忙活，累死累活地干，却填不饱一家人的肚子。这一特点在白交祠村尤其明显。

杨再添老人一见面就笑呵呵地跟我们一一握手，他眼睛很有神，一脸真诚。他是杨金全的父亲，73岁了，满头白发，穿着精致：长袖衬衣，黑色长裤，脚穿一双解放鞋，左手腕上戴着一块机械手表。原来他才是村里健在的最早的支书。他给我们的第一印象，像个农村基层干部，而且是有文化有素养的那种。

早年，杨再添一家五口人，父母、哥哥、妹妹，还有他。家里常常穷得揭不开锅，一家人的生计全靠父亲到西坑买点木炭挑到山下同安城里去卖。那时候，从这里到那里全靠一双脚步行，运输点东西也全靠肩挑背驮。天还没亮，父母就起床了。趁着昏暗的灯光，杨再添眨巴着眼睛。"娃儿，在家别乱跑。"临走，父母走到床前，叮嘱着杨再添。窗外，天还是蒙蒙亮，小小的杨再添还没反应过来，父母已经走了。只听得门嘎吱一声响，家里便只剩下他和哥哥妹妹。

早上五六点钟，农村勤劳的人们已经纷纷奔走在生计的路上。露珠打在裤腿上，湿漉漉的，他们全然不管这些，反正晚些时候的太阳光会将这些露水烘干。若是日头再烈一些，准要炸出一身汗来。往往等到天晚回家，身上定然是臭熏熏的了。

不知怎的，杨再添从早晨一起床就开始盼望着天黑。天黑了父母才能回到家，那是杨再添最期待的幸福的感觉。可是，有一次，他们全家人都在等着父亲回来吃晚饭，左等右等不见回来。母亲着急起来，担心父亲会不会出什么事。母亲叫杨再添他们在家先吃饭，她去找父亲。杨再添他们倒是听话，三个人把饭菜都吃得差不多了，还不见爸爸妈妈回来。而此时，天已经渐渐黑了下来，一种恐惧感袭来，三个虎孩子这才开始紧张。在哥哥的带领下，三兄妹开始外出寻找爸爸妈妈。村里只有羊肠小路，他们就沿着山路，一边喊，一边走，也不知走了多久多远。三个孩子都快走不动了，哥哥就拖着他们继续往前走，忽然听到前面传来熟悉的声音，是父亲和母亲讲话的声音。杨再添他们喜出望外，大声喊着"爸爸——妈妈——"父亲母亲吓了一大跳，连忙走过来，一家人就抱在一起，哭成一片。原来，父亲一天就吃了两个地瓜，舍不得花几分钱买一碗面或者买一个包子吃，在回来的路上头发晕、腿发软，眼前一黑，摔倒在路边一处陡坡下。等他醒来，天已经黑了，他手脚都有伤，还流了好多血。好在伤得不太重，他爬起来，慢慢爬到了路上。就在这个时候，他听到妻子在远处叫喊他的名字。回到家里，杨父顾不上吃饭和清洗伤口，连脸都没有抹一把，急急忙忙从身上摸出几张钱来，交到妻子手上，喃喃地说："留着给孩子们交学费吧。"杨再添老人说到这，抬起右手摸了一下眼角，他的眼圈都红了。

杨再添老人继续讲："我只读到小学毕业就回家帮父亲干活了。父亲开始死活都不让我干，要我回去读书，我不去，他就要打我。

壹　遗忘的角落，辛酸的故事

我抱着父亲的大腿哭着说，爸爸，我真不想读书了，我就想跟着你干活，你不要逼我好不好？也许是父亲心软了，也许是他晓得我的牛脾气跟他一个样，再劝也没有用，就依了我。1968年，我去北京当了三年铁道兵，在部队入了党。回来就当了大队支部书记，直到1983年，一共当了四届支书。杨水淡的父亲杨陈三是大队长，和我是老搭档。我们谁都明白，民以食为天，人是铁，饭是钢，一顿不吃饿得慌。可有什么办法呢？白交祠村那一点可怜的田，一大半在长泰那边。军营村的水田最远要到半山腰大祠附近，种起来不容易，收起来也不容易，收成还不高。为什么？我们两个村都是平均海拔近千米，最高的地方海拔1100多米。高海拔造成温度较低，昼夜温差大，山上的水稻一年只能种一季，山下则是一年熟两季。想种两季也种不成啊，晚稻不灌浆不弯头，没收成，这就叫靠天吃饭哪。"

"我有六个孩子，孩子要吃饭，要穿衣，要上学，生活压力大，家里实在困难。"杨再添老人喝了口茶，接着说，"1982年，我就利用朋友关系，弄了点茶叶去卖，赚点差价。赚的钱并不多，但总比没有好啊，就可以贴补家里一下，给孩子们买点粮食。每次看到孩子能吃上一顿稍微好一点的饭菜，我的心里就有说不出的高兴。我有时也会后怕，也时常提醒自己，再卖几次我就不卖了，免得被人发现，到时候自己难堪事小，孩子们会抬不起头。为了不让人发现，我白天拼命工作，全身心都扑在大队生产上。我从不偷懒，从不自私，从不与人计较，把所有的事情都想得细致周到，把所有问题都做得公平公正。一到晚上，我就与卖茶叶的朋友约会，跑到离村很远的山沟里见面。做完一次交易，我们就会变换地点，拿当年电影里的一句台词讲，就是'打一枪换一个地方，不许放空枪'。我们接头、分手，就跟做贼一样，有位朋友开玩笑，说我们就像地下活动一样。好多次我都做噩梦，梦见自己被抓了，五花大绑，在台上被批斗，在村里游行，有好多熟悉的人朝我吐口水，还有许多不熟悉的人朝我砸东西，还有面目狰狞的鬼怪朝我扑来……半夜惊醒，吓出一身冷汗，我慌忙起床看看孩子，还好孩子们睡得香，翻个身还讲梦话，讲的还是'爸，我还要吃，我还想吃'。我就深深自责，自己怎么这么没用，生了他们却不能喂饱他们，连温饱问题都没有办法解决。我不想做，很矛盾，可又不得不做。"

在村里人眼里，杨再添是一个好支书、好干部，凡事都替村里人着想，大事小情都与大家商量，从不晓得累，从不怕吃苦，对老婆好，对孩子更好。

可那个年代，谁家不是几个孩子？家家户户都是吃了上顿没下顿，经常能见到小孩饿得哇哇叫，哭得撕心裂肺，做父母的却无能为力，只有叹息，要不就是又打又骂。

也有极个别的人动了歪心思，偷了公家一点地瓜，或者偷山上几棵小树去卖，结果被人发现，抓着送到大队，还要送到公社关押起来。好几次都是公社通知杨再添去把人领回来。那个时候，杨再添心里翻江倒海，说不出是什么滋味。要是可以，他真恨不得把自己身上的肉割下来，去喂饱那些饥饿的乡亲。

日子一天天过去，高山村的人都在贫困线上受煎熬，杨再添则在饥饿与恐慌中受着双重煎熬。

穷怕了，真是穷怕了。穷怕了的人容易出问题。

人人都有欲望，有时候，欲望是隐藏在人们身体里和内心深处的魔鬼。有的人，为了钱，为了改变命运，会不择手段；有的人，甚至因为某种欲望，迷失自己，出卖自己的灵魂。

杨再添时时处处小心翼翼，还是出事了，被人告发了。

令他万万没想到的是，告发他的人不是别人，就是某次他从公社接回来的人。按说也没多大事，他就倒卖了一点茶叶，而且都是暗地里进行的，影响并不大，数量也不多。可千不该万不该，就是不该赶上严打。

要知道，那时正是20世纪80年代初，山雨欲来风满楼。有人这样解读那个时候的严打：中国的改革开放才刚刚起步，在老百姓看来，改革开放还没有明晰的套路，说白了就是倒爷、交谊舞、恢复高考、包产到户、长头发、喇叭裤和邓丽君的靡靡之音。这些繁杂事物让刚刚结束那个时代的中国显得嘈杂，而流氓寻衅、盗窃抢劫等事端渐多，让百姓怨声载道，甚至质疑改革开放是否是"资本主义复辟"。对此，政府肯定不允许小蟊贼纷扰中国的改革开放大业，于是就有了随后的严打。

杨再添被打成投机倒把分子，组织不但免去了他白交祠村党支部书记的职务，还开除了他的党籍。

当时的司法解释：投机，利用时机钻空子。利用时机，以囤积居奇、买空卖空、掺杂作假、操纵物价等手段牟取暴利。

从国家层面看，投机倒把活动在一些地方仍然相当猖獗，成了破坏社会主义经济秩序，危害国民经济调整和人民群众正常生活的一个突出问题。当时投机倒把包括就地转手倒卖、购买大型运输工具贩运等行为，个体户、下海商人也被列为投机倒把对象受到打击。全国上下严厉打击一切投机倒把分子。

投机倒把罪，顾名思义即是以买空卖空、囤积居奇、套购转卖等手段牟取暴利的犯罪。改革开放初期，计划内部分实行国家统配价，同时企业超计划自销产品按市场价格出售，形成了特殊的"价格双轨制"。随着市场经济体制的确立，投机倒把行为出现了明显分化，有的成为正常市场行为，有的则上升至法律规范。

1997年《刑法》取消"投机倒把罪"。2009年8月，全国人大常委会对过时法律条文进行清理修改，有关"投机倒把"的规定予以删除并作出了修改。从此，"投机倒把罪"成了远去的罪名，但那是后话。

对这样一件30多年前的往事，要不是亲耳所闻，我们也许难以相信。一个父亲，为了孩子能吃上一口饭，只好偷偷地倒卖一点茶叶，而茶叶是高山村最常见的一样土产，其实也是最不值钱的东西，赚不到几个钱。更何况，他是一个村党支部书记。他懂政策，他知敬畏，他更知道后果会有多么严重。可是他实在没别的办法，他不能眼睁睁地看着自己的几个孩子忍饥挨饿而什么也不做，那样的话他还配做人吗？最终，他为此付出了惨痛的代价。

杨再添老人摇了摇头，接着说："我当时也想不通啊，我犯了多大点事，不就是倒卖了一点茶叶吗？我就为了能让六个孩子吃口饱饭呀。辛辛苦苦干了几十年，一下子什么都没有了，叫我今后怎么做人哪。"

我们问他："后来呢？你的事又有什么新的变化吗？"

杨再添老人苦笑着说："没有，还是老样子，我也没去找上面。我无话可说，我惭愧啊。现在村里人的观念和面貌都有了很大的变化，我家的生活也比以前好多了，子女都已经成家立业，日子过得红红火火；我和老伴都70多岁，什么也不愁，剩下就是享福了。今天是你们来，和你们谈起村里过去的苦日子，我才讲了那些。其实对以前的事，我早就不去想了，一切想开了，心里就亮堂了。我只希望村里环境越来越好，旅游发展还要加快，村民生活早日实现小康，这样我就知足了。"

不管怎么说，杨再添与我们交谈的只是自己与村庄的一段过往，他所经历的那些痛苦，是不经意想起时就会感到扎心的疼痛。按说，他完全可以将挫折和屈辱深埋在心底，没有必要又一次撕开伤口，撕裂灵魂给我们看。他没有埋怨，没有责怪，也没有诋毁谁的意思。

壹 遗忘的角落,辛酸的故事

相反,他的话语中更多的是对那段苦难岁月的反省和对自己行为的自责,还有就是对未来美好生活的向往。

我们清楚,无论在军营村还是白交祠村,村民们当年的日子都过得非常艰难,还有许多我们不曾挖掘到的故事和细节,在他们身上早已深深地打上了那个年代的烙印,那种苦和痛,那种煎熬和抗争,在他们的心里,在他们的儿孙血脉里静静地流淌,就像两村的茶树、果树,把根扎在这里,就一定会长出一片新绿,撑起一片新天地。

白交祠村村民杨清祥告诉我们,20世纪80年代初,他们这里还是蛮苦的,种田要跑到长泰那边去,远的有七公里,近的也有三公里,全靠两条腿。常常天还没亮就要出门,中午随便在田里生个火煮饭填饱肚子,晚上天黑之后才能回到家里;有时候为了赶生产,晚上就直接睡在田边的茅草棚里。杨清祥说:"那时候生活真的很苦,可没办法,要活下来,得有粮吃啊。"看他说话的表情,听他说话的语气,那种苦真是刻骨铭心啊。种水稻、种地瓜,若是再有点时间,便兼顾一下山上的茶园,两村的百姓几乎跟杨清祥一样,都只够忙这几件事情了。在那个年代,大家的想法很直白,很简单——先填饱肚子再说。

可军营村和白交祠村山势高,且起伏不平,种水稻相当不容易。白交祠村有一大半的水田在长泰那边,军营村的水田最远的也到了半山腰的大祠附近。在那个大部分时候靠肩挑背驮的年代,水田偏远的距离加重了村民的负担,增加了更多时间成本。雪上加霜的是,水稻喜温,高海拔造成的温度较低、昼夜温差大等气候特征让这里的水稻只能一年一熟,而山下则是一年两熟。所有这些,都让百姓叫苦不迭。

有人说,如果我们的生活中有什么是一定存在的,那就是经历苦难。此话不假。没有经历过苦难的人，不会懂得生活的艰辛。

每每夜深人静，望着澄澈的天空闪闪发亮的星星，高泉阳暗暗对着天空许着誓言：总有一天，要让阿爹阿娘、阿叔阿婶，当然还包括自己，都可以大口大口地吃上白米饭。这样想着，高泉阳便以为自己已经吃上了白米饭，甜甜地和着山风睡去了。

三

眼下，国人对"填饱肚子"这四个字可能没什么概念，甚至有人会说，你吃饱了没事干是吧。而在上世纪七八十年代的中国，尤其是在厦门偏远的高山村，"填饱肚子"是所有人最大的梦想。

填饱肚子，是因为人们吃不饱肚子。老祖宗说得好，民以食为天。国人对于吃饭的重视是深入到骨髓里面的，国人有个习惯，一见面打招呼就问：吃了吗？于是，有人调侃，理想总是要有的，不过在有理想之前，先填饱肚子再谈理想。

对，再苦再累，也先填饱肚子。填饱肚子，才有力气谈理想。

有人对军营村和白交祠村做过调查发现，当年两村村民除了种水稻、种地瓜，如果有时间再兼顾点山头上的茶园，除此之外再也没活可干。大家只有一个想法，就是先填饱肚子，然后再考虑挣钱的事。简单地说，就是那个时候的两村人从来没吃过饱饭，是饿着肚子"抓革命、促生产"。

在军营村和白交祠村，随便找个上了年纪的人问问，那个年代是怎么过来的，个个都会倒出一肚子苦水来。虽说具体内容各有不同，但大致差不多：吃不饱饭是第一苦，没有钱是第二苦，又没吃的又没钱是最难受的苦。

又没吃的又没钱，可日子还得过下去哪。许多人是日想夜也想，可就是想不出挣钱的门路。那年月哪里能挣到钱呢？

军营村小学退休老师高水田说起当年的苦日子，用了"不堪回首"

壹 遗忘的角落，辛酸的故事

四个字。他对我们说："我算是村里读书比较多的一个，也只读到初中毕业，就再也没钱读书了。我父亲到山上拔草，回来打成草席去卖，换点钱供我读书。有一天晚上，我看到父亲坐在大厅里编草席，他身上有好几处伤，印出一道道血痕。我知道，父亲肯定在山上拔草时不小心摔伤了。我又不敢多问，就悄悄走到父亲身边，抚摸着他的伤口说，爸，你不要上山拔草了好不好？我不上学了。父亲一听，顿时站了起来，咆哮着训斥我，你说什么，不上学了？我养你有什么用，将来像我一样没出息吗？也去拔草编草席吗？我吓得大气都不敢出，直到看见他挥舞到半空中的右手慢慢地放下了，才松了口气。我从来没看过父亲发这么大的火，到后来我才懂得，父亲是要我多读点书，将来最好能走出大山，不要像他那样窝在山上一辈子。"

从那时起，高水田心里就留下一个阴影，常常做梦都会梦见父亲身上的伤痕，还有父亲举到半空中的右手。

每天走在上学的路上，高水田都会望着路边的野草愈发出神。奇怪，以前他在这条路上走了好多年，一天都要走好几遍，可从来没有对野草留心过，不知道它们到底长什么样，什么时候绿的，什么时候又黄了，它们也有心思吗？它们也有伤痕吗？

放学后，高水田再也不急着回家，他会跑到学校后边的山上，去找高高的野草。哈，野草真高啊，比他的个子还高，这不就是爸爸每天上山拔的草吗？原来它们长得这么高这么旺盛，还能为我们家做草席赚钱哩。他越看越觉得野草好看，仿佛一下子与野草变成了好朋友，格外亲切。

高水田放下书包，挽起衣袖，蹲下身子去抓几根野草，使出浑身力气，身子往后仰，脸一下子涨得通红，脖子上青筋直冒，野草却没有拔出来。咦，怎么这么难拔呢？他歇了歇继续拔，连拔了好几次，还是拔不出。忽然，高水田尖叫一声，两手一松，仰面倒在地上。他的两只小手被划出一道长长的口子，鲜血直流。他毕竟是个孩子，眼泪滚落下来，但强忍着没有哭出声来。他把两手紧紧地握在一起，直到不那么痛了，才慢慢把手松开。手上的血干了，伤口愈合了，他跑到村里小溪边，轻轻地把手洗干净，才背起书包回家。

高水田回到家里，母亲正在灶屋里做饭，父亲在厅屋里打草席。细心的爸爸发现了儿子的不对劲，到底哪里不对劲，他也说不上来。就在高水田蹑手蹑脚走向房间的时候，父亲突然喊叫一声："站住，今天干什么去了？"高水田一惊，愣了一下，好在他在回家路上就想好了计策，他不慌不忙地说："爸，我没干什么呀。"父亲瞪着眼睛望着他，手里的活计却没有停下，严厉地说："没干什么，你身上怎么尽是泥巴，脏兮兮的？"高水田嘘了一口气说："我和几个同学在草地上玩，不小心撞倒了，没事。"总算是糊弄过去了。

可到了晚上，他的两只手钻心地疼。他不敢作声，只好忍着。痛着痛着，进入了梦乡。

好多天以后，高水田的手才完全好。

高水田多了一个心眼，每天都注意观察父亲的一举一动，过去可是从没有过的事。他看父亲每天出门前都带些什么，刀子是必须的，还有篓子、绳子。趁大人都出去了，他悄悄地找到一把旧刀子，在磨刀石上磨了起来。

第二天上学，高水田就将这把刀子藏在书包里。

老师在讲台上讲什么，高水田都不太在意，他只想早点下课，越快越好。他脑袋里尽是山上的野草。

放学铃声一响，他就一个人溜去了后山。他东看看西看看，要找到最高最茂盛的野草。找到了，他像见到亲人一样扑上去，抱着野草闭着眼睛，深深地吸了几口，野草好香啊。他对野草说："野草啊野草，你们好吗？我其实好喜欢你们，以前是我不懂事，不知道你们对我家这么好。我爸爸经常上山都是为了找你们，把你们割下来带回家，帮我们家编草席。我爸编的草席可好看了，还能编出好多花样来，背到山下莲花集市上去卖，人家好喜欢；每次都卖完了，赚了钱就能买粮食了，我们就有粥吃了，就有米饭吃了，妈妈就有力气做事了，弟弟就不会哭了。"高水田说到这里，拿出刀子来，在野草上比画了几下。他停住手，对野草又说："野草啊野草，我今天也要学着爸爸的样子割点回去，请你们不要怕痛，睡一觉明天起来就不痛了，过几天就好了。我长大了，要帮爸爸做事了。我以后会对你们好的，经常来看你们喔。"

哪晓得，高水田一刀一刀挥舞下去，却老是被弹回来，差点割到手了。他忽然想起父亲做事的样子，左手抓着野草上面，右手用刀子压着野草下端，一点点地割，嘿，成功了，一下割掉了好几根。高水田一下子兴奋起来，越割越起劲……不知不觉，天开始黑下来了。

高水田从书包里拿出早就准备好的绳子，把野草捆成一堆，两只手轮换着拎了拎，脸上露出开心的笑容。

山路坑坑洼洼，往日好像不觉得，今天背着一捆野草，走起来吃力许多，不一会，高水田就满头大汗了。怕爸妈担心，他不由得加快了步子。"哎呀——"高水田一声惊叫，连人带草滚下了山坡。

等他醒来，已经黄昏，他躺在了爸爸的怀里。爸爸用一双粗糙的手不停地抚摸他身上的伤口，然后从自己衣服上撕下一块布来，撕成三条，把他腿上、手上的伤口包扎好。直到这时，爸爸才说话："儿子，你受苦了，是爸爸没用，害了你。你以后再也不许割草了，割草是大人的事。你只要好好读书，考上好学校，以后才会有出息。不要像爸爸，只会割草编草席……"高水田紧紧地抱着父亲，"哇——"一声哭了起来，边哭边说："爸，是我不好，是我不好。"父亲把他轻轻地背在背上，说："儿子，不哭，爸爸背你回家，跟爸爸回家，我的水田跟爸爸回家……"父亲一路走一路就这么念着，高水田迷迷糊糊睡着了。

高水田后来考进了莲花中学，可家里条件太差，他只读到初中就辍学了。高水田说："我一个初中毕业生,能有多大出息?好在大山接纳了我,让我当了一个小学老师。我们这高山上有四个村,军营村、白交祠村、西坑村、淡溪村。除了白交祠村,我在三个村小学教书几十年,始终没有走出大山,我也不想走出大山。但我教的学生,许多都走出去了,我为他们高兴。"

斯人已逝,生者如斯。一转眼几十年过去了,高水田总忘不了,那天夜里父亲身上的伤痕,还有父亲举到半空中的右手;他总忘不了,那天黄昏父亲背他回来的情景。

贰

"春天的故事"就此拉开

那是一个春天,一个难忘的故事悄然发生。

"山上戴帽,山下开发",同安在山区逐步开展封山育林,保护生态。现在的绿水青山,就是从那个时候一点点种起来的。

一

有时候,一句话可以彻底改变一个人的命运,同样也可以改变一个村庄、一个地方的命运。

有人说,这就是语言的奥秘。其实这个奥秘就是我们的大脑,我们的潜意识,因为语言塑造了我们的思维方式。

我们对自己说:"我一定可以,我一定能做到!"潜意识也会接受这个信息,同时也会向身体发出指令去行动,这样我们就更有可能做成事情。

说起军营村和白交祠村的山,老人们感慨良多。他们说,山上的一草一木都是先民们留给子孙后代的财富,是我们赖以生存的根本。可是从中华人民共和国成立初期到20世纪80年代,我们国家穷啊,高山上的村民更穷,没有一条像样的公路,没有一座像样的桥,更没有电。几十年都是烧柴火生火做饭、照明。就这样,日复一日、年复一年地放肆砍伐,村民们满以为山上的柴火是取之不尽、用之不竭的宝藏，没想到也有被砍完、烧完的一天。到了20世纪70年代，军营村、白交祠村周边的山山岭岭，满目青山早已是面目全非，光秃秃的荒山像个癞子头。痛心归痛心，可村民们还在自我安慰、自我麻醉："祖宗们莫怪，实在是太穷了，我们也是没办法啊，我们得活下去哪。"

那个时候，军营村和白交祠村的村民都没有意识到这样一个道理：如果对资源一味攫取不加保护，自然一定会惩罚人类；相反越是呵护自然，自然就会回馈人类，成为人类的美好家园，这也就是绿色发展理念越来越成为人类共识的原因。

"交通靠走，通信靠吼，治安靠狗。"这就是当年贫穷落后的真实写照。茶叶是高山村的主要经济作物，但因管理不善、效益不好，曾经的万亩茶园只剩下400多亩，留下一个个光秃秃的山头。为什么就没有人想到去植树呢？这么一个浅显的道理，难道村民们不懂吗？

不是不懂，而是谁都懒得去懂。你家穷，我家也穷。公家的山，公家的树木，你砍得我也砍得，你不栽我凭什么去栽？就这样恶性循环，生态环境遭到严重破坏，可以说是惨不忍睹。更加恶性循环的是人们的思想观念，因循守旧，不思进取。

是的，对人有用的一句话，胜过千言万语。

"山上戴帽，山下开发"的发展大计，如醍醐灌顶，甘露洒心。不仅给两村指明了前进的方向，也燃起了村民们的自信心。

信念是所有奇迹的萌发点。军营村和白交祠村的村两委坚定"山上戴帽，山下开发"的信念，坚持"一张蓝图绘到底"，带领村民开始了新的"靠山吃山"，谋划"靠山吃山"新吃法。

高泉国回忆说："村两委发动村民们开始上山开垦、整理土地，种植大概200亩广西无籽柿，并用扶贫资金修建了管理房。广西无籽柿是当时国内最好的柿子品种。现在这片柿子林还在，有些到了树龄，我们就再补种一些，一定要把这一片珍贵的柿子林保存下去。"

时任白交祠村村主任杨清洁牢牢记住"山上戴帽，山下开发"，这八个字就像八根钢针扎在他的心口，时刻刺痛着他，时刻提醒着他，时刻激励着他。

杨清洁后来告诉我们，他当时也想过，自己都是快40岁的人了，家中六口人，上有老母亲，下面有一个儿子、两个女儿，长年累月靠种几亩薄田，水稻产量不高，打的谷子不够吃，种的地瓜也不够吃，茶叶收成还不好，价格也不高。再这样下去，子孙后代怎么得了。

杨清洁和时任村支书杨禹泽一商量，召集村两委成员开会讨论，穷则思变谋出路，出路就在"山上戴帽，山下开发"。首先就是种树，种什么树好呢？这要根据村里的实际情况，因地制宜，不可盲目瞎干。

高山上最适合种杉树、松树、相思树。

方向找到了，目标也确定了，接下来就是一个字——干！

没有机械施工，就搞人工造林。全村男女老少齐上阵，各家各户分任务。早晨天刚亮，村民们就上山了，带点地瓜当干粮，用锄头挖，用扁担挑，困了倒在地上歇一会儿，渴了捧着山泉水喝几口。那时候，山头上红旗招展，人头攒动，大家干得热火朝天。

杨金全才十岁出头，每天都跟着父母亲上山栽树。他个子瘦弱，力气不大，背着一捆树苗，吃力地走在山路上。有一回早晨起得早，脑子也不清醒，哈欠不断，他走着走着竟然睡着了，一个趔趄，滚下山坡好几米远，好在被一棵松树挡住了，只是手脚擦破点皮。这下他才从睡梦中醒来，吓出一身冷汗，慌忙捡起树苗继续往山上赶。杨金全回忆说："那时候，我们也不觉得苦，反而觉得蛮有意思。"

几百年的历史证明，茶是高山上最适宜栽种的经济作物。白交祠村人又开始开荒种茶树。这里山坡陡峭，缺乏平地，村民只能见缝插针，在陡峭且多石的山坡上开垦荒地。开挖出来的山地都是一小块一小块的，小的只有斗笠大，很费工夫，很不规整，但日积月累，还是形成了一层层环山梯田似的茶园。无论站在哪个山头，环顾四周，一座座山都被茶园环绕。有人说是漏斗般的梯田，有人说像螺旋状的茶园，蔚为壮观，这正是白交祠和别的山村不同的地方。

据村民介绍，春秋两季是茶叶收成的时节，家家户户忙收茶，家家户户都有制茶机器。爱茶懂茶的人，对茶叶的季节是敏感的。春季的茶品质较好，而其他季节的茶，也各有各的特色。人们习惯把霜降（或10月下旬）往后采制的茶，也是一年最后一次收成称为冬茶。等天气再冷一点，就不再采茶。到了冬天茶园便是另一番景象，漫山遍野都是纯白的茶花，空气中也弥漫着清新的茶花香。

杨清洁告诉我们，白交祠村原先只有300多亩茶园，经过那几年的开挖，整整翻了十倍，现在已经有3000多亩；山上植树造林也有3000多亩，还栽种了几百亩果树，包括柿子、杨梅和蜜橘等。

二

那时流行一句话：村看村，户看户，群众看党员，党员看干部。白交祠村干得热火朝天的时候，军营村同样不甘落后。

春风吹，战鼓擂。白交祠村和军营村就好比摆开了擂台，两个村的人铆足了劲，擂起了战鼓，要好好比试比试。

高求来与杨清洁和杨禹泽不一样，他是当过兵的人。

今年快80岁的高求来，1962年入伍，1964年光荣地加入了中国共产党，1969年退役，在部队当了八年兵，每年都被评为"五好战士"，还担任过代理排长。众所周知，在上世纪六七十年代，

贰 "春天的故事"就此拉开

军人被称之为"最可爱的人"。当兵是年轻人最向往的事情，也是最光荣的事情。"一人当兵，全家光荣"。军装是当时最流行的时装。谁能被部队评上"五好战士"，就是明星。当兵的人都说："做到了'五好'，就能成为一个优秀的革命军人。"

其实想当兵的热血青年每个时代都有，当今这个时代也不例外。一个时代有一个时代的使命，一代青年有一代青年的担当。每一代青年都需要跑好自己的那一棒。当兵的人仍是我们这个时代最可爱的人。

正因为高求来在部队表现突出，所以当他退伍回到地方时，好几个单位抢着要，而且是提干进机关。作为一个从山村走出去的农家孩子，能跳出农门到城里工作是许多人梦寐以求的好事。当这个消息传到军营村，好多人为他高兴，好多人为之羡慕。

就在村里人为他欢欣鼓舞的时候，高求来却做出了一个在他人看来十分反常的抉择——回乡务农。他要求回到生他养他的军营村。

高求来当时的决定让人大跌眼镜，有人认为他一定是脑子有问题，放着好好的机关干部不当，回到贫穷落后的山村，一没待遇，二没前途，图什么呢？

是啊，高求来图什么呢？他有自己的想法，自己文化水平低，到城里去，特别是到机关去当干部，肯定会感到不适应，也不会有太大的发展。与其待在机关浑浑噩噩混日子，还不如回到村里。那里是生我养我的地方，那里的父老乡亲都是自己的亲人。他要把自己这些年在部队的所学所想带回来，带领乡亲们好好干一场，改变家乡的落后面貌。

高求来还有一个最大的优势，他在部队入了党，他有共产党员吃苦在前、享受在后的优秀品质和革命军人勇于担当、乐于奉献的坚强意志。

是金子总会发光的。当年3月16日，高求来回到军营村，23日就当选大队党支部书记。军营村用它特有的热情和博大的胸怀接纳了这个归来的游子，同时也给了他一个施展才华和抱负的舞台。

高求来是土生土长的军营村人，他最了解军营村的过去，也最清楚军营村最缺什么，最急需什么。

当高求来怀揣着一颗火热的心回到家乡，面对的却是军营村集体收入约等于零，人均年收入仅有260元的现状。村民们出村唯一的道路就是一条羊肠小道，村民们仍然过着吃不饱、穿不暖的日子。拿现在流行的话来说就是"理想很丰满，现实很骨感"。

他不是不知道，出去当兵八年，他曾多次回来探亲，村里几乎没有多大变化，乡亲们仍在贫困线上挣扎。他的心里总有说不出的难受，他一次次地问自己，这到底是为什么？

高求来当然知道，要致富，先修路。可军营村200多户1000多口人，通水和通电也迫在眉睫，那是几代人的梦想啊。

于是，高求来和时任村主任高泉国等村两委一合计，作出了一个超级大胆而又颇具远见的决定——修建牛心石水库。水库选址于军营村的后山，海拔比村里还要高出200米。

修水库可是一项浩大工程，村里立马炸开了锅。有的人支持，跳起来举双手赞成。有的人反对，直骂高求来是疯子。细心的人一想也是啊，村里要钱没钱，要物没物，人手也不够，别说是修水库，就是修口水塘也难哪。公说公有理，婆说婆有理，一来二去，反对修水库的占了上风。

高求来一看，势头不对啊。但到底是在部队摔打了八年的老兵，他的骨子里早已有了一种不服输的狠劲和韧性。只要是他认准了的事，只要是对老百姓有益的事，他就要一条道走到底，就是拼尽全力也要把事情办成。

贰 "春天的故事"就此拉开

光是自己有决心肯定是不行的，得把全村的人发动起来，大家拧成一股绳才行。可是有什么办法呢？高求来一连好多天睡不好吃不香，辗转反侧地想，修水库这么好一件事，为什么还有村民会反对呢？他们心里在想什么呢？

这天一早，高求来从睡梦中醒来，昨晚好像梦到了牛心石，那石头还对他说了些什么话。可他实在想不起来了，索性披件衣服出了门，径直来到后山。虽说是仲夏天，清晨的山风仍然凉飕飕的。站在山头往下看，层峦叠嶂，几座山峰之间形成一个巨大的峡谷，好几条溪流飞流直下，终日不断。峡谷口上有一巨型石头，一丈多高，形如牛心，故得名"牛心石"。这里是建造水库的理想地点。早在他小的时候，就听老人们说过，要是能在这里建个水库就好了，山上的吃水用水都不愁了，遇上大旱天也不怕了。

他忽然想起在部队时听人讲过一个"吃了牛心是牛人"的故事。

魏晋南北朝是个出人才又出美男子的时代，历史上第一美男子潘安就是那个时代的人，王羲之也是那个时代的奇才。

王羲之的父亲早在西晋时期就看出中原地区的战乱苗头，一早带着王氏家族南渡，以避即将到来的"五胡之乱"。他不仅为一家着想，也为整个晋王朝着想。在西晋王朝在北方快撑不住的时候，他就提议司马睿迁到江淮以南去，在南方安置晋政权。司马睿后来成了晋元帝。

王羲之这孩子自小不善言辞，有点傻傻的。13岁那年，有一回他去拜访东晋的一位名叫周颛的高官。周颛觉得王羲之智力并不弱，只是没有被发掘出来，有心试他一试。当时东晋有一道很有名的菜，叫作"牛心炙"，牛心做的，只有皇帝和权贵才有资格吃，一般人吃不到，也没有条件吃到。

宴会上，周颛当着众位宾客的面，要人将牛心炙分了一份端给王羲之，然后说："王羲之小朋友，今天这道菜就是你的了。"在场的人目瞪口呆，王羲之更是受宠若惊。这事很快传开来，大家纷纷认为，能吃到周颉家牛心炙的，将来必定是牛人。后来，王羲之果然出名了，成了著名书法家。吃了一份牛心炙，从此王郎是牛人。

高求来想到这，非但不觉得冷了，还感到神清气爽，热血沸腾。他暗暗发誓，我就要吃定这块"牛心石"，做个牛人，把牛心石水库建起来。

高求来似乎明白了村民的担忧，他挨家挨户去谈心，把自己的想法和盘托出，修好牛心石水库，有利于灌溉农田，就不怕干旱了；还可以采用土法引水发电，解决村里的照明问题，到时候连碾米的难题也一并解决了。

人心都是肉长的，村民们也不是铁板一块，他们从高求来身上看到了他的热情、无私和执着。他们也在心里问自己，他图什么呢？不就是为了村里摆脱贫困，让村里人的日子过得好起来吗？

这年10月，牛心石水库成了军营村人心中一个共同的目标。全村人都要来当牛人，要为建造牛心石水库出力。

高求来回忆说，那个时候不比现在，没有机器，全靠人工，挖的挖，担的担，太苦太累。加上开工没多久，山上气温低，结了冰，更增加了开挖的难度。群众热情本来就不高，不愿意出力，这下有部分村民便打起了退堂鼓。

部队的历练能让人受用一辈子，当兵多年的高求来就把部队优良传统派上了用场。他买了一个收音机、一个手提喇叭。每天上午、下午中途休息15分钟的时候，他就播放革命歌曲，鼓舞士气，然后举着小喇叭，大声地表扬好人好事。嘿，这招还蛮管用，大家都竖起耳朵听，相互之间也有了嬉笑打闹，气氛活跃起来，干起活来你追我赶，谁也不甘落后。

贰 "春天的故事"就此拉开

说起当年那些事,村民高土墙记得真真切切。他说:"老支书每天都是早早就到了工地,看到谁第一个来就记下名字;谁最卖力气,谁最认真,他都一一记下来,到休息的时候,就拿起喇叭高声表扬他们。"

军营村原村主任高泉国,曾经和高求来在五届村委会中互为搭档。他们两个有几个特点,个子都不高,文化程度也不高,但都是高姓人,而且是全村人选出来的村干部,都想尽心尽力为村里做点实实在在的事。

提起这位年龄比自己大14岁的老书记,高泉国连声说"佩服"。他说,修水库是一项大工程,事情相当繁杂,工期又长,个子瘦小的高求来好像总有使不完的劲,哪里有最重最危险的活,他都抢着干!这些话从同样个子瘦小的高泉国嘴里说出来,显得格外实诚和亲切。

高泉国还告诉我们,牛心石水库前后建了五年,完工第二年元月就开始采用土法引水发电,真的解决了村里的照明问题,农田灌溉也有了充足的水源。

军营村通电的那天晚上,家家户户守在家里,盯着那个电灯泡。当电灯泡被点亮的那一刻,人们奔走欢呼,山区通电了——我们山区通电啦!所有人的泪水夺眶而出,这是祖祖辈辈做梦都不敢想的事,在自己手上变成了现实。点亮的不仅是电灯,军营村的梦想也被点亮了,军营村沸腾了。

我们来到牛心石水库边上,三面青山环抱,一座大坝雄踞峡口,只见水面开阔,蓝天、白云、青山倒映在水里,真是美不胜收。

如今,这座在军营村致富发展路上具有重要意义的牛心石水库还在发挥作用。同时,水库周边的旅游步道已经修好,她又焕发出崭新的活力,迎送着八方游客,为军营村带来新的希望。

时间到了 1986 年 11 月，白交祠村村东头徐水垵水库正式开工建设，同样全靠人工修建，那时候建水库就是全民工程，男女老少齐上阵，早出晚归，出工出力，有时连续几天白天黑夜地连着干，家人生病也顾不上管，都只想着为水库建设多出一份力。

一池碧波，澄澈如镜。徐水垵水库为小二型水库，灌溉面积 350 亩，集雨面积为 0.48 平方公里，水库总容量为 15.9 万立方米。

高山上水库依旧在，持续不断地给村民造福，见证那个火热的年代。它们见证了军营村、白交祠村人自力更生、艰苦奋斗的情景，体现了两村人有条件要上，没条件创造条件也要上的创业精神！

对于受自然环境、地理因素等制约严重，经济落后的军营村和白交祠村来说，要想得到一定的发展没有捷径可走，唯有像滴水穿石一样，日复一日、年复一年地铆足了劲奋斗下去。

我们不禁感叹，高山上的军营村、白交祠村都能有一座水库，真是两村人的福气啊。这是一面镜子，照得见两村的前世今生和未来；这是一面旗帜，永远飘扬在两村的高山上；这是一种精神，一种敢于创新、不屈不挠的精神，永远激励着两村人奋勇向前。

三

缺水、缺电、没公路，是军营村、白交祠村的老大难。

有了牛心石水库、徐水垵水库，缺水、缺电的问题基本解决了。可还有一难，没有路，没有一条像样的公路通到村里，连通山下。高山村的人出门下山，唯一的出路就是一条羊肠小道，全靠两条腿走路，晴天一身灰，雨天一身泥。来回五六十公里的路程，早晨摸黑离家，经常到太阳下山还没回到家。那个时候，家家户户都种茶，可是茶叶种出来了，收茶叶的车子却进不来。一到收茶季，村民只能把茶叶一担一担挑到村部，再用拖拉机运出去。

贰 "春天的故事"就此拉开

那时我国处在计划经济时代,国家经济以计划分配为主导,"大锅饭、铁饭碗、干多干少一个样"的思想根深蒂固。但是,国家在经济改革中,初步允许有计划的商品经济,有些人思想相对比较活跃,心里仍然没有底数。想创业的有所顾忌,有点能耐的又不敢大胆向前。

高求来在村里立下军令状,两年内一定要修出一条公路来,要让军营村的人出行方便,要让军营村连通外面的世界。

村里人明白,交通一直是制约贫困山村发展的主要因素,公路的开通给村里带来的不仅是出行的便捷,更是信息的互通及观念的改变。

明眼人一看便知,高山上要修公路,比在山下修要多花几倍甚至是上十倍的人力财力。

修路,这又是一场硬仗。

高求来一周要下山两趟,大老远跑到厦门市交通局等各个部门去申请资金,再跑到同安县交通局去请求技术人员的支持,请人来测量,请人来设计,请人来施工。山上山下,岛内岛外,不管刮风下雨,还是严寒酷暑,他都在这条路上来来回回地奔波。有人风趣地说,为了修这条路,高书记的双腿都走细了,个子也走矮了,形象却越来越高大了。

不管遇到多大的困难,高求来从来没有气馁过,因为他的心里永远充满阳光。有时,他还戏言自己的双眼会发光,因为他的眼前仿佛出现了汽车、拖拉机、公交车次第穿行的繁荣景象。

只要功夫深,铁杵磨成针。第一笔款子下来了,厦门市交通局给军营村拨了四万元启动资金,第二笔是八万元,后来又增加了几万元。有了钱,军营村修路就有了底气。与此同时,厦门市和同安县交通局都派来了强有力的技术队伍,机械设备也源源不断地进来了。就这样，修路的大旗拉起来了，指挥部成立了。当时的莲花公社负责人担任总指挥，高求来当副指挥，军营、白交祠、西坑、淡溪四个村的劳动力都被动员起来了，一场声势浩大的修路大会战在高山上展开了。

从1975年到1977年，大家都能看到一个特别熟悉的瘦小身影在工地上忙碌着、奔跑着，那就是高求来。

曾经与高求来有着相似经历的李克土说："我于1969年至1997年担任淡溪村村支书，和高求来'同上同退'。在任职的28年里，我们经常见面，在一起开会议事，对高求来印象最深的就是修路时他那股拼劲，没日没夜奔忙的精神足以打动身边的每一个人。"

白交祠村原村支书杨再添也与高求来有着相似的经历。他说："当年山上没有公路，村民弄点柴火卖都要挑到山下莲花镇后铺村那里去，再挑化肥回来，太费时费力了。那年修路，山上四个村联动，拉通各村连接的道路。为了修路，也是市里县里、岛内岛外地来回跑，上面拨了些钱就用来买雷管和炸药。村口有一段路还得用炸药炸石头开路。在一次放炮过程中，杨猛子不幸被炸死在工地上。"

杨再添说起当年的事故还心有余悸。

那是那年夏天的某一天，本来是个大晴天，杨再添和很多村民都在村口工地上，眼看着路快要打通了，只剩下最后一截。可是在路的当头，还有一块巨大的石头挡在那里，如果石头不炸掉，路就没法打通。情势所逼，必须要把石头炸掉。杨某某是杨再添的好朋友，两人从小一起长大。杨某某平日话不多，可干起活来却像是强壮的牛，不怕苦，不怕累，什么脏活累活都抢着干。大伙儿给他起了一个外号叫"杨猛子"，大约就是冲着他干活的劲头取的外号。

山上的天气说变就变，刚才还大太阳，蓝天白云，忽然就云雾

贰 "春天的故事"就此拉开

滚滚,一下子像黑了天一样,下起了阵雨。村民都有经验,这雨来得快也去得快,不一会雨就会停。杨猛子和另一个村民负责安装炸药、点炮,那天是最后一炸了。可当杨猛子他们点燃了炸药,离得远远,蒙着耳朵,匍匐在地准备等炸药炸响时,愣是半天没听到动静。这样的炮,我们称之为哑炮,又叫瞎炮。有句俗话叫作:开山放瞎炮——不想(响)。这样的哑炮其实非常危险。那时,村里条件落后,开山炸石,全是土法上马。那个年代果真是应了那句话:有条件要上,没条件创造条件也要上。那时的白交祠村没有电炮,是用雷管、导火索,划火柴来点炮的。谁都不愿意装炸药、点炮、排哑炮,因为排除哑炮危险系数太高,附近社员被炸死、炸断腿的事故常有发生。可是,炮总归是要有人去点,哑炮也总归要有人去排除。商议之下,白交祠采取的办法是每个生产队安排两个人,由一个有经验的老人带一个年轻人,分成两个小组。每天由两个小组打炮眼,其中一个小组负责装炮药、点炮。如有哑炮,点炮的小组第二天负责排除哑炮。除这两个小组以外的村民,负责破石头、搬石头、清理石场和警戒哨。

当下出现最不愿意看到的情况,大伙儿都望着杨再添。每个人的眼神似乎都在问他怎么办。杨再添一看,觉得这事不好办,叫谁上都不合适。明知有危险,叫人家上,要真出了事,怎么向人家的家人交代。

在这紧要关头,杨再添将危险留给了自己:"我去看看吧!"

杨猛子一听,猛地冲上前来,一把拉住杨再添往旁边一推,板着个脸说:"你不能去,你是书记,你得指挥,要上也是我上,我点的炮我负责。"

这时,跟杨猛子一组的年轻小伙子也跟着说:"我也去。"

杨猛子又推了他一下,没好气地说:"你去什么去,还没讨老婆的人，出了事怎么办？我怎么跟你父母交代。都不要争了，我去！"

大伙儿拗不过杨猛子，只好让他一个人上去排哑炮。他猫着腰，一步一步走向哑炮的位置，就好比上战场一样。杨再添以及现场的所有的人都屏住呼吸，几十双眼睛盯着他。杨猛子已经进入炮位，寻找哑炮。炸开的石头乱七八糟，奇形怪状，像龇牙咧嘴的怪兽要吃人，很是恐怖。找着找着，杨猛子发现石堆里有一节导火索，只听他喊道："找到了，找到了。"找到了是件好事，可也意味着关键时刻到了，成败在此一举。杨再添他们的心便跟着更紧了，时间一分一秒地过去。突然，"轰隆"一声炮响，炸了。大家的心都跳到了嗓子眼，坏了！完了！出事了！出大事了！硝烟还没散尽，大家都跑了过去，杨猛子倒在地上，血肉模糊，当场就死了。杨再添被眼前的场景吓蒙了，所有在场的人，都被那场面吓蒙了，半天没回过神来。杨猛子上有老下有小，他一死，这家人的顶梁柱就没了，天也跟着塌了。

"杨猛子的死，我真后悔啊，我一辈子都忘不了。"虽说过去30多年了，杨再添仍然无法忘记当时的情景，没法忘记自己在杨猛子的尸体前五味杂陈，针扎一样的心情。

说着说着，杨再添的眼圈红了，深深的自责和难过都写在他布满皱纹的脸上。我们相信，他讲的故事是真实的，眼泪是真诚的；那种真实，那种真诚，装是装不出来的。

高山上修路，是村民们多少年的梦想，可是为了修路，多少人付出了汗水甚至是生命。白交祠村只是一个典型的缩影。在我国农村广大地区，为了修路，为了基础设施建设，为了更好的生活，每一代人都付出了常人难以想象的艰辛。而正是那些无畏的、勇敢的、舍己为人的付出，最终成就了今天飞速发展的美丽乡村。那些印记，写在了每一寸土地上，每一块石头里，每一个故事中。

巴金说过，生命的意义在于付出，在于给予，而不在于接受，也不在于索取。杨猛子的牺牲和村民的付出终于有了回报。白交祠人自筹资金，自己土法测量设计，全靠人工硬是从悬崖峭壁间开挖出一条衔接白交祠村的简易公路，3.5 公里长，路面 3 米宽。尽管是一条简易的土路，却承载了几代人的梦想，凝聚了全村人的心血，连通了全村人的希望。

两年后，又一条简易泥土公路修通了，从上陵村到军营村开出了一条 12 公里的新路，同时结束了军营、白交祠、西坑、淡溪四个村不通公路的历史。

高求来兴奋地说："1977 年正式通车那天，大家都涌到新公路上，蹦啊跳啊，喊啊叫啊，高山上像过节一样热闹。不，过节也没这么热闹过。最早开进来的是一辆拖拉机，接着还有汽车。这下好了，拉肥料、运物资再也不用肩膀扛、靠脚板走了。"

细心的村民算了算，原来靠肩挑，一个人最多只能挑 100 斤，一天只能来回跑一趟；现在汽车喇叭一响，车轮一滚，几吨的物资很快就送到了家门口，一天来回跑个十趟都没问题。还有人形象地感叹："从前路没通，眼前都是雾。现在路通了，感觉天天都是晴天！"

四

一方山水养育一方人，一片叶子富了一方百姓。一片叶子中的小山村，一方山水里的大情怀，一个绚丽时代的缩影，一片美丽的新家园。这是我们在军营村、白交祠村采访的时候，一直萦绕在我们脑海里的思绪。

在军营村村部，我们看到一份资料，上面的一组数据显示：

1986年,军营村村民开始开荒种茶,一两年后,大多数村民基本已经不种水稻,全心全意种茶制茶;

1988年,军营村掀起植树造林的高潮,村民除了种茶,就是上山种树;

1990年,军营村的茶园面积从400多亩增加到1000多亩,村民的人均年收入从200多元涨到900多元;

2000年,投资70万元的军营村茶厂投用,每斤茶叶价格提高2~3元,全村一年增收约150万元,村民人均年收入在三年内就直接提升到5000多元……

这张数据表,清晰地记录着军营村发展致富路的履痕,正如习近平同志在《摆脱贫困》一书中所说,弱鸟可望先飞,至贫可能先富,但能否实现"先飞""先富",首先要看我们头脑里有无这种意识。高求来正是有这种"意识"的人,他还是高山村"春天的故事"里的主角。

高山村的路通了之后,村民们的视野开阔了,高求来的目光也看得更远了。

其实,开荒种茶的想法从那个时候就已经开始有了,只是他在通盘考虑时把修水库和修路放在了优先位置。刚刚打完两大仗,把军营村最急需的三大问题解决了,他就可以腾出手来,带领乡亲们向山上进军了。

开荒种茶,这绝对又是一场硬仗。

毕竟是当过兵的人,他很懂兵法,正所谓"兵马未动,粮草先行",开荒种茶也得求得上级有关部门的支持才行啊。

高求来想方设法向农业局要来两万元,作为开荒种茶的启动资

贰 "春天的故事"就此拉开

金。有了前面几次的成功经验,高求来在村民们心目中树立了很高的威望。他和村两委号召大家开荒种茶,全村男女老少都积极响应。他们都相信支书的眼光,跟着支书干,准没错。

高求来懂得"扶贫先扶志"的道理,每次从上级有关部门申请到一笔资金,他都会先召集村民开会,要求大家把好钢用在刀刃上,多种茶收入就会多,稳稳当当走好致富路。

人心齐,泰山移。军营村的山坡上,到处是开荒的身影,一片片荒山被开挖出来,一层层梯田似的茶园渐渐成形。

"大家都穷怕了,当时就想着,多种一点茶,就能多赚一点钱,这是我们村民最朴素的梦想。"高求来指着村庄四周随处可见的茶园,想起了最开始垦荒种茶的岁月,感慨万千,"这些茶园不是一夜之间凭空变出来的,都是村民们起早贪黑在荒山上开出来的。一年开一点,一人开一点,一开始是人工开荒,后来是依靠大型机械。到20世纪90年代末期,一到农闲时山头就满是挖掘机。"

对村支书高求来说,军营村各家各户绿意盎然的茶园仿佛是他自己的孩子。他看着这些孩子出生,又培育着它们逐渐成长为村里经济的支柱。

村民高铭金对我们说:"当年我种茶,基本上是靠天吃饭,一没技术二没钱,后来是老支书帮我。从选茶苗到买茶苗再到种茶苗,一整套过程都是老支书手把手教我的,就连500元启动资金也是老支书帮我去农业局申请来的。"

村民高铭树说:"我家从前就两间破房子,现在盖起了三层楼,占地面积100多平方米,要不是老支书当年带着我们干,又无私地帮我们,哪会有今天啊。"

据说光第一阶段,全村人就开荒300多亩,村民从一户平均仅有几分茶园发展到一户平均五亩,村财收入一年就增加了十万元。

刚开始全靠人工开荒，尽管大家干劲大，不怕苦和累，进展还是比较慢；后来租来了挖掘机，开挖的速度加快了几十倍。到1990年，军营村的茶园面积增加到1000多亩，村民的人均年收入涨到了900多元，基本解决了温饱问题。

我们从进到军营村，再深入高山腹地，在连绵起伏的群山中，随处可见的是绿油油的茶园，一派生机勃勃的景象。高求来感叹地说："这些茶园都是我们的宝贝哪，村民们不停地开，不停地栽，才有了这些茶园。"

皇天不负有心人，昔日洒下的汗水终究会结出累累硕果。时间来到1997年，与1986年相比，高山上的军营村和白交祠村悄然发生了嬗变——道路变宽了，每个山头都披上了绿色的盛装，山上美丽的梯田，是种满了希望的茶园。当初经济收入几乎为零的村集体，现在已经达到了20万元以上，村民每家原本只有几分茶园，后来家家户户都有20多亩茶园，人均年收入2000多元。

望着变化中的村庄，高求来心头敞亮。心里敞亮的人自有敞亮的由头。

当厦门西北角的高山上茶香渐浓时，高求来又有了新的想法。对于军营村的发展，要多种茶、种果树，山坡地可以种些柿子。因地制宜，脱贫活村，要沿着这条路走下去。

我们看到，距离军营村村部两公里的地方，一片柿子林长势旺盛。为什么要多种柿子呢？高求来说："早先听林业局领导说，我们高山上曾经种过柿树，应该适合栽种；柿子成熟了，能卖则卖，剩下的可以做成柿饼，便于贮存，到青黄不接时还可以充饥。"

我们找到了军营村原果林场场长高泉辉。他在同安城里做生意，直到晚上才抽时间过来与我们见面。他快50岁了，平头，穿件红色短袖T恤，显得很精神。

贰 "春天的故事"就此拉开

高泉辉是个心直口快的人,他告诉我们,他家里有20多亩茶园,自己不种茶有七八年了,全都交给别人种。他有一儿一女,儿子在厦门岛内上班。说实话,军营村大规模种植果树是1997年之后,之前也种了一些,但不多。

高清根是个积极的人,不仅自己开垦荒地、种植茶园,还发动村民一起开挖荒山,扩大茶园面积。刚开始,军营村的荒山开垦大行动全靠人力,进度很慢。高清根就和村两委一合计,买了台挖掘机。遇到这种大物件,再硬的土地都迎刃而解。挖掘机伸直了"手臂",一下一下往地里挖,土就被抓松了,这比人工可不知道快了多少倍,效率瞬时高了许多。之前荒废的土地很快被翻成了黄泥遍地,在这黄泥上,很快又种上了茶树。军营村和白交祠村别的没有,肥沃的土地和充沛的雨水是有的。小小的茶树很快扎下了根,苗壮成长,军营村的茶园眼看着如雨后春笋般,遍地开花,快速增长。

一开始种1000多亩,几年后到了6000多亩,家家户户的茶园面积都翻了几倍。带头人高清根家从年产茶叶1000多斤,到后来年产茶叶8000多斤。他有一个堂哥原先茶园面积更小,年产茶叶只有100多斤。但他认准这个好时机,使劲开挖荒山,开挖得多,茶园就多,年产茶叶10000多斤,收入翻了好几番。

茶园扩大了,那果地呢?

军营村人把果林场的面积差不多扩大了一倍,达到了700多亩。他们在山的上半部种湿地松,在山的下半部种果树,有柿子、水蜜桃等。果子和各种经济作物也像是争奇斗艳,种得越多长势也越旺。几年之后,小小的幼苗长成了参天大树,红艳艳、黄澄澄的果子挂满了树枝,果农们喜笑颜开迎来了收成。高山上的果,原生态,水分充足,销路也不错,效益在慢慢提升。高泉辉在果林场干了十几年,直到前几年才退了下来。现在的果林场承包给了别人,做了观光果园。那时村民纷纷在自己的地里种上一些果树,只是军营村是高山气候,冬天气候偏冷,雾水多,湿气重,果子由于光照不足,甜度也就不够好。有些人家看到果子挂果不够明显,渐渐将果园又变成了茶园。

事实上,在种果树这件事上两村都有过分歧,都经历过反复尝试。最终认定,种果树是一条增加村民收入的好路子,但形式可以灵活多样,大果园、小果园,茶园套种果树,房前屋后栽果树,遍地开花结果。

2017年春天,军营村和白交祠村展开了一项后来被称为打造"花果山"的行动。两村在茶园套种果树,房前屋后种植果树,先后种植各种果树三万余株,如今有的果树已经挂果。两村既是茶园,又是果园,还是美丽的花园。

说到栽种果树,高水银硬要开车把我们拉到山上,去看他的果园。他指着那一片蓝莓林说:"2017年我在这里租了100亩山地,租50年,种植了两万多株蓝莓。我请教了专家,蓝莓树种的头两年,最好是不要让它结果,一般在春天等花朵快谢掉的时候,将花托摘掉,避免结果,这样可以让蓝莓中间部分的养分集中,生长出更健壮的枝干,为以后结果打好基础。将来等到蓝莓树长健壮了,结的果实才好。我还把自己家和别人家荒了的100多亩茶园改造成果园,种植水蜜桃和梨树。等到果园开花结果的时候,我就把游客带到果园来,有花的时候赏花,果子熟的时候采摘果子,到那时,我的农家乐便成了观光乐园。"

军营村党支部书记高泉阳说:"我们在离村较近的茶园种植了3000多株东魁杨梅,茶园套种果树,不会影响原来的茶园。杨梅长起来后,树下还可以继续种茶,既可以丰富山头绿化,实现'山上戴帽',又可以增加茶农收入,真是一举两得。"听他的意思,

贰　"春天的故事"就此拉开

村里还将发展一批大棚瓜果采摘项目,作为乡村旅游的配套产品。当初游客来军营村只能购买一些价格便宜的地瓜和蔬菜,到时就可以集游玩、采摘、交易于一体,村民的收入将会得到更大的提升。

如今,种植果树几乎是林地丰富的农村的首选门路,果树可以说是带活我国农村经济的一大功臣。在军营村、白交祠村这样的高山村,虽然种植果树有它的弊端,却也有它的利处。事态将如何发展,一切到最后都交给大自然去抉择。大自然挑选了好的方向,果子镶嵌在山间林地里,甜出了一片勃勃生机。

叁

高山上，茶光溢彩

穷则思变，从现在起改变。

两村经过 11 年的努力，道路变宽了，村民新建的房子如雨后春笋般拔地而起。两村的茶园均达到了 2000 多亩，人均年收入达到 2200 多元，村民的口袋逐渐鼓起来了。不过，这收入相比山下仍然差了不少。可问题是，基本上每户都种了几十亩的茶园，大家已经快忙不过来了，怎么继续增收？唯有进一步激发两村经济的"造血"功能。1997 年，时任福建省委副书记的习近平第二次来到军营村、白交祠村。随后，两村进行了一场"生产力革命"，由手工制茶开始进入机械制茶时代。

一

一片树叶——神奇的东方树叶落入水中，改变了水的味道，从此有了茶。

中国是茶的故乡，是世界上最早发现茶树、栽培茶树和利用茶叶的国家。茶，始于神农时代，已与中华文化相伴走过数千年的历史长河；中国茶的茶祖是神农，神农也是世界茶的茶祖。中国茶传播到世界各地，增进健康，增进快乐，增进身心和谐，为健康理念和禅茶文化增添了无限魅力。直到现在，中国各族同胞还有以茶代礼的风俗。中华茶文化源远流长,博大精深,独成一体,历久弥新,生生不息;不但包含物质文化层面,还包含深厚的精神文明层次。

中国从何时开始饮茶,众说不一,西汉时已有对饮茶之事的正式文献记载,饮茶的起始时间当比这更早一些。茶以文化面貌出现,是在汉魏两晋南北朝时期。种茶、饮茶不等于就有茶文化,仅是茶文化形成的前提条件,还必须有文人的参与,赋予相应的文化内涵。唐代陆羽所著《茶经》系统地总结了唐代以及唐以前的茶叶生产、饮用经验,提出了精行俭德的茶道精神,在历史上吹响了中华茶文化的号角。

中国是文明古国,礼仪之邦,很重礼节。凡来了客人,沏茶、敬茶的礼仪是必不可少的。福建是最爱喝茶的地方之一,我们在厦门,尤其是在高山村,真切地感受到了茶的美丽、功能和魅力。家家户户都热情好客,什么也不说,先坐下来喝茶。主人告诉我们,茶道是一门大学问,喝茶有许多的讲究,各个地方有各个地方的茶风俗。当有客来访,可以征求客人意见,选用适合客人口味的茶叶。主人在陪伴客人饮茶时,要注意客人杯、壶中的茶水余量。一般用茶杯泡茶,如已喝去一半,就要加水,随喝随添,使茶水浓度基本保持前后一致,水温适宜。在饮茶时,还会佐以茶食、糖果、菜肴等,达到调节口味的功效。

古人常以茶酒会友、以茶酒话别,深深情意尽显茶酒之中。"劝君更尽一杯酒,西出阳关无故人。"这是唐代诗人王维在送别好友元二时的感叹;"幸有香茶留稚子,不堪秋草送王孙。"这是李嘉祐送别亲人的诗句。时至今日,以酒会友渐渐淡出人们的生活,人们更爱以茶会友,以茶话别,将豪迈的酒中情转化成优雅的茶中意。由此说来,茶比酒更醇、更香、更美,更让人陶醉和遐想。

在中国,茶一般被分为六大茶系,分别是绿茶、红茶、乌龙茶(青

叁　高山上，茶光溢彩

茶）、白茶、黄茶和黑茶。不同的茶有不同的功效和不同的历史。绿茶清澈，也是历史最为悠久的一种，喝绿茶的人最为广泛，有人开玩笑称之为"绿茶阶级"。红茶是全发酵茶，干茶的色泽乌褐，泡开之后，茶汤和叶子都呈红色；又因红茶暖胃，识茶者多爱冬天或晚上喝红茶。乌龙茶（青茶）是半发酵茶，既有绿茶的清香和花香，又有红茶的醇厚；它有个文雅的名字叫作"绿叶红镶边"。白茶是轻发酵茶，干茶外表满披茸毛，色白隐绿，汤色浅绿。黄茶的制法与绿茶相近，唯需经过堆放闷黄的工序，泡发之后，黄汤黄叶。黑茶是后发酵茶，经过渥堆工序，使茶叶发生后发酵，茶面颜色深暗，故为黑茶。

这些种类不一的茶分布在我国不同的茶区。说到茶区，我国大抵有四大茶区，分别是西南茶区、华南茶区、江北茶区和江南茶区。军营村、白交祠村属于华南茶区，而海拔 1000 米以上的高山产的茶，我们又习惯性称之为"高山茶"。"高山茶"的茶树茶芽生长较慢，蕴涵的滋味丰富，有回甘的喉韵，令人品之难忘。

进到高山茶乡，我们饶有兴趣地探寻两村与茶叶的故事和密码。

茶叶是两村的主要经济作物和主要经济支柱。茶叶一直是两村绕不开的话题。茶叶具有无限的可挖掘的底蕴，能够净化心智、陶冶情操、培养乐观精神和道德观，是实现人与社会、人与自然和谐共生，促进社会可持续发展所需的精神正能量的文化载体之一。

时光如白驹过隙，而对于军营村和白交祠村来说，却走得十分艰难。艰难困苦让两村村两委和村民们明白了一个道理，摆脱贫困没有捷径可走，尤其是像军营村和白交祠村这种受自然环境、地理因素等制约严重，经济落后的高山村更是如此。唯有像水滴穿石一样，只要滴落的每一滴水，都是向着一个方向，落在一个定点上，持之以恒，顽石也能滴穿。

山上戴帽，让一个个山头披上了绿衣；山下开发，把一片片荒山变成了茶园；一年四季，茶香四溢，高山村焕发出勃勃生机。

有一首名为《中国茶》的歌曲曾经风行一时：

> 一抹嫩芽　把乡音融化
> 千年的思乡情结　长满枝丫
> 月圆了　月缺了　月亮不说话
> 静静地照着远方的家
> 一把紫砂　伴我到天涯
> 长城的隘口古道　落满风沙
> 风起了　风停了　风中谁在看
> 古老的歌谣描绘的画
> 坐在月光下　对饮一杯茶
> 偷来浮生片刻的闲暇
> 用茶香解乏　把寂寞打发
> 我们在宁静中学会放下
> 一把紫砂　伴我到天涯
> ……
> 坐在月光下　对饮一杯茶
> 品茗唐诗宋词的儒雅
> 洗去了浮华　沉淀了年华
> 我们在时光中回味爱的刹那
> 我们在时光中回味爱的刹那
> ……

歌声中有浓浓的思乡情结，有深深的家国情怀。

叁　高山上，茶光溢彩

比起军营村，白交祠村的地势要陡峭得多，难得有一块大点的平地。户与户之间，不是上坡就是下坡，七弯八拐，如同一个迷宫。

云雾缭绕，时聚时散，宛若仙境，这是高山村的共性。军营村和白交祠村都是典型的云雾山庄，都是茶乡，都是农业部授予的"中国美丽休闲乡村"。

喝着父母种植的茶长大的杨水淡，1997 年 5 月当选白交祠村村主任。杨水淡说："进村委会之前，我在搞运输，自己买了辆农用车，拉茶叶，生意挺好的。后来，镇里领导找我，村民们推举我，我就回来参加换届选举了。"

我们来到白交祠村村部二楼"档案室"，一墙的铁皮档案柜上，档案盒规范整齐，令人叹为观止。原来，老主任杨水淡去年退下来以后，一直没闲着。他早就在做村档案的抢救工作，正好赶上厦门市档案局把白交祠村当作示范单位，他的劲头更足了。

是啊，乡村记忆档案是乡村历史文化建设的基础，是记录各种乡愁的记忆载体，既是乡村群众思乡的寄托，也是农村生产生活发展的见证。

档案室的书桌上摆着一块铜牌，是 2017 年 12 月福建省档案局授予的福建省"乡村记忆档案"示范项目的奖牌。

一个村里有这么一位老者，真是村里的福气啊。

出村口不远，拐入一个斜坡，我们步行来到白交祠金日希望小学。门前有两块招牌，原来是厦门市委党校和同安区委党校在这里办的高山党校，在军营村小学同样也有这样的牌子。操场上很多人，三三两两，是高山党校的学员。

资料表明，这所学校是金日集团董事长李仲树先生捐资 45 万元，于 1996 年 10 月奠基，1997 年 7 月建成的希望小学。白交祠金日希望小学的投入使用，使大山里的孩子从此告别学校长期无校舍的历史,让贫穷的孩子也能享受到与城里同样优质的教育。20年来,这里共走出上百名大学本科生,其中还有硕士生、博士生。他们分布在全国各地,在不同的岗位上奉献自己的青春和才智。

杨泽清和杨忠和都是从白交祠村走出去的"80后"青年,早年出去打工,做茶叶生意,凭着农村人的苦干实干加诚信,慢慢地在广州站稳了脚跟,打开了市场,成为远近闻名的企业老板。他们从小看着父母亲种茶制茶,一二十亩的茶园,辛辛苦苦一年,最多也就几千斤的茶叶产量。而且茶叶市场时好时坏,有时弄不好就赚不到几个钱了。

村民想扩大规模、增加收入,谈何容易。要想增产增收,必须改变过去那种全靠人工作业的传统模式,要办加工厂,走合作社的新路子。

杨泽清和杨忠和两人一拍即合,都想回村里做点有益的事,就合伙投资成立了一家茶叶加工厂——瑞壶祥茶叶专业合作社。他们施行"公司+基地+农户"运作模式,加工、包装、销售一条龙,以高于市价一元的价格收购村民的茶叶,让利于民,回报桑梓。茶叶加工厂一天就可以生产合格乌龙茶3000斤,人工简直没法比。这样一来,一年四季茶,全村村民采摘的茶叶,足不出户就可以销售出去了。销路不愁,回钱也快,大家可以放手一搏了。

村部对面有一栋三层楼房,建筑面积近200平方米。一楼开成了超市,一块硕大的招牌"厦门市同安区名特优农产品展销中心",旁边还加挂了一块招牌"白交祠电商服务中心",里面货架上全是本村的农产品:茶叶、地瓜干、竹笋干、百花蜜茶……包装精致,琳琅满目。管理员是一个身材高挑的中年妇女,名叫杨阿英。一问,原来是她家的门面。

在进店之前,我们已经听人提起过杨阿英,说她是个不幸的人,又是个坚强的人。她的爱人早在2000年就因意外去世,是她含辛茹苦地把四个孩子拉扯大。从2007年到2017年,杨阿英一直在漳州做废品回收生意。

杨阿英在漳州做废品回收生意的十年,正是我国废品收购市场从高到低的回落期。废品收购价格在起起伏伏中走下坡路,各类废品的收购价都有所下跌,生意越来越难做。2008年之前,钢铁能卖到每吨4000元,金融危机过后,钢铁回收一下子跌到每吨1800元,钢铁市场不景气,废品回收行业也跟着不景气。在2008年的时候,废旧钢筋回收价每斤价格要卖到1.2元左右,到后来每斤只有0.5元;铁皮的价格为每斤0.25元,废旧铁质易拉罐的价格为每斤0.2元。

刚开始,杨阿英每天推着一辆三轮车走街串巷收废品,挨家挨户地收破烂。那可是个又脏又累的苦力活,但为了孩子,杨阿英什么苦都能吃,什么脏活累活也不怕。她知道,很多人家都会攒下不少废纸壳和旧报纸,一直想处理掉却找不到买家。杨阿英一吆喝,人家就过来了。废纸壳和旧报纸每斤能卖0.2元,而她一转手每斤卖0.4元,每斤能赚0.2元。花50元收购一个旧冰箱,一倒手就能赚50元;收购一个煤气罐花20元,能赚20元;几乎都是翻倍的价。一天下来,赚个二三百元不成问题,弄得好,还可以捡个漏什么的,发点小财,千儿八百的也有。到后来,她就在郊区租了块地,在荒地和野草上搭了个窝棚,建了一个废品回收站,还办了营业执照,合法经营。

"前几年生意不错,一年能赚20万元左右,后来眼看着就不行了,一个旧冰箱只能赚10元,一个煤气罐只能赚5元。这些废纸壳、废纸、酒瓶收购一大堆也赚不了几元钱;就说废纸吧,用每斤0.2元的价格收进来,却只能卖到每斤0.3元,也就是说每斤就赚0.1

元,收购 1000 斤废纸还赚不到 100 元钱,1000 斤废纸要收多久啊,又要占多大的地方啊。"她更愿意收购废铜、废铁,2013 年废铜的收购价为每斤 20 元左右,倒手价是 22 元左右,平均每斤能赚 2 元;2014 年,废铜的收购价为每斤 15 元左右,但倒手后每斤还是能赚 2 元,但收购量却大不如以前。原先每年能收 2000 多斤废铜,后来只能收 500 斤左右。有专家经过市场调查发现,当包装纸箱的需求量减少时,废纸的价格自然就上不去。同样的道理,塑料、废铁等价格也会受影响。有"破烂王"说得更明白:"现在钢筋都卖不动了,废铁的价格会上去吗?"

废品收购行业流行一句话:"傻的买,傻的卖,还有一个傻子在等待。"懂行的人明白,换句话就是:"破烂其实都是放错了地方的财富。"杨阿英多年收破烂的经验练就了自来熟的本事,慢慢悟出了其中的奥秘,练就了一双"火眼金睛"。到她手里不但有本事卖出去,而且还能卖出高价,真的能"变废为宝"。

废品收购后没有销路,导致价格一跌再跌。随着行业变得萧条,一些"破烂王"都选择转行,另寻他路。

一个女人,而且是一个单身中年女子,在异地他乡做着回收废品生意,一做就是十年,个中的艰难与辛酸,谁又能够体会呢?杨阿英很少与人说这些,她只当是人生的一段过往,自己的宿命。

小废品也可以映射大经济,收废品也可以感受不一样的人生。杨阿英这个大山里走出去的女人,凭着自己勤劳的双手和坚忍不拔的精神,硬是在异地他乡辛苦打拼了整整十年,从废品中创造了经济效益,体现了人生的价值。

如今,她的三个女儿都出嫁了,最小的儿子也已长大成人。她实在太累了,不想再在外边漂泊了,想回家了。

正好赶上白交祠村实施乡村振兴战略,她就像一个凯旋的女英雄，立马得到村两委的认可，给了她一个施展才能的平台，让她具体负责"厦门市同安区名特优农产品展销中心"和"白交祠电商服务中心"。就这样，她把自己家一楼的房子改造成了门面。

杨阿英是个标致的女人，说起话来温润悦耳，她说："在外待久了，还是觉得我们这里好哇，景色美，空气好，人更好。我们的农产品绿色环保无污染，越来越受到外边人的青睐。"

要不是前面听说了她的故事，我们简直无法将她与女汉子画等号。

"店里怎么没有一个人进来？我们想了解一下村里这些农产品销路好不好？"我们还是说了实话。

杨阿英莞尔一笑，淡淡地说："我们这里的生意很难说，得看旅游的人多不多。这两天有雨，上山的人就少些。"

我们指着货柜上的茶叶说："这些都是你们村自己的茶吗？"

"是啊，"杨阿英起身拿了几盒不同品种的茶叶，放在我们面前说，"过去我们村吧，种茶的不做茶，做茶的不种茶。后来呢，家家户户种茶又做茶，做出来的都是半成品，卖不了好价钱。如今，村里有了茶叶加工厂，办起了茶叶合作社，把村民家的茶叶、地瓜、笋干、蜂蜜等统一收购、加工、包装，放在这里寄卖，比起过去当然要好多了。比如说这个金薯条吧，统一标准、统一定价、统一运营，打造成了品牌，就很受游客喜欢，经常有回头客。前天我还给浙江、天津的游客寄去几大包哩。"

白交祠的地瓜是云雾山庄的一大特产，更是"一村一品"的主打产品。白交祠地瓜，不洒农药，不施化肥，当地高山特有的气候、地理、环境等这些良好的自然因素及肥沃的土地，给予了地瓜最好的肥料和水分，是真正绿色健康安全的地瓜；白交祠地瓜，个头均匀，无粗纤维，肉质滑嫩、甘甜香糯，唇齿留香，看着就让人想大快朵颐。地瓜，不仅可当主食食用，也可把它变为更美味的副食品，如烤地瓜、拔丝地瓜、地瓜粥、地瓜饭、炸薯条、薯粉圆等。以往很多城里人经常慕名"上山"采购白交祠地瓜。现在，想要吃白交祠地瓜，不用"上山"，有电商、快递，有"川祥·白交祠地瓜礼盒"。绿色甘甜的云雾白交祠地瓜，自己吃、送朋友、送亲戚均可，送礼佳品，心意更足。白交祠人可谓是在地瓜上做足了文章。当然，不光是地瓜，还有芥菜等农产品，口感好，品质优良，也供不应求。由此说来，白交祠土特产品这篇文章还可以做得更大更好。

我们在"白交祠特产金薯条（食用地瓜干）"的包装袋上看到这样的文字：您消费的每一块钱，都是在为白交祠村民实现致富梦献一份爱心。

我们忽然眼前一亮，似乎触摸到了白交祠人从卖产品到卖文化的转变，看见了他们心中闪亮的那一束光。这个锁在深闺的贫困山村，中华人民共和国成立以来的前30年一直在贫困线上挣扎，坐吃山空，致富无门，地瓜加稀饭，连温饱问题都没能解决，对外面的世界也知之甚少。他们根本不知道外边的世界有多么精彩，也不知道中国改革开放、经济的高速发展，让这个穷山村落后了多长的距离。他们更不知道物产、包装、市场和品牌的重要性；交通的不便、信息的闭塞、观念的落后，让他们饱受贫穷的折磨。如今白交祠地瓜也能摇身一变，成了"金薯条"，就连普通得不能再普通的芥菜也与致富梦连在了一起。那一片片"云雾山庄"茶叶早已走出大山、走向全国、走向世界。

在白交祠村村部，村主任杨武建介绍说："我们村是厦门市委组织部的对口帮扶联系点，厦门市建发集团是我们村的对口帮扶单位，这一帮就帮了20多年。近几年，莲花镇还给我们选派了第一书记。他们把党的政策、规划、精神送到了白交祠村，引导我们转变观念，增强摆脱贫困的意识。比如说这个名特优农产品展销中心，就是一个例子。过去我们的农作物地瓜、包菜等等，吃不了就烂掉了，浪费了。现在把它们做成地瓜干、包菜干、竹笋干，加上我们的高山乌龙茶、蜂蜜，有包装，有品牌，有电商，还有好口碑。"

众所周知，党的十九大提出了乡村振兴战略的新要求，给农村发展带来了新的机遇和新的希望。如何建设产业兴旺、生态宜居、乡风文明、治理有效、生活富裕的现代化新乡村，如何扶持乡村发展，千万不要以为给钱就可以了。扶贫实践证明，金钱扶贫只是输血式扶贫，产业扶贫才是真正的造血式扶贫。送猪、送钱解决不了问题，要扶大扶强、扶持产业发展才能实现真正的扶贫。有关专家频频支招，要多渠道整合政策、资源和资金，着力大项目的发展。要按照乡村原有的脉络进行梳理，策划新产业，引进新思想，让更多年轻人回到村庄，将规划与运营有机结合，让美丽乡村产生美丽经济。要创新产业规划设计，打造合理的乡村空间格局、产业结构、生产方式和生活方式，促进乡村人与自然和谐共生，让更多人爱上乡村。

新时代遇见新乡村，新风貌展现新活力。军营村和白交祠村用事实表明，乡村振兴战略不能沿袭传统，要敢于突破，还有许许多多的模式值得去创新和探索。乡村振兴，最直观的变化在哪里？项目好了，环境美了，产业带动村民腰包鼓了，日子更有奔头了，绿水青山变成金山银山了。

二

开挖荒山，植树造林，开发茶园，建设美丽乡村，军营村和白交祠村的人个个都是主角，没有旁观者。

用军营村老支书高求来的话说，那真是一段激情燃烧的岁月。

高求来回忆说:"大家都是穷怕了,就想着多开点茶园,多种点茶,就能多赚一点钱,日子就会过得好一点,这就是我们那时的梦想。"

梦想很美好,现实却很残酷;要想坚持梦想,就必须咬牙接受现实。毕竟军营村底子太薄,基础太差,开始那几年全靠人工,到后来才有了挖掘机,茶园开发并不是太理想。

中国改革开放正向前推进,中国发生了多少大事。仅1986年,国务院提出争取在"七五"期间解决大多数贫困地区人民的温饱问题,并提出了贫困地区实行新的经济开发方式的十点意见;作出《关于深化企业改革增强企业活力的若干规定》,提出全民所有制小型企业可积极试行租赁、承包经营,全民所有制大中型企业要实行多种形式的经营责任制,各地可以选择少数有条件的全民所有制大中型企业进行股份制试点。1987年1月22日,中共中央发出了《把农村改革引向深入的通知》。1991年11月25日,中共十三届八中全会发布了《关于进一步加强农业和农村工作的决定》。邓小平南方讲话之后,农村经济又掀起了一个新高潮。1993年11月5日,中共中央、国务院发布的《关于当前农业和农村经济发展的若干政策措施》指出:"在原定的耕地承包期到期之后,再延期30年不变。开垦荒地、营造林地、治沙改土等从事开发性生产的,延包期可以更长。"并提倡在承包期内实行"增人不增地,减人不减地"的办法,允许土地使用权依法有偿转让。1997年8月,中共中央办公厅、国务院办公厅发出《关于进一步稳定和完善农村土地承包关系的通知》,对土地使用权的流转制度做出了具体规定,土地承包期再延长30年。

经过11年的发展,1997年的军营村已经从400多亩茶园发展至2800多亩;山坡上的250多亩柿子林年年丰收,村里因此挖到了第一桶金,农民人均年收入达到2200多元。对军营村的人来说,还有点小得意，满以为很不错了。

站在厦门看两村、站在福建看两村、站在全国看两村，差距的确是太大了。

高泉阳对我们说："厦门市委农办和市农技中心重点帮扶军营村，筹集资金，输送技术，现场指导，于是有一家企业来到军营村投资建厂。我们就用这70万元建了自己的茶叶加工厂，购买了20台制茶的揉捻机，还有塑包机、整形机等。军营村茶厂2000年5月开业，这是军营村有史以来的第一家茶厂，也是茶叶加工第一次用上了机器。有了加工厂和这些设备，军营村的茶叶外观好了，质量高了，价格也就随之提高了。邻村的茶叶如果卖5元一斤，我们就能卖到8元一斤。"

我们算了一笔账，经过茶厂加工的茶叶，每斤价格提高3元，全村一年粗略算下来就能增收约150万元，当初投入的70万元，半年就赚回来了。有了这个茶厂，军营村村民人均年收入在三年内就直接提升到5000多元。

军营村村民苏德水家就在军营小学后边，一栋两层的楼房，装修还挺气派。我们走进他家客厅，他老伴正在晒地瓜干，热情地将地瓜干送到我们手上。他在军营小学对面有个门面，开了家茶叶店，店里有一个很大的茶台，我们就在这里喝茶。苏德水今年69岁，精瘦、黝黑，人很精神，总是乐呵呵地笑，也很健谈。他一边泡茶一边说："村里分给了我一台制茶机。这是我这辈子得到的最贵重的礼物，真是做梦都没想到啊。"

我们问："你以前想过买机器吗？"

苏德水爽朗地说："想是想过，可是我们没钱哪。那个时候，一台机器要4000多元，好贵哟，买不起。"

"那台机器好用吗？"

"好用，先进。"苏德水又给我们添了一轮茶水，接着说，"过去我们人工做茶，一天只能做20斤茶干，机器一天可以做100多斤茶干。5斤茶青才可以做1斤茶干。当时我们家五口人，我有一个儿子、两个女儿，茶园不到20亩，东一块西一块，都是当年自己开挖的，一年辛辛苦苦也只能卖200斤茶叶，茶叶价格不高，收入还不到1000元。有了这台机器，到底不一样了。我的劲头更足了，过去村里分的水稻田，也改种茶了，卖了茶叶再买米吃。每年生产的茶叶多多了，收入也高多了。多亏了那台机器，家里情况大大好转了。你们刚看到我家的房子就是那个时候建起来的。"

我们品着茶，继续听苏德水老人讲他的故事。他笑着说："那台机器我用了十几年，实在舍不得丢。到了2013年，制茶机器都更新了，我才自己买了一台新机子，压茶机代替了过去的速包机，更先进了。现在我家有30多亩茶园，每年生产茶叶100多担，那是10000多斤啊。这要是在过去，我想都不敢想。"

苏德水的故事只是众多茶农的一个缩影。这些速包机，好比让高山村的茶农们跨上了时代的骏马，提升的不仅是速度，更有致富的决心和信心。有人形象地说，用机器取代人工，让面朝黄土背朝天的深山茶农触摸到了时代的脉搏，直接带动了军营村和白交祠村的一场生产力革命。

军营村和白交祠村的茶农们意识到，祖祖辈辈流传下来的手工制茶技艺，已经到了必须更新换代的时候。一台、两台、十台、二十台……大家纷纷购置制茶机器和设备，钱不够，可以贷款，由政府担保。

茶农们笑得合不拢嘴，真没想到如今的政策这么好，大家种茶制茶的劲头更足了。

三

一到军营村村口,老远就看见路边一栋很特别的玻璃房子,玻璃房子有三层楼高,四四方方,很是气派。阳光洒在玻璃墙上,折射出梦幻般的光芒。

听村里人说,这是村民高金柱家的晒茶房,旁边那栋五层楼房就是他的家。

我们去过两次,只有一对老年夫妻在家,猜想是高金柱的父母。他们说的话我们听不懂,我们说的话他们也听不懂。后来大概明白了,高金柱不在家,去广东了。

离村部不远的大路边上,有一家"云山茶业"。院子很大,正面是两层楼房,占地面积足有三四百平方米,两边是制茶车间,机器发出轰隆轰隆的响声。

我们走进一间大工房,喊着:"老板在吗?"

从里间走出来一位高个白净的帅哥,着件黑色短袖T恤,手里端着一个盛满茶叶的盘子,他朝我们问:"你们找谁?有事吗?"

我们以为是个打工仔,问道:"我们想找云山茶业的老板聊聊,了解了解情况。"

帅哥笑笑说:"我就是。"

帅哥把我们领到前面的一间办公室里,一边泡茶一边自我介绍说:"我叫高跃鹏,1987年出生的,你们就叫我小高吧。"

听我们说明来意,他笑了笑说:"我们是小厂子,没什么好讲的。你们愿意听,我随便讲一讲。"

高跃鹏讲,他2010年集美大学毕业,学的是会计专业。原本也是想到外边去闯一闯,就去了厦门银鹭食品公司打工。自己是农村孩子,不怕吃苦,只想学点本事,打了三年工,没学到多少技术,见识倒增长了不少。他感觉社会上人人都在奋斗，做什么都不容易。正当他彷徨的时候，父亲高清练对他说，不要去外边打工了，回来做茶吧。父亲平时话不多，忽然说出这样的话，高跃鹏放在心里，考虑了好久。这个茶厂就是自己出生那年父亲创办的，他从小看着父亲种茶做茶，听着父亲的故事长大。当年军营村十分贫困，父亲把种的茶叶拿到广州、汕头、揭阳一带沿街叫卖，出一趟远门就好像失踪一回，经常是十天半月见不到人，只有人回到家大家才能安心。特别是2003年非典时期，茶叶市场受到影响，行情下滑，茶叶价格低迷，茶厂没订单，茶叶没销路。一年没事做，父亲急得吃不好睡不香，没有别的办法，只能等。父亲为了这个茶厂，为了这个家付出了太多太多。自己长大了，也应该回去帮父亲分担分担了。这样一想，他毅然决然地回来了，准备跟父亲学做茶。

说起来，军营村和白交祠村一样，都是高山茶乡。高跃鹏在军营村土生土长，是茶香里泡大的孩子。可真正要做茶，他是十窍通了九窍——一窍不通。怎么办？只有从头学起。

高跃鹏拿起一盒茶叶说："茶是一门高深的学问，并没那么容易懂。茶叶有很多品种，至少要能分辨出什么品种。每个季节的茶都不一样，新茶与旧茶又不一样，质量也有好坏。茶叶市场也在不停地变化，要时时学习，不断进步，不然就会被淘汰。"

就在高跃鹏专心跟着父亲学做茶不久，他的父亲高清练不幸去世了。这对高家来说，就好比顶梁柱垮了。但心智成熟的高跃鹏没有被失去亲人的悲痛击垮，相反，他变得更加坚强了。

云山茶业是他父亲几十年的心血，更是军营村茶业振兴的希望。

刚步入而立之年的高跃鹏，继承了父亲未竟的事业，挑起了云山茶业的重担，他要让云山茶业走得更远。

高跃鹏告诉我们，这高山上有四个村，村村都产茶，可每个村的茶都不一样。即使是一个村，各个山头的土壤、气候都有差别，海拔每差 100 米，茶叶的品质都不同。所以说，他们做茶的，还得不断研究市场、研究顾客心理，研发一些新配方，开发新产品。

作为军营村的新生代，高跃鹏能有这样的认识和理念，我们感到欣慰。我们请他再谈谈村里的变化，最大的感触是什么。

高跃鹏爽快地说："最大的变化是居住环境，我小时候走路都怕，一到晚上黑乎乎的。没有大路，没有路灯，杂草丛生，到处是垃圾，臭气熏天。现如今村里家家户户都建起了新楼房，水泥路到户，村里有广场，到处有路灯。公路四通八达，公交车每天七八趟，大货车也能进山来了，为我们降低了成本。我们茶厂茶叶销售一直比较好，能给村里茶农带来便利，增加收入，每年还能安排 20 多人就业。"

高跃鹏苦笑了一下，话锋一转："我们军营村是茶乡，可是上一辈的人都老了，如今年轻人都不喜欢种茶、炒茶，吃不了这个苦，很多茶园都荒废了。我们担心没人来做茶了，茶叶就断代了，这是最大的隐患，也是我们最大的担忧。还有一种现象很不好，现在不少茶贩、茶商只顾眼前利益，只讲外观好看好卖，来钱快，不再摇青，不讲茶叶的品质，把传统工艺都败坏了。这对我们乌龙茶行业是一个很大的伤害。做茶跟做人一样，格局有多大，事业就有多大，这都是父辈教给我的，茶叶终归是要讲品质的。我觉得，有些好的传统我们必须坚守，需要有长远积累，要做老百姓喜欢的好茶。"

高跃鹏告诉我们，云山茶业与茶农签订购销合同、租赁合同，对签订合同的茶农进行培训，同时提供优质化肥和环保型农药，尽最大努力带动茶农种植优质茶叶。

说到这，高跃鹏突然打住，想了想又说，他这是小打小闹，真的不算什么。军营村的能人很多，人才也很多。有几家大企业，恒利茶叶公司是最大的一家；慕兰茶业，那是他叔叔家的；还有山上的正好茶业,老板陈正哲是集美人,来这种茶20多年了。

我们忽然想起来,村口那栋玻璃房子,就叫慕兰茶业。一问,果然是的,老板叫高金柱,正是他的叔叔,那两个老人是他的爷爷奶奶。

这天晚上,我们再次来到高金柱家。他刚从广州回来,中等个子,43岁年纪,头发过早谢了顶。

高金柱先带我们参观了玻璃房,他说这是晒茶用的工房。

从高金柱那里,我们知道了摇青,摇青是乌龙茶最关键的一道工序,而"走水"又是摇青的主要目的之一。所谓"走水",即通过摇青,使嫩梗中所含有的相当数量的芳香物质和含量比芽叶高出1~2倍的氨基酸和非酯型儿茶素随水分扩散到叶片,使之与叶子里面的有效物质结合,一道转化成更高更浓的香味物质,这也是乌龙茶高香的一个重要原因。摇青与晾青(摊青)统称为做青。摇青是茶青吸能过程,晾青则是茶青内能的释放过程,经过多次摇青和晾青,茶青内含物在能量的诱导和参与下,按一定的顺序发生物理化学变化,大分子化合物逐步降解为小分子化合物。

原来高金柱的父亲是村里出了名的制茶能手,20世纪80年代初还获得了福建省制茶工艺比赛大奖。高金柱兄弟也成了制茶的一把好手,各自办起了茶厂。早在十多年前,高金柱就在广州开办了茶叶店,专门收购村民的茶青,制作成慕兰乌龙茶销往广州等地。

高金柱与陈正哲还有一段传奇的交往故事哩。

20岁出头的高金柱在集美一家茶叶店打工,结识了陈正哲一家。那个时候,陈正哲已经是集美首富,但他为人很友善,对这个农村来的小伙子很照顾,经常给他带早餐,让他感到特别温暖。

高金柱说:"我喜欢干活,经常一个人干两个人的活,直到现在还是这样,别人说辛苦,我觉得快乐。我经过20多年的打拼,不仅赚到了相当的财富，还学会了感恩与回报。财富不是投机取巧，而是享受创业、创造财富的快乐，帮助乡亲们，分享快乐。"

听高金柱讲，当年陈正哲到军营村种茶，就是自己引荐的，还帮他一起考察。如今，他们是同行，更是好朋友。

军营村和白交祠村一样，在茶业发展的关键时刻，茶业龙头企业发挥了"领头雁"作用，建立基地，发展订单农业，就地安置劳动力，传授制茶工艺技艺，为茶农提供产、供、销一条龙服务，形成一条规范有序的产业链。

恒利茶叶公司每年引导、组织军营村和白交祠村近百名茶农到莲花镇上参加技能培训，由农业部门技术专家、教授或者客户授课，向茶农介绍茶叶方面的新技术、新知识、新观念，让茶农了解市场的需求，学习高效的管理方法。恒利茶叶公司与当地茶农签订捆绑协议，在未收成之前，事先为当地茶农提供生态、环保、无毒、高效的化肥农药，确保茶叶质量，待茶叶采收季节再和茶农进行核算。

我们从高金柱身上，对茶有了更深的感悟，喝茶、品茶，就像做人做事一样。生活像水，友情如茶，没有茶的水依然是水，没有水的茶，就不知茶为何味了。这茶、水、人因缘而得以交织相融。人生要把茶泡好，不一定要有百年普洱、明前龙井、至尊大红袍，但一定要有足够的人情味。

四

高水银开着他那辆皮卡车，送我们去后山找陈正哲。昨天采访过高水银，了解过他的西营茶叶专业合作社和农家乐。我们问他，认识陈正哲吗？他说认识，他们是好朋友。我们赶紧说，明天陪我们上山呗，找陈正哲聊聊。高水银满口就答应了。

山路弯弯曲曲，一会儿上坡，一会儿下坡，两边都是茶园，刚采过春茶，照样生机勃勃。一路上，高水银指指点点地说："这山上原来根本没有路，连条像样的小路都没有，村民们上山种茶采茶很不方便。当年我们以西营茶叶专业合作社的名义争取到上面的帮扶项目资金，修了茶园机耕路，一共修了十几条。长的一条有四公里，有的还硬化了。长长短短的机耕路，分布在村里的山山岭岭，运茶运肥都方便了，大家说这就是一条致富路啊。"

快到山顶了，眼前冒出一大片平地，一间硕大的工房，还有一溜平房。我们刚下车，见到地坪里有两人在劳作。经高水银介绍，正是陈正哲夫妇。陈正哲是个高个子，平头白发，古铜色皮肤，着件长袖条纹T恤，显得干净利索。他热情地邀请我们去他的别墅喝茶。这是一座真正意义上的别墅，两层楼房就在茶厂旁边的斜坡上，外观大气，古老的中式传统中融入了西洋的典雅别致，三面环山，前面一条机耕路，直通山上的大片茶园。

陈正哲问清了我们的来意，爽快地说："我很少接受采访，我不喜欢说假话。我1947年出生，集美渔村人，从小打鱼。前面几十年，什么都做过，做过生意，搞过运输，开过建材店，就是没种过茶。我到军营村来，有传奇故事，也是机缘巧合。20年前，我认识了一个台湾老板，他说种蝴蝶兰能赚大钱，销往日本生意好得很，大陆还没有人弄这个。我们来到军营村高山上考察，这里比村里海拔高300米。他认为这个地方日夜温差大，夏天不用空调，很适合种兰花。我就在这里租下600多亩山地，租了50年。没想到那个台湾老板回去以后反悔了，计划流产了。我可被他害惨了，真是骑虎难下。好在我在军营村认识了高清练、高金柱兄弟，他们鼓励我种茶，带我到山上考察。那时候这一边全是荒山，只有很少一点点茶园。我说，我是来种蝴蝶兰的，不懂茶，怎么种茶做茶呢？高清练、高金柱兄弟给我出主意，把荒山全部开挖做茶园，改良茶品种，引进新品种。"

陈正哲思前想后，只好背水一战。想起民间有句俗语："没吃过猪肉还没见过猪跑吗？"他从小就喜欢喝茶，在集美也天天喝茶，很早就接触过台湾茶。他发现台湾茶比大陆茶精细，军营村是乌龙茶茶乡，如果引进台湾乌龙茶呢？陈正哲是个敢想敢干的人，把600多亩荒山全部开挖，修了几公里的路。他把种茶专家、师傅都请来，自己又去台湾考察，设备也从台湾买来。

高水银在一旁插话："陈总是一个真正干事业的人，当年他上山种茶时，对茶一点都不懂，经常跑到山下，向村里人讨教。到我家来了好多次，一边喝茶一边向我爸请教，后来他把自己种的茶带下山来，与我们的茶比较。他把自己的全部家当都投入到山上种茶了，终于种出了好茶，真是不容易。"

陈正哲品着茶说："我刚到山上时，连住的地方都没有。住在高清练家里，吃住都在他家。住了一年多，后来我要给他钱，他硬是不要。他兄弟俩很照顾我，教会我很多。"

我们正聊着，进来一个微胖女子。陈正哲说："这是我的小女儿，我有三个孩子，一个儿子，两个女儿，如今都在山上。"

我们不约而同地问："他们都愿意上山吗？"

陈正哲有几分得意地说："我们家我说了算，他们都听我的。尽管他们都成家了，还是和我一起做事。我说把种茶做茶当作新的事业，他们都理解支持。我们就是想把这里的绿水青山打造成金山银山。"

"听说你现在茶厂生意做得很好，前景广阔啊。"

"唉，这个过程没有你们讲的那么轻松，很痛苦，投入大，收入却不多，工人还难请。那年'莫兰蒂'台风，把我前面那个工棚盖子都揭了，损失大，真是惨不忍睹啊。怎么办？我能退吗？那不就前功尽弃了吗？我都投入到快破产了，不能退缩，还得坚持干下去。"陈正哲说到这，叹了口气，接着说，"茶是中国的国饮，一种茶栽下去，只要品种好，管理好，可以栽几十年甚至几百年。茶的学问大啊，可以说是博大精深。我是从外行误打误撞进来的，现在还在边做边研究。我去过很多地方，眼下有一种现象令人担忧，歪嘴和尚把经念歪了，好多人只做贸易，丢掉了传统，把茶市场搞糟糕了。再就是小农经济思想根深蒂固，农家乐一搞就一窝蜂，全国各地到处是农家乐，真正称得上农家乐的又有几家呢？也许有人会说我怎么会有这些奇怪的想法，没有那些奇怪的想法，我会到山上来种茶吗？我们要做就要做施有机肥、无农残的安全茶、放心茶。像我这样保持做生态茶的，全国不到5%，让人痛心啊。军营村天时地利，应该把茶这个主业做好。如今大力发展乡村旅游，我认为也没错，可关键是要因地制宜。军营村最适合种茶，还是要打造茶业主导产品，做出拳头产品，打响品牌，才是上策。"

"做茶如做人，做人要正正方方，做茶要做真正的有机茶园。"陈正哲谈得兴起，指着满山的茶园说，"我的几百亩茶园采用太阳能光波，以虫治虫等方式，'生物+物理'结合，有机种植管理，加上山上常年云雾缭绕，无污染无公害。可以说，我这里的茶叶远离喧嚣，自带仙气，是茶叶中的极品。"

陈正哲口中多次提到高清练、高金柱兄弟，教会他很多。我们从高金柱那里，又总听他说到陈正哲对他的照顾。从他们的谈吐中，我们能感受到一种浓浓的感恩、报恩情怀。

临走时，我又看了一下陈正哲的名片，背面印着一幅画，是军营村七彩池美景，配有一副对联："青山不墨千秋画，绿水无弦万古琴"。

哦，这是福建先贤林则徐的诗句。该诗作于1842年8月，是林则徐被充军去伊犁,途经西安,口占留别家人的。诗中表明了林则徐在禁烟抗英问题上,不顾个人安危,虽遭革职充军也无悔意的态度。

全诗如下:

> 青山不墨千秋画,绿水无弦万古琴。
> 青山有色花含笑,绿水无声鸟作歌。
> 苦心未必天终负,辣手须妨人不堪。
> 若能杯水如名淡,应信村茶比酒香。
> 苟利国家生死以,岂因祸福避趋之。

我们乘坐的皮卡车已经开出好远,陈正哲还站在风中朝我们招手。又起雾了,青葱的山岭恰是一幅千年不腐、不着笔墨的山水画卷;陡然间,我们似乎明白了他的心境和情怀。

茶叶市场的低迷,不法商贩的侵害,茶农自身意识的走偏,造成一些村民不愿守在村里种茶制茶,而是选择外出打工,使一部分茶园被荒废,给当地茶业发展带来了不利影响。茶叶企业老板的担忧也正是两村众多茶农们的担忧,更是村两委的担忧。

军营村党支部书记高泉阳坦言:"茶叶是我们村的主业,从村两委到茶叶企业再到茶农,大家都在出主意想办法。目的就是扩大规模,提升品质,打造品牌,让我们的高山乌龙茶占领更大的市场,卖出更好的价钱。"高泉阳认为,可能每项工作带来的变化不那么大,也没有那么明显。但只要坚持做下去,就像滴水穿石一样,日复一日、年复一年地滴下去,一茬接着一茬干下去,必然会发生大变化,会有大成效。

肆

迈向绿富美的崭新时代

从绿化荒山到绿色发展,从茶园经济到脱贫致富,两个倔强的小山村开始了它们的蜕变之路。

经过十多年的发展,军营村、白交祠村的茶园面积翻了一番。但是,一个新问题出现了:随着全省乃至全国茶叶种植面积的不断扩大,市场竞争越来越激烈,茶叶市场开始走下坡路,两个村的脱贫致富路遇到了新的挑战。脱贫致富,需要艰苦奋斗的精神,更需要寻找适合自身经济发展的道路。

一

扶贫开发的阳光吹散了贫困的阴霾,也点亮了村民致富的心灯。

到20世纪90年代末期,军营村和白交祠村茶园面积扩大了几倍,茶农生产力得到了解放,生产效率有了显著提高,村民收入也有了大幅度增加。

追赶时代的列车,全国人民都在奔跑。

一个新的问题摆在军营村和白交祠村面前——全国茶叶种植面积迅速扩大,市场竞争越来越激烈,茶叶市场开始走下坡路。

改革越往纵深发展,发展中的问题就会越发凸显。

面对新的挑战，两村村民出现了一些不同的声音，有的悲观叹息，有的等待观望，有的迎难而上。

厦门和同安各级部门多次深入两村调研，一起探讨解决问题的办法：脱贫致富，需要艰苦奋斗的精神，更需要寻找适合自身经济发展的道路。

两村村民也意识到，长期以来，他们的茶叶产业一直处于粗茶制作为主的阶段，过去增产增收主要是靠扩大规模来实现。时代不同了，再走过去那样的老路肯定行不通，必须转变观念，向市场要效益，向科技要效益。

制茶机器的到来，让面朝黄土背朝天的茶农们感触到了时代的脉搏、科技的温度。看似冷冰冰的机器直接带动了军营村和白交祠村的一场"生产力革命"。

老百姓们意识到，祖祖辈辈流传下来的手工制茶技艺已经到了更新换代的时候。在各级各部门的支持和担保下，军营村和白交祠村不少村民贷款买了制茶设备，两村由手工制茶开始进入机械制茶时代。

生产效率的提高，生产力的解放，随之而来的是茶园的进一步扩大和村民收入的进一步提高。到2009年，军营村的茶园面积达到了6000多亩，村民人均年收入增至8800元。

回忆起那段时间，高泉阳不无自豪地说："这是军营村的第一个辉煌时期，当时山下其他村庄的许多村民都成了我们的采茶工人。"

不过，渐渐地，村民们也发现，纯粹靠扩大规模、增加产量，还不能达到真正致富的目标。所有的商品面对的都是市场，只有向市场要效益，向科技要效益，才能真正实现茶园的可持续发展。

在厦门和同安各级部门的支持和引导下，军营村和白交祠村紧扣"稳定面积、提高产量、提升品质、创造品牌、提高效益"的发展思路，加大对茶园基础设施建设、茶树良种的繁育和推广、病虫害测报网络建设、检测检验仪器的配备、茶农的技术培训、建立无公害标准化示范基地等方面的投入力度，茶园从内而外都充满了现代化气息。

2010年，军营村西营茶叶专业合作社应运而生，开启了两村农民"抱团发展"的新时代。

这个茶叶专业合作社的发起人叫高水银，那年他36岁。

和军营村的同龄人一样，高水银小时候家里很穷，书读得不多，初中只上了一个月就辍学了。辍学后跟着父亲学做茶，他不怕吃苦，舍得下力气，经常到山上开挖荒山，把自己家的茶园从10多亩扩大到20多亩。一年仅茶叶收入就有十几万元，在村里算是大户了。他还兼任村委治保主任，为这事，爱人高珠玉没少跟他吵架。高珠玉认为，一个大男人就应该到外边去做生意，做茶叶批发，那样可以赚更多钱，守在山里有什么出息。

高珠玉告诉我们，那时，她有一个表姐在广州做茶叶批发生意，做了好多年，生意挺好的，也想让他们过去，带着他们一起做。她本来都答应了，可高水银不愿去，坚持留在村里。她气得好久都没理他。我们问高水银："你为什么不去呢？"

高水银说，他不去有两个原因，一个是父母年纪大了，就他一个儿子，两个妹妹嫁人了，他想守在父母身边好照顾他们；另一个是他父母也不放心自己出去，怕亏钱。

高珠玉属于那种心直口快、风风火火的人，生气归生气，日子还得过。她还是能理解自己的男人，高水银是个老实忠厚的人，又是个大孝子，要是没有这些优点，自己也不可能嫁给他。

乍一看，高水银有点唯唯诺诺，瞻前顾后，其实个子不高的高水银骨子里是个敢说敢做的人。后边发生的几件事，就令军营村的人对他刮目相看。

高水银跟着父亲学做茶，少说也有20年了吧。他对茶业行情走势早就了然于心，一次次的危机，一次次的挑战，一次次的变革，助推着茶业不断向前发展。

眼前的困难只是暂时的，可眼下得想办法解决问题。高水银曾经到厦门和外地参加过茶业经验交流会，依稀记得听人提到合作社的事。当初他没太在意，现在回想起来，总觉得特别对路。他和几个伙伴常常在一起商量着对策，忽然心里蹦出一句旋律。他哼起了一首民歌《一根竹竿容易弯》，没想到，众人一齐唱了起来，还越唱越起劲：

　　一根（那个）竹竿容易（哟）弯（哟嗬）
　　三缕（啊）麻纱（呀）扯脱难
　　猛虎（啊）落在（呀）平阳（哟嗬）地（哟嗬）
　　蛟龙（啊）无水（呀）困沙滩
　　（唢呐一支锒铛锒铛一支哟）
　　不怕力小怕孤单（呐）
　　众人合伙金不换
　　众人（那个）合伙金不换

众人议论纷纷，摩拳擦掌。

"对呀，众人合伙金不换，我们抱成团吧，一起干！"

"好，要想成大事就要有合作精神、团队意识。"

"我们就叫合作社吧，茶叶合作社。"

"我们军营村在厦门的西北角，就叫西营吧。"

"好,就叫西营茶叶专业合作社。"

有人说,一个人可以走得很快,但不可能走得很远,只有一群人才能走得更远。高水银他们就是这样一群人。高水银挑起了这个头,就得带领大伙往前走。他到处打听,还上网查询,看看合作社应该怎么搞,先要做些什么,后做什么。经过了解,先要到同安注册,要有一定的规模,也就是要有合作的对象。高水银发动伙伴们挨家挨户上门登记,村民用一种怪异的目光望着他们。这是要干吗?发神经吧!祖祖辈辈都是做茶的,从来没听说过什么合作社。想当年,农村搞过合作社,早就成老皇历了。

高水银出师不利,愿意参加合作社的村民寥寥无几。

高珠玉也开始冷嘲热讽了,你出什么风头,逞什么英雄好汉,谁领你的情了?

高水银心里也有些想不通,我一片好心怎么就被当成驴肝肺了呢?想做点事怎么就这么难呢?

万事开头难,高水银只好厚着脸皮再去,一次不行两次,两次不行去三次,反反复复做解释。办合作社不是为哪一个人,更不是为我自己,是为了大家好抱团取暖,抵御风险,让我们军营村的茶叶站稳脚跟、占领市场,加入合作社是有百益而无一害的大好事。总之,高水银好话说了一箩筐,嘴皮子都快磨破了。总算是功夫不负有心人,半个多月后,有102户村民登记,西营茶叶专业合作社就算正式成立了。高水银被大家推举为理事长。

俗话说得好,新官上任三把火。这"火"得烧起来啊。

高水银当然明白,西营茶叶专业合作社不能只是一块牌子,不能只是个空架子,得干点实事,得带领大伙走出困境,走向一片新的天地。

与此同时,村党支部支持并积极引导高水银等精通生产和销售业务的村民牵头办起的西营茶叶专业合作社，觉得这是开启村民"抱团发展"的新阶段。

军营村党支部书记高泉阳是个有远见的人，他是福建省人大代表、福建省劳动模范，在福建省乃至全国都有一定的知名度。他从高水银身上看到了一种久违的冲劲和创新的精神。他从西营茶叶专业合作社这件事上看到了军营村人摆脱贫困的渴望和决心。这是个好现象，得好好加以引导、扶持。军营村的振兴就需要这样的典型，更需要这种精神。

军营村的居住环境相对比较集中，高泉阳家离高水银家也就几百米。高泉阳多次到高水银家聊天，他对高水银的胆识与担当很是赞许，对西营茶叶专业合作社格外看好，一起对西营茶叶专业合作社的定位进行把脉。同时，他把自己多年来对军营村的担忧与思考，把自己在外的见识与感悟，把自己对乡村振兴的一些想法和建议和盘托出。最后，高泉阳说："你们大胆地干，村两委当你们的坚强后盾。西营茶叶专业合作社要做就做出自己的特色来。"

对于有准备的人，机会总是有的。省、市、区（县）经常有各种经验交流会、研讨会，高泉阳都会派高水银去参加，还派他去外地参观学习，让他开阔眼界，增长见识，学习新技术、新观念。

改良品种，提升品质，少用或不用化肥、农药，多用有机肥等一系列举措，合作社的社员们都能接受，做起来似乎顺风顺水。

他与大伙一商量，村民茶园东一块西一块，没有一条像样的路，都是些荆棘丛生的泥泞小路，施肥料、采茶青都很不方便，严重制约了茶园的发展。当务之急是要修路，修许多条通往各家各户茶园的机耕路，把军营村的茶园连通起来，彻底解决村民们运肥、收茶的出行问题。

事不宜迟，说干就干。可问题又来了，修路就必定要占用部分村民的茶园，有的村民不愿意；修路就得花钱，这一大笔钱从哪里来，要村民自己出，大家肯定不愿意。

高水银打听到农业部门对农村专业合作社有一种帮扶项目，可用专业合作社的名义去申请。2012年，高水银以西营茶叶专业合作社的名义申报修机耕路的项目，想争取扶持资金。上面要求将合作社成员的身份证和户口本收上去进行登记、核实。

村民们一听还要身份证和户口本，更不干了。有人跳起来反对："高水银这小子鬼点子多，莫不是想把我们拉下水，利用我们的身份证、户口本搞诈骗吧？"有人问："我们都是种茶做茶的，他怎么诈骗？""那可不一定喽，知人知面不知心，他要是拿着我们的东西去银行贷款呢？到时我们不就惨了。"这一说，众人汗毛直竖，鸡皮疙瘩都起来了，谁还敢交啊。

身份证、户口本收不上来，项目申报就卡住了。这下，高珠玉来火了，她指着高水银大声喊叫："你看看，放着好好的生意不做，当什么村干部；要你去广州，你偏不去，说要照顾父母；现在好了，你又出什么馊主意，搞什么合作社，好像你是救苦救难的菩萨，能拯救军营村？你想做大好人，别人还不领你的情，只差一点就把你当成诈骗犯了。哼，我看你呀，里外不是人，看你怎么收场。"

高水银没有气馁，没有退缩。高泉阳也出面找有关部门做工作，终于争取到了项目扶持资金。

钱的问题解决了，可占地问题迟迟解决不了。

修机耕路牵涉到的茶园，有的多，有的少，有的实在绕不过去，最多的一户要损失茶园300多平方米，共计损毁茶园有五六亩之多，又没有一分钱赔偿，受损户不干了。

高珠玉劝他不要干了，费力不讨好。别看高水银在外边像个做大事的人，在家里他还真不是老婆的对手，吵起架来从来没占过上风。他只说了一句："我不也是为了大家好嘛，没想到他们都不理解。我不跟你吵，我自己想办法。"高珠玉一听，更火了，原地转了三个圈，气鼓鼓地开骂了："什么？你——你——你还想办法，我看你是不撞南墙不回头，不见棺材不掉泪，不……你真是一头犟驴，气死我了。看来这日子没法过了……"

好事多磨，高水银认准了修机耕路这个项目可以造福军营村所有村民，他决不会放弃。他整夜整夜睡不着觉，辗转反侧。他在想，村民们为什么不配合呢？他们有所担忧，而且还有些误会？只要把道理讲清了，他们应该会理解的。于是，他再次上门……高泉阳和村两委干部也出面做协调工作。还动员想通了的村民分头去做其他人的工作。最难缠的一户，高泉阳前后去了五次……总算是把102户合作社成员的身份证、户口本收了上来，修机耕路项目扶持资金很快到了位，还租来了挖掘机进山开路。高水银每天骑着摩托车上山查看工程进展情况，挖掘机师傅忍不住说他："你不要天天上来，耽误你的工，又那么辛苦。"高水银笑着说："我要看着新路一节节挖出来，不然，我在家也不安心。"

本来就黝黑的高水银晒得更黑了，有人笑他像个非洲人。他咧嘴一笑，说："只要能把路修好，我就当个非洲人也值得。"

三个月，将近100天，一条条新路破土而出，可以通汽车的机耕路全长11公里，延伸到茶山上的各个角落，就像一条条血管布满山间，受益的远远不止102户，而是覆盖了全村的茶园。从此，军营村茶园的基础设施得到了很大的提升，茶山上焕发出崭新的活力。这一年，仅西营茶叶专业合作社，茶叶产量达500吨，产值450万元。

二

那天下午，暖暖的阳光洒在身上，让人感觉格外地舒服。

高水银开着他那辆到处都嘎嘎响的皮卡车，载着我们沿机耕路转了一大圈。他神采飞扬，就像一个检阅部队的将军。军营村的茶山四通八达，他不停诉说着当年修路的故事，我们却被眼前的景象惊呆了。要不是坐车上来看，真不敢想象山上过去的路是个什么样子，在不能通车的过去，村民们是如何辛苦劳作。这一片片茶园该是多么地难堪和沉寂，一片片茶叶从山上到达我们的杯中，叶脉中凝聚着茶农们多少汗水和心血。

高水银说，修机耕路只是西营茶叶专业合作社做的第一件事。接着，他们又打出一套组合拳，请来了茶业专家现场讲课，向村民传授先进的种茶和制茶技艺；他们注册了商标，从此结束了军营村茶叶无商标的历史，既受法律保护，又可以创立品牌，抢占市场；还通过了无公害认证，提升了茶叶的市场价值。

"合作社的产品注册商标并通过无公害认证后，情形就大不一样了。"高水银介绍道。

我们问，这个商标是个人的还是集体的？

"这个商标，只要是西营茶叶专业合作社的成员，就都可以用。"高水银说，"过去我们军营村的乌龙茶，便宜的只卖几元一斤，好的也只卖到几十元一斤。有了商标，我们又请专业人士对茶叶档次进行了划分，设计了精美的包装，现在最贵的茶叶卖到了数百元一斤。"

我们来到村主任高泉伟家里，他正从自己家烤房里搬出茶叶来，装了两大袋。说起军营村的茶叶，他说："我们全村人都是茶叶世家，茶叶是我们村的命根子。"

我们向他打听恒利茶叶公司的情况,听说恒利茶叶公司是厦门著名龙头企业,公司负责人却都不在村里。

高泉伟毫不掩饰地说:"恒利茶叶公司是 1996 年成立的,是个家族企业。董事长高树根是我的大舅子,总经理高树足是我的小舅子。早在 2004 年,公司承包了七彩池那边 2000 多亩山地作为茶叶基地。基地负责人就是我,一年要解决几十个人的劳动就业。生产管理、农药残留都严格把关。恒利茶叶公司除了自己茶叶基地的茶叶,还收购本地村民的茶叶,比他们送到外地的价格要高出一元钱,让村民享受更多的实惠。还有附近村庄 50% 的茶叶也是我们在收购,恒利茶叶公司是军营村的创汇、税收大户。"

不到两年时间,在厦门市和同安区相关部门的支持帮助下,阻碍军营村发展的四大难题迎刃而解,军营村的发展从此走上快车道。

电来了,电话通了,厂子建起来了,经销合作的大企业也引进来了,村党支部的责任担当为军营村争取到了空前优越的发展条件。然而,如何深入推进发展,将村民对美好生活的向往付诸实现?这是摆在村党支部一班人面前的又一项挑战。

为此,军营村党支部和村委会一班人开动脑筋,经过认真的调查研究和综合考量,他们意识到,农村资源的开发离不开市场的引领,而村庄的发展离不开政策的扶持。于是,他们理出了一条"依托市场,依靠政策,扎实做好做强经济发展和新农村建设"的工作思路,并制定了可行的实施方略。

村党支部一方面请出了高泉国老主任等有丰富栽培和制茶经验的老党员组成村茶叶协会,继续带领全体村民开荒种茶;另一方面,加大对茶园基础设施建设、茶树良种的繁育和推广、茶农技术培训、建立无公害标准化示范基地等方面的投入力度。此外,村党支部书记高泉阳还经过多方努力,让恒利茶叶公司与多数村民签订了经营合作协议。在农业部门和龙头企业的引导帮助下,村民不断进行技术改进和品种改良,单位面积茶叶的经济效益不断增加。

军营村的建设事业紧紧跟随着一波波的政策之浪推进,成就斐然。

据了解,在军营村和白交祠村的茶叶产业转型中,除了合作社,龙头企业起到了至关重要的作用。军营村的恒利茶叶公司、云山茶业、慕兰茶业、白交祠村的瑞壶祥茶叶公司等企业,都有各自的优势和资源,大多数村民都与他们签订了合作协议,村民们足不出户就可以把自己的茶叶远销全国各地。恒利茶叶公司还坚持按高于市场价格一元收购村民的茶叶,让村民得到更多的实惠。

军营村和白交祠村村两委抓住高山乌龙茶这个"牛鼻子",引导农业部门、茶业专业合作社、龙头企业与村民联起手来,进行茶叶技术改进和品种改良,先后引进了玉桂、单枞、乌旦、金观音等高优品种。

白交祠村瑞壶祥茶叶专业合作社采用"公司+农户"的合作模式,组织108户村民加入,推进茶叶经营规模化、标准化、品牌化和市场化,帮助村民增产增收。仅2014年春茶一季,合作社就收购约20万斤茶青,创收20多万元,一年可实现收入1200多万元。军营村因茶叶特色,2011年被农业部评为全国"一村一品"示范村。2013年,军营村农民人均纯收入达10173元,白交祠村为10011元,首度双双突破万元大关。与此同时,白交祠村的地瓜已经成为"一村一品"知名品牌,成为白交祠村一张鲜活的"名片",全村地瓜年产值可达210万元。

党的十八大以后,厦门市和同安区的扶贫开发工作进入啃硬骨头、攻坚拔寨的冲刺阶段。军营村和白交祠村有效规避了市场风险,在经过了短暂的蛰伏之后,两村又重新进入了发展的快车道。

三

当年一份沉甸甸的嘱托,对军营村、白交祠村就是一份沉甸甸的责任,如今两村交出了一份精彩答卷。曾经是厦门市最贫困落后的地方,30多年来这两个村子发生了巨大变化,成为高山上两颗耀眼的明珠。

年近半百的高泉阳,在这个云端之上的小村庄已经当了22年村干部——四届村主任、三届村支书。我们听说,在军营村,没有人喊高泉阳"书记",不论男女老少,大家都爱叫他"牛头"。

走进"牛头"的办公室,简简单单,一台电脑,几张桌椅。桌面上落了一层灰,难怪有人说过,除了开会,"牛头"平时也不常在这里办公。

我们看到墙上的"高泉阳劳模创新工作室简介":

在市、区总工会的关心、重视和支持下,成立以厦门市同安区莲花镇军营村党支部书记、福建省第十三届人大代表、福建省劳动模范、福建省美丽乡村建设带头人、厦门市十大最美人物(最美村干部)、厦门市同安区第十七届人大代表、同安区人大常委会委员高泉阳同志命名的"高泉阳劳模创新工作室"。工作室成立于2018年8月,设在厦门市同安区莲花镇军营村村部二楼,工作室由七名村干部组成,其中党员劳模一人。工作室以"绿水青山就是金山银山"为理念,按照有团队、有牌匾、有台账、有场所、有制度、有经费、有成果的"七有"标准不断努力落实,为村里的发展作出了巨大的贡献。工作室创建之初,就本着服务村民,把军营村打造成"美丽乡村"的样板村为宗旨。目前军营村水泥路"户户通",各种基础设施建设已趋于完善,为村民、游客提供了一个良好的生活和旅游环境。

再就是"军营村人大代表信息公开栏""军营村'两委'坐班安排表",每个人的手机号码都在上面。高泉阳还是厦门市劳动模范、厦门市同安区优秀党务工作者、厦门市岗位学雷锋标兵。

难怪有人说,他的办公场所,在田间地头,在村民家里。村里修路的时候,他满身泥巴蹲守在工地;村民有了纠纷,他又进家入户去劝和。

年长的村民老高至今还记得,那个时候,家家户户都种茶,可是茶叶种出来了,收茶叶的车子却进不来。一到收茶的季节,村民只能把茶叶一担一担挑到村部,再用拖拉机运出去。高泉阳说:"那时我有一个雄心壮志,一定要改变军营村的面貌。"

那个时候军营村基础设施很差,他想方设法联系电话局,把电话线架到高山上,使村里有了固定电话;又四处筹钱,这个单位要三万,那个单位要五万,终于在2002年拓宽了进村道路,2003年铺了水泥路,2008年实现了村里户户通水泥路,外面来买茶叶的客户,一路开着车就能到村民家门口。

高泉阳干的这三件大事,改变了这个边远山村的面貌,村民们至今都津津乐道。高泉阳说:"能得到村民的信任,是我们的荣誉,选择当村干部,就要为村民做事,不为他们做事,就不要来当这个村干部。"

军营村摆脱了落后的面貌,2015年村人均纯收入达到13198元;还造林绿化9000多亩,把原来的荒山都变成了绿色资源和生态旅游资源。

早些年，军营村的村民收入来源主要依靠茶叶生产加工、地瓜种植。但这几年，茶叶的收购价格走低，人工成本又高，不少村民放弃了种茶，出去打工。

高泉阳看在眼里，急在心里。他想到，村子该转型了。他带头打造了七彩池、雄狮瀑布、关帝庙、七仙岩、防空哨所等景点，大力发展乡村旅游业，鼓励村民把多余的房子拿来开农家乐和民宿。

可是大家心里都犯嘀咕：这么偏远的地方，有人来吗？一个农家乐少说也要投下去好几万元，村民们都不敢轻易投资。

高泉阳鼓励村民开办农家乐，金盈春农家乐就是在他的支持下办起来的。有了第一家，很快就有第二家、第三家……村里的旅游真的火了，每到周末都能吸引许多山下的人前来观光旅游，以前卖不出去的农副产品，现在在家门口就供不应求了。村民们一看，乐开了花，农家乐、民宿像雨后春笋一般冒了出来，现在全村已有10多家民宿、农家乐。

在军营村、白交祠村的带动和影响之下，周边的淡溪、西坑等几个村子也受益，高山上的村民都尝到了甜头。

高泉阳心里不仅装着这个村子，更装着整座大山。他想领着这座大山里的村民共同走向富裕，走向更幸福的生活。

如今，30多年过去了，在村党支部的坚强引领下，经过30多年的耕耘和开拓，6500多亩梯田式茶园、9000多亩绿化林、4100多亩生态公益林覆盖了全村10000多亩的山地，把原来的荒山变成了绿色资源和生态旅游资源，纯净的空气、清澈的蓝天与绿意盎然的环境，使军营村成为美丽厦门的一颗绿色明珠。

军营村摆脱了贫穷落后的面貌，特别是近些年来，全村发展茶叶经济，大多数村民靠种茶、制茶、销茶，军营村的有机茶60%出口日本市场，村民的钱袋子渐渐鼓了起来。2018年全村人均纯收入约两万余元。军营村逐渐发展成为一个特色旅游村,已经在厦门及周边打出了品牌。每逢双休日、节假日,特别是到了夏天,农家乐、民宿家家爆满,山上山下到处是人。仅2016年就吸引了17万名游客。每年增加几万人,相信以后会以几何级数增长。

乡村旅游开发给村民带来了实实在在的红利,不仅解决了军营村富余劳动力的就业问题,还进一步拓宽了茶叶、地瓜、土鸡土鸭等土特产的销售渠道,为军营村经济的可持续发展带来了源头活水。

从管住环境卫生开始,村民的"主人翁"意识开始显现,全村上下团结一条心。高泉阳高兴地说,如今村里已形成一套规范的管理模式,不仅干部愿意带头干,村民也乐意出力。村里几乎没有不落地的项目,没有解决不了的问题。自2012年开始,乡村观光游在神州大地悄然兴起,成为城里人节假日休闲的新风尚。军营村党支部一班人敏锐地发现了这一良机,马上制定了把守护多年的绿水青山兑现成金山银山的乡村旅游发展策略。

2013年,军营村抓住被厦门市列为"五位一体"建设试点村的机遇,不断推进基础设施的完善和旅游景点的打造,七彩池、高山哨所、朱子诗作摩崖石刻、雄狮瀑布等一批富有地域特色的景点先后被开发出来。从2014年起,军营村声名鹊起,游客渐多;2015年,军营村更是获评"中国最美休闲乡村"。我们听许多村民说,这些年来,军营村的巨变有目共睹,作为领头雁的村支书、省劳模高泉阳功不可没啊。

四

山路弯弯,通往我家乡,

厦门最远最边的小村庄。
风华正茂的你啊，和我们在一起，
俯首听衷肠，笑语指方向。
解开穷结子，改变旧模样，
敲响致富门，推开招财窗。
啊，山路弯弯，山路弯弯，
弯弯山路，越走越亮堂。

山路弯弯，通往我家乡，
闽南千米高峰的小村庄。
不忘初心的你啊，和我们又欢聚，
开怀品茶香，深情壮胆量。
同描远景图，迎来新气象，
青山披锦绣，旧厝换新房。
啊，山路弯弯，山路弯弯，
弯弯山路，越走越坦荡。

山路弯弯，山路弯弯，
建设新农村，齐心奔小康！
山路弯弯，山路弯弯，
共筑中国梦，山村幸福长……

甜美的歌声在高山上回荡，让人听得如痴如醉，意味悠长。

这是军营村村歌《山路弯弯》，乍一听是较为朴实的歌词。当我们设身处地深入这一片高山热土之后，会深刻地认识到这朴实歌词背后的深邃与曲折。浓浓的闽南风格，质朴的语言，优美的旋律,唱出了军营村穷乡变富壤、山村变花园的精彩与优美,唱出了军营村脱贫致富奔小康的深情与豪迈。

军营村"村晚"历届总导演苏银坂介绍,这首歌由厦门作家王佳兆作词,中国音乐家协会会员、厦门市音乐家协会副主席许善飞作曲,厦门女青年歌唱家戴向红演唱。

据许善飞回忆,这首歌是我们深入生活、扎根人民的成果。在2015年秋季,厦门市文联组织文艺家到基层采风,当他们沿着蜿蜒的山路来到军营村,立即被军营村当地干部务实的作风、军营村美丽的风光以及村民的淳朴打动,立马有了创作冲动和创作灵感。

"让我们创作一首歌讲讲军营村的故事吧。"许善飞和王佳兆心有灵犀,说做就做。莲花镇政府、军营村两委全力支持,两位文艺家倾情创作、找团队伴奏、录音、制作……历时近两年,这首歌的MV正式在网络推出,点击量直线上升,好评如潮。

军营村素有"社会主义军营"之美誉,游客来到军营村,第一眼看到的就是村部和高山防空哨所飘扬的五星红旗。同时,能听到村部的高音喇叭在循环播放《山路弯弯》,极富闽南特色又优美动听的旋律在军营村的上空回响,惹得村里许多人也跟着哼唱起来。游客置身其中,顿时被一种满满的幸福所包围,心情格外愉悦。

2016年2月22日,正值元宵佳节,军营村七彩池景区人头攒动,欢歌笑语,第十届厦门市莲花褒歌比赛正在这里举行。听原生态褒歌、看精彩表演、品特色美食,比赛吸引了数千名市民到场观看、游玩。

据了解,莲花褒歌起源于16世纪中叶(明嘉靖年间)同安小坪及毗邻的安溪地区,由劳动人民在从事生产劳动过程中即兴创作，具有浓郁的乡土生活气息。歌词一般四句押韵，一首四句，大多以男女爱慕思念、表达感情、褒扬对方的情歌为内容。种类有爱情类、采茶类、农作类、道德类等，多以男女互相问答对唱的方式进行。莲花褒歌曲调优美，内容通俗易懂，体现了人与自然的和谐美。莲花褒歌早在2007年8月就被正式列入福建省第二批非物质文化遗产保护名录，成为同安区莲花镇一张崭新的文化名片。

本届比赛，举办地首次走出其发源地小坪村，来到了军营村。

虽说这天天气阴沉，天空还飘着小雨，雾气弥漫，却丝毫不影响村民们的表演热情和观众的兴致。月牙状的七彩池边，台上台下，影影绰绰，如入仙境。军营村、白交祠村、北辰山景区、小坪村、小坪小学等多支代表队先后上台竞技褒歌。一位位男女村民穿着节日的盛装，放声歌唱；一曲曲原汁原味的莲花褒歌在山野茶园的上空回响。幽默的歌词、舒缓的曲调、嘹亮的歌声，让四面八方赶来的市民们欣赏到别具一格的山歌，享受到一场独特的文化盛宴。许多专程赶来的市民忍不住感叹："这才是原汁原味的山歌。"

军营村村歌《山路弯弯》里就有莲花褒歌的闽南风格和活泼向上的曲风，文化的浸融与传承早已深入村民的骨髓。

其实，在褒歌比赛开始前，现场还举行了福建省级美丽乡村文明建设示范村（军营村）启动仪式，以及厦门市委宣传部、市委文明办、厦门农商银行与军营村的结对共建签约仪式。据了解，近年来，同安区按照"创新、协调、绿色、开放、共享"五大发展理念，从经济、政治、文化、社会和生态文明建设"五位一体"全面发展的角度，高点定位，整合资源，突出地方乡土特色和文化内涵，重点打造军营村、白交祠村等一批"美丽乡村·共同缔造"典范村居。军营村作为全市"五位一体"建设试点村,在"美丽乡村·共同缔造"的探索实践中,村庄环境焕发新风貌,村民收入实现新突破,文化生活呈现新气象,逐步实现"民富村美"的发展目标。

好风凭借力,送我上青云。党建的引领、文化的浸融让军营村、白交祠村为梦想插上了腾飞的翅膀。

我们在军营村、白交祠村采访的日日夜夜,真切地感受到了这两个偏远山村的美丽蜕变。2018年3月4日,军营村和白交祠村党支部率先在全市启动"两学一做"学习教育。两村党支部以实际行动先学、先思、先行,他们分解任务、设定岗位、明确职责,共设立了党风党纪监督岗、富民强村项目岗、基层治安维护岗、美丽乡村建设岗、乡村旅游引导岗等12种岗位。党员们结合自身特点,主动认领任务,在认领的岗位上签下自己的名字。党支部对党员认岗定责落实情况实行考核,督促每个党员争做合格党员。

在每一个项目的实施过程中,军营村党员都能积极投入、忘我奉献。村委会副主任、党员高荣球说:"去年以来,单是落实村居平改坡项目,分解到我的动员说服任务数是近百户人家。一些群众顾虑改造工程会损坏固有的结构。没办法,我只好率先把自家的房子改了,群众看了以后就放心地跟上了。"

军营村村民高水银的西营农家乐门口就挂着一块写有自己名字的党员示范牌子,上面写着:"我承诺,自觉做好农家乐食品卫生安全和民宿日常管理、服务工作,为顾客提供健康舒适的饮食休息环境,让军营村更美丽。"听说这样的党员示范户,在军营村、白交祠村还有20多户。这样的党员示范户,牌子十分耀眼。"亮身份作表率",它就像一个警钟,时刻提醒着每一个党员,要永葆共产党员的先进本色,要勇于担当、甘于奉献,要起先锋模范作用。

一个党员就是一面旗帜，一个党员示范户就是一个闪亮的坐标。两村形成了普通户向党员户看齐，党员户向示范户看齐的链式激励模式。据了解，2016年超强台风"莫兰蒂"袭扰厦门全境，两村损失惨重。在灾害与危难面前，两村的党员干部个个都身先士卒，发动群众，带领群众开展灾后自救和重建。短短一天就打通道路，三天时间内，村庄就恢复了正常的生产生活秩序。

白交祠村党支部书记杨明福动情地说："我们充分利用这份得天独厚的宝贵资源，在各级党委政府的关心支持下，从一个偏僻、贫穷、落后的小山村蜕变成美丽乡村建设的典范村、示范村，发生了翻天覆地的变化。"

近几年来，村里积极加强组织建设，充分发挥村党支部的核心引领作用和党员的先锋模范作用，带动各方参与共同缔造，促进村民自我管理，逐步构建起内容丰富、覆盖全面的党群服务体系，探索出"一核多元、共享共治"的服务型党组织创建模式。两村组织队伍建设进一步加强，村民收入大幅提升，民生保障和公共基础设施更加完善，文化生活丰富多彩，村庄面貌焕然一新。2018年，白交祠村获评为中国最美休闲乡村、福建省级文明村、福建省"千年古村落"，以及厦门市、同安区先进基层党组织等荣誉称号。

两村党组织的战斗堡垒作用日益增强，村民自主发展的意识和能力明显提升，党建富民强村的成效得以彰显。杨明福介绍，白交祠村有很多房子都是依山而建，存在一定的隐患。2008年，一场强台风来袭，造成一处坡体下滑，部分房屋的地基发生严重位移、有些房屋的墙体破裂，涉及20多户人家。2011年，白交祠村滑坡地灾点搬迁安置项目立项，随后完成招投标工作，1050

万元建设资金也很快到位。安置点的建设牵涉到40多座坟墓和32亩茶园，影响到部分村民的切身利益，矛盾交织，项目无法施工，而且一拖就是五年。

从1995年起，厦门市委组织部开始了长达20多年不间断的挂钩帮扶。陈海煌是眼下下派到白交祠村的驻村第一书记。这天，他来到村民杨春成家，希望征用杨春成家的茶园做安置点。原来白交祠村那处滑坡地灾点，实在不能再住下去了，必须尽快搬迁。涉及26户102口人，新的安置点建设涉及32亩茶园，牵涉到多户茶农的利益。前段时间，在完成招投标工作后，陈海煌就一直在挨家挨户做工作。不管征用的地有多少，都是大家一点一点开挖出来的，种了几十年了，早成了茶农的宝贝，谁都舍不得。一旦被征用了，每年就少了几百元甚至上千元的收入。

杨春成家的茶园虽说只有两分地，但他心里仍过不去那个坎，心里揪得慌。陈海煌很能理解茶农的这种心情，他不厌其烦地上门，已经去了11次，每次都是和杨春成先喝茶、拉家常，再摆事实、讲道理，还应允一些优惠政策。杨春成总算答应了。陈海煌心头一块石头总算落了地，又马不停蹄找人现场测量，按每平方米70元标准进行补偿。杨春成最终拿到了3500元的补偿款。杨春成的工作做通了，而且补偿款都兑现了。这就等于给这次征地工作打开了一个突破口，为之后的工作增强了信心。

白交祠村开展"两学一做"学习教育活动，全村党员的思想发生了转变。陈海煌坚韧与扎实的工作作风，又给大家树立了一个好榜样。党员杨泉乙主动向村党支部汇报思想，主动腾出土地，还帮着村两委一起做其他村民的工作。其他党员干部主动承担了原本也不同意征地的六户村民的思想工作。群众看党员、党员看干部。风气一好转，白交祠村停滞了五年之久的地灾点搬迁安置项目征地拆迁难题便得以顺利解决。

　　陈海煌对村里的情况了如指掌,他把村里的事当作自己的事,甚至比自己家的事还要上心。32亩安置地,除了建安置房,还得做些配套设施,还得有小型绿化花园景观,还得有……他绞尽脑汁,村民没想到的他想到了,村民不敢想的他也想到了。他一次次到现场察看地形地貌,安置点在村口的山门外,那边还有一块空地。于是,他又有了一个更大胆的设想——在安置点旁边建造一个停车场。村民们一听,都夸他看得远,想得周到。白交祠村从来没有过停车场,如今美丽乡村建设正如火如荼,乡村旅游快速发展,每年来村里参观游览的人数成倍增长,停车场是最紧缺的项目了。

　　如今的军营村、白交祠村已逐步向全方位发展,提升农村基础设施建设,把乡村建设与自然生态以及乡村历史文化保护结合起来,已成为厦门新农村建设的主流。

伍

一片绿色，一个传奇 ◦◦◦

坚守绿色发展理念，澎湃绿色发展力量，才能为子孙后代留下可持续发展的"绿色银行"。

短暂的困难让军营村和白交祠村的村民意识到，发展道路不是只有一条，也不能只有一条。要做好森林绿化，保护绿水青山。在军营村和白交祠村，也有一座存了近30年的"银行"。20世纪80年代末，两村开始植树造林和封山育林。如今，两村共有生态公益林6800亩，20000亩的山地更是绿意盎然。千米高山，纯净的空气，清澈的蓝天，翠绿的梯田式茶园，对于习惯了钢筋水泥、海浪沙滩和喧哗吵闹的城里人来说，都十分具有吸引力。

一

城在海上，海在城中，这说的是厦门。

厦门，相传远古时为白鹭栖息之地，故又称"鹭岛"。

一城春色半城花，万顷波涛拥海来。厦门是一座风姿绰约的海上花园。每个人心里都会有一个向往的地方，厦门这座连空气中都弥漫着浪漫气息的国际花园城市，长久以来一直是游人心中的圣地。有人发出这样的慨叹：上天想宠爱一个人，想温暖一个人的心，就把这个人轻轻地放到厦门去吧。

一花一树一白鹭，一岛一屿一厦门。2013年，厦门市获得"国家森林城市"称号。2018年，厦门顺利通过"国家森林城市"复查，在城市森林建设中再次亮出满意的成绩单，初步建成林水相依、林山相依、林城相依、林路相依、林村相依、林居相依、林海相依的城市森林生态系统空间格局，基本形成完备的森林生态体系、繁荣的生态文化体系和发达的森林产业体系。厦门逐渐成为山清、水秀、天蓝、岸绿、路荫、村美的东南沿海温馨宜居现代海湾城市。截至2015年底，厦门市森林面积680平方公里，森林覆盖率43.62%，城市重要水源地森林覆盖率87.6%。

同安区是厦门最大的行政区，地处福建省东南沿海，位居厦（门）、漳（州）、泉（州）"金三角"中心地带，北与安溪、南安交界，西接长泰，东连翔安区，南面隔同安湾与湖里区相望，西南与集美区毗邻，区位优势十分明显。境内地形复杂多样，地势西北高、东南低，有山地、丘陵、平原和海岛。其中，山地面积422平方公里，耕地10.63万亩，浅海滩涂12万亩，海岸线迂回曲折，长达11公里。属南亚热带海洋性季风气候区，常年冬无严寒，夏无酷暑，春暖晴雨多变，秋凉气爽宜人。

同安自然与人文旅游资源丰富，但在过去很长一段时期，军营村和白交祠村"锁在深闺人未识"，是无人问津的贫困落后的山村；如今，两村正以高山天然风姿吸引着山外的游人。

靠山吃山，既对又不对。军营村和白交祠村过去是只吃山不养山，到头来"坐吃山空"，山地成了光秃秃的荒山。而要荒山再绿，树木成林，可能需要十年，甚至更长的时间。

痛定思痛，军营村和白交祠村村民，已然意识到了新的"靠山吃山"理念，发展道路不能只有一条，摆脱了思路的"贫困"。要在环境可承载和资源可持续利用的前提下，沿着生态优先、绿色发

伍 一片绿色，一个传奇

展的道路，做足绿色大文章，靠山吃山，也要吃出新花样，走出一条打造美丽乡村、开发生态旅游的路子。

说到生态旅游，两村也做足了功课。生态旅游是以有特色的生态环境为主要景观的旅游，是指以可持续发展为理念，以保护生态环境为前提，以统筹人与自然和谐发展为准则，并依托良好的自然生态环境和独特的人文生态系统，采取生态友好方式，开展的生态体验、生态教育、生态认知并获得身心愉悦的旅游方式。传统旅游所表现出的问题促使人们对其进行深入的思考，有过许多成功的经验和失败的教训，有的地方开发旅游却使自然资源严重透支；有的地方发展生态产业，却一哄而上、同质化倾向严重；有的地方吸引资本下乡，却没有做好企业与当地百姓共赢的文章。生态旅游一经提出，立即受到人们的认同和追捧。从中央到地方，从顶层设计到落地生根、遍地开花，生态旅游已经给当地经济与环境带来了巨大的效益和深远的影响。

如何让绿水青山成为金山银山，是摆在两村面前的新课题。习近平同志在福鼎考察时曾经说过，抓山也能致富，把山管住，坚持10年、15年、20年，我们的山上就是"银行"了。

福建素有"八山一水一分田"之说，而这一说法也形象生动地将全省的地貌进行了一个总括。现今的福建，是我国最重要的林业大省，森林覆盖率居全国第一。然而，17年前的福建，广大的福建林农却守着这座"绿色银行"过着紧巴巴的苦日子。如何让这座"绿色银行"造福林农，如何让这座"绿色宝库"发挥出应有的价值，如何让这座"金山银山"长长久久地为子孙后代贮存财富？这是一个迫切需要解决的问题。

从1986年两村就开始封山育林和植树造林，人人参与，年年栽树，荒山变绿了，树木成林了，鸟儿又回来了。"分山到户、家庭承包"的政策，真正让村民感受到"山定权，树定根，人定心"，让村民有了林地的自主经营权，让更多的村民定下心来，好好经营自己的一方天地，更好地为林业的可持续发展注入新活力，推动环保事业更上一层楼，给子孙后代留下天蓝、地绿、水净的美好家园。如今两村共有生态公益林6800多亩，20000亩的山地更是万类竞绿，苍翠欲滴。海拔千米的高山上，清澈的蓝天，纯净的空气，连绵起伏的群山，亦真亦幻的迷雾，绿油油的梯田式茶园，还有那一处处未曾开发的自然景观，对于城里人来说，诱惑还是蛮大的。

这座30多年的绿色"银行"，正赶上开启的好时机，它将是两村振兴的助推器。

2012年，厦门市旅游部门发布的信息显示，农业观光旅游已经成为厦门"城里人"周末休闲新方式。军营村和白交祠村的带头人发现，这些守护了几十年的绿水青山，真的可以变成金山银山了。

2013年，军营村和白交祠村被列为厦门市"五位一体"建设的试点村。"五位一体"是党的十八大报告提出来的，"必须更加自觉地把全面协调可持续作为深入贯彻落实科学发展观的基本要求，全面落实经济建设、政治建设、文化建设、社会建设、生态文明建设'五位一体'总体布局，促进现代化建设各方面相协调，促进生产关系与生产力、上层建筑与经济基础相协调，不断开拓生产发展、生活富裕、生态良好的文明发展道路。"

两村面临着绝好的发展机遇，蓝图已经绘制，号角已经吹响，关键是奋斗落实！

作为历史悠久的茶乡，厦门最边远的山村，军营村和白交祠村声名鹊起，以原生态的山水、宁静的田园、纯朴的民风，吸引着八方游客。军营村着力打造了七彩池、高山哨所、牛心石水库，白交祠村的光明顶、徐水埯水库、叠水步道，各有特色，而古厝群落、

伍 一片绿色，一个传奇

茶乡越野跑又成了两村旅游新项目，还有一批自然风光景点和人文景观正在抓紧开发打造。2015年、2018年，军营村、白交祠村先后获评"中国最美休闲乡村"的殊荣。

军营村村部后边仅一路之隔的金盈春农家乐，是村里第一个农家乐。主人叫高金彪，是个敦敦实实的汉子。当年也和其他孩子一样，在山上跟着父亲学种茶做茶，二十出头就和几个小伙伴一起去广州做茶叶生意，后来又在村里收茶叶、做生意。他和妻子高彩彬都认为自己没读多少书，一定要让自己的孩子多读点书。在两个孩子将要上小学三年级时，他们毅然把村里的生意停了，举家搬到了厦门市区，一边开茶叶店，一边陪孩子读书。租店租房，开支大了，收入却少了，一开就是12年。女儿考取了江南大学，毕业后进入厦门国贸公司工作；儿子从华中科技大学研究生毕业后，也在厦门水务公司上班。看着儿女出息了，他们夫妇觉得这些年的奋斗值了。

是什么原因让高金彪回到军营村开农家乐的呢？

高金彪说，那个时候他也常回家看看。他的岳父，就是村里老支书高求来在帮他照看房子，有客人来就泡泡茶。那天，正好遇上同安区建设局副局长、莲花镇书记、镇长，还有军营村第一书记谢添。

大家聊得兴起，谢添说："你家的房子这么好，位置更好，放着不用怪可惜的，何不开家饭店？"书记、镇长也在一旁附和："是啊，现在开农家乐，还有政策补贴。"老支书高求来也给他打气说："如今政策好，如果你们能回来，带头开个农家乐，那是最好啦。"高金彪支支吾吾地应承着，他不敢表态。因为他心里没底，一是村里没有游客，二是他老婆肯定会反对。果然，他回去把这事一说，高彩彬立马反对，毕竟他们已经习惯了在厦门城里的生活。"这个时候回到村里开饭店，谁来吃？说是有钱赚，别人为什么不开？就你能干？算了，莫发神经了，老老实实待着吧。"高金彪的想法不同，他认为军营村气候好，气温比城里低好几度；山上空气好，城里人拿钱都买不到；现在村里正发展乡村旅游，游客肯定会慢慢多起来，到了山上就要吃饭。他们开饭店有优势，房子是自己家的，不要租金，加上两个孩子都已经成家立业，能回村里做点事，也算是为乡村振兴出一份力。

他把自己的想法告诉儿女，两个孩子举双手赞成。

这也让高金彪明白，如今军营村种茶做茶的大多是40岁以上的人。年轻人都出去打工了，或者读完书出去找工作了，都不愿回来。在他们看来，种茶做茶太辛苦，关键是没有什么发展空间，到外边选择的余地大得多。做父母的都希望子女能走出大山，就像自己的儿女，都到厦门城里了。是的，不懂得放手的父母实际给孩子的不是爱，而是害。对孩子最好的爱，就是让孩子自己选择。子女长大了，儿有儿世界，做父母的也有父母的世界。

回村开个饭店，做军营村第一个吃螃蟹的人。高金彪心意已决，高彩彬见拗不过他，只好勉强答应。

高金彪花了两个月对房子进行改造，一楼做餐厅，二楼、三楼做民宿，给农家乐起了一个喜气的名字——金盆春农家乐。2014年7月，农家乐正式开张营业了。那天，引来了许多村民看热闹，大家七嘴八舌议论开了，都认为高金彪是头脑发热，村里人谁来吃饭，外面的人没有几个，这不是明摆着要亏钱的吗？

刚开始，确实没有几个人上门，一天到晚冷冷清清。

高金彪夫妇守在店里，心里也七上八下。

二

高山上开饭店，当然是对游客开的。饭店冷清，关键是没有游客。游客从哪里来？一句话就把高金彪问住了。

伍　一片绿色，一个传奇

毕竟是军营村第一家农家乐，同安区和莲花镇上的领导经常上门来看看，和村里的干部一起，帮他查找原因，鼓励他坚持下去。

游客从哪里来？众人说法出奇的一致：信息不畅，知名度不高。酒香也怕巷子深哪，要加大宣传力度，让更多的人知道军营村。

市、区领导来了，组织部、宣传部的领导来了，营销策划专家来了，媒体朋友也来了……军营村、白交祠村成了双响炮，知名度和影响力明显提升。

来军营村、白交祠村旅游的人慢慢多了起来，到金盈春农家乐就餐的自然就多了起来，回头客也多了起来。

人气就是财气，口碑胜过金杯。客人一多，高金彪、高彩彬有时忙不过来，只得请村里人帮忙。金盈春农家乐不光站稳了脚跟，还做出了名声，赚到了山上开农家乐的第一桶金。

高金彪还总结出三条经验：一是要卫生好，二是要服务好，三是要价格合理。他说："到我们这山上来的游客，大多是岛内和山下的游客，特别是60岁以上的老年人居多，每年以7、8、9月为旺季，他们主要是来避暑，'洗'肺、养生。有的老年朋友结伴而来，住上十天半月，有的住上一两个月，属于休闲式养老。一来二去，大家都成了朋友。"

一天晚上，我们住在金盈春农家乐，出来到天台赏月，见有四个老汉正在那里说话，一张方桌，一套茶具，边喝茶边聊天。我们过去搭讪，问他们是第一次来军营村吗？四个人异口同声地说，来了好多次喽。然后，又你一句我一句说开了。一打听，他们都是厦门岛内某企业退休的职工，子女都大了，也有了工作和家庭。现如今他们没事可做，工资虽不高，看病住院有医保，没什么负担，两口子够用就行。于是，几个老伙计一合计，相约每年结伴出去几次，启动休闲式养老模式，哪凉快往哪去，哪舒服往哪去。有一个老哥说:"军营村和白交祠村,过去我们都没听说过。也就是这几年,才听说同安这高山上几个村庄不错,好避暑,我们就来了。跑来一看,嘿,还真不错,不但空气好、风景好,喝的水也好,都是山泉水。吃的是村民自己种的菜,佛手瓜、丝瓜、黄瓜、地瓜、地瓜叶、岩葱,那都是'吃了仙气'的绿色食品。我们四个人,住两间房,每人每天包吃包住100元,挺划算的。"另一个笑呵呵地说:"我们在这住上两三天,再到白交祠村去再玩几天。"哦,原来他们四人一台车,结伴自驾游嘞。

我们不由得想起在白交祠村,也遇到同样的事。那天我们住进村里最有名的瑞银山农家乐,一个套间,大床、电视机、空调、卫生间、淋浴间、书桌、茶几、茶具、茶叶等一应俱全,一天收费150元。在楼下我们碰见几对老年夫妇,他们都是从福州市区来的,也是听说山上空气好,凉爽,价格也实惠,每年都要来住上一段时日。大家每天到山上和村里转转,散步又散心,特别舒服。

说起农家乐,又要说到高水银,2015年他开了西营农家乐。我们再次来到西营茶叶专业合作社,也就是西营农家乐。他家屋后那一片竹林,让我们驻足欣赏了好久好久。那一根根枝杆挺拔而修长,翠绿的叶片相拥相抱,随风摇曳,婀娜多姿,清奇而典雅,看了着实让人喜欢。我们都特别喜欢竹子,屋后有片竹林是最美妙的居住环境,简直就是心中的圣地。竹子是大自然的瑰宝,是魅力的象征,具有"宁折不弯"的气节,"中通外直"的气度。自古以来,许多文人墨客皆爱竹,为它留下了万人传颂的诗篇。如"未出土时已有节,待到凌云更虚心。"苏轼的《绿竹筠》:"可使食无肉,不可居无竹,无肉令人瘦,无竹令人俗。""人瘦尚可肥,士俗不可医。旁人笑此言,似高还似痴。"郑板桥的咏竹诗:"咬定青山不放松,立根原在破岩中,千磨万击还坚劲,任尔东西南北风。"尤其喜爱郑板桥另一首竹诗:"衙斋卧听萧萧竹,疑是民间疾苦声;些小吾曹州县吏,一枝一叶总关情。"能从风吹竹叶的萧萧声中,听出民间百姓的疾苦。

先是见到高水银的父亲,一问,他说自己叫高金镖。"高金彪?"我们十分诧异地重复了一遍。高水银连忙解释说:"我知道你们以为是金盈春农家乐那个高金彪。不是的,我爸是保镖的'镖',飞镖的'镖'。"哦,原来是同音不同字。

高金镖说他家过去很穷,祖祖辈辈都是种茶种水稻为生,自己三兄弟,还有一个姐姐,一个妹妹。小弟才五个月大时,母亲就去世了,真是雪上加霜。几兄妹都只读了一两年书,就回家干农活了。种田没肥料,全靠家里喂养的一头牛和一头猪;粮食经常不够吃,从来就没有吃饱过。后来他结了婚,有三个孩子,一儿两女,照样穷,还是稀饭加地瓜,还是吃不饱。

我们问高水银:"你不是在搞西营茶叶专业合作社吗?"

高水银嘿嘿一笑说:"以前我自己家有20多亩茶园。看到别人家的茶园荒废了,我又接过来,多的时候有茶园200多亩,是村里种茶最多的。西营茶叶专业合作社也被评为省级示范社。后来,我实在忙不过来,把一些茶园让给别人去种。其实,我不光是搞西营茶叶专业合作社,还搞过好多名堂。我在山上办过养殖场,养兔子,高峰时养了2000多只。可惜成活率不高,原因有很多,有技术问题,也有气候问题,山上气候潮湿,两年亏了十几万元。看到村里兴起乡村旅游,我也可以搞农家乐,有发展前景。我家老房子很大,改造一下就很有特色。我父亲原本是石匠,做得一手好手艺,一楼石头房子全是父亲砌的。我们村里好多人家的石头房子也是我父亲砌的。我家房屋建筑面积有400多平方米,三层楼共有23间房,新建的房间都在16平方米以上,最大的有30多平方米。门前一块大坪,好停车,至少可以停放十几辆车。停车坪再过去是一块菜地,紧挨着军营溪。一条经过治理后,宽阔整洁、清澈明净的溪流穿村而过,两边鹅卵石铺成的步道令人赏心悦目。"

我们看见楼梯扶手和二楼天井栏杆都是用竹子做的,显得自然又接地气。高水银得意地说:"这是我女儿的设计,她的想法很独特,别人家的扶手和栏杆都是不锈钢的,美观又耐用。我们做成竹篱笆似的,两三年就得换一次。可是不要花什么钱,后山上竹子有的是,我们自己就可以动手做。我们的几个大房间都用落地窗,加厚钢化玻璃,让客人一早醒来,打开窗帘,躺在床上就可以看得见蓝天白云,看得见军营村的青山竹林。"

我们正说着,一个娇小伶俐的女孩走了过来,她正是高水银的女儿高美玲,一个1997年出生的姑娘,刚从大学艺术专业毕业。说起这些设计理念,她爽快地说:"早些年还没建上面这层楼,我的房间打开窗户就可以看到星星,印象特别深。我喜欢回归自然,又与众不同。设计就是要从生活中的细节去发现、去提炼。于是,我就把这些想法跟爸妈沟通,包括灯光、窗帘、竹栏杆等等,让客人有不一样的感觉。在这点上,我爸妈很开明,就像是朋友,采纳了我的意见。"

看得出,美玲是一个有思想又有艺术范的姑娘。

高美玲说:"我从小喜欢去屋后竹林里玩,那里有我许多美好的童年记忆。爷爷虽然没什么文化,但他很会讲故事,我至今还记得纪晓岚斗和珅的故事。传说和珅是个贪官,他在自己的大院里建了一座亭子,请纪晓岚题写横额。纪晓岚挥毫写了两个大字'竹苞'。和珅也是一肚子学问的人,他当然知道竹苞就是竹笋,这是说我在仕途上能飞黄腾达,于是十分高兴。后来,乾隆皇帝到他家探访,看到亭上大字,哈哈大笑,问是何人题写。和珅一愣,回答是纪晓岚。乾隆说,'竹'拆开是'个个','苞'拆开是'草包',纪晓岚

伍 一片绿色，一个传奇

是骂你家'个个草包'呢！

"我爷爷还讲过一个解缙用对联智斗曹尚书的故事。解缙是明朝初期有名的才子，童年时被人称为'神童'，五六岁便能吟诗作对，后来当过明成祖的大学士，还主编过我国第一部大型百科全书《永乐大典》。解缙14岁那年，快要过年了，家里打算写副春联贴出去。他家的对门住着曹姓尚书。曹尚书一家平日里趾高气扬，欺压百姓。曹家豪宅极尽奢华，院子里栽了一大片竹子，竹子高出墙头，四季常青，倒是惹人喜爱。解缙就借这个美景，写了副春联，第二天一早贴到了门外。春联写的是'门对千根竹，家藏万卷书'。谁知，这副对联让曹尚书看见了。他十分生气，你一个穷人家竟敢拿我家竹林说事，还配说'家藏万卷书'，好大的口气。他一气之下，叫仆人把院里的竹子砍了半截，从院墙外边就看不见竹子了。曹尚书想，这下我看你还怎么个'门对千根竹'？

"小解缙一出门，见曹尚书家挺好的竹子一下子全没了'脑袋'，就明白了是怎么回事，心里又好气又好笑。他才思敏捷，机灵过人，在对联后边各加了一个字，变成了'门对千根竹短，家藏万卷书长'。

"曹尚书一看，嘴巴都气歪了，叫仆人把竹子全砍了。解缙看了，可惜了那一片竹林，可恨这个曹尚书，心胸狭窄到如此地步。他又在对联后添了两个字，变成了'门对千根竹短无，家藏万卷书长有'。

"曹尚书一看，自家的竹子越来越短，最后全没了；可你家的对联倒越贴越长，可惜了我这一大片好竹子，全让这副春联给毁了。他差点背过气去，却无计可施了。"

高美玲笑着说："我认为竹林之美，最美是在风雨来临的时候。我会搬一只竹椅，坐在后门边，看竹子在风中舞蹈，听风吹竹枝的声音，雨打竹叶的沙沙声。那场面像千军万马声势浩大，那声音像乡村爱情交响曲。"

我们问她，今后有什么打算？是回村里发展，还是到外面去打拼？

高水银的老婆高珠玉抢着说："我是想让她出去找工作，到城市去发展。"

高水银反驳道："城市有什么好，大山里也好嘛！出去还不是为了赚钱，我想让她在家帮我把农家乐和民宿做起来。"

高珠玉毫不相让地说："农村有什么好，我是住怕了。从长远看，城市就是比农村好，女孩子到城里去，找老公都好找些，对培养下一代更好。"

我们看着这夫妻俩好似吵得不可开交，美玲却美滋滋地在一旁笑。看来她早已习惯了，而且十分享受这种气氛。

高水银和高珠玉突然闭嘴不说了，似乎意识到在我们面前吵架不太好吧，竟然异口同声地说了一句："看她自己喜欢什么，由她自己决定。"

这两口子真有意思。美玲朝我们扮了一个鬼脸，莞尔一笑，出门去了。

高珠玉不急不慢地说："我们的农家乐和民宿一起搞，前几年已经赚到钱。这次改造不急，慢慢规划，慢慢打造，搞出特色来，让客人吃得开心，住得舒服。"

"这点我们家人都是一致的。"高水银谦虚地说，"我文化程度不高，就得多学习。高泉阳书记对我很关心很支持，不但给我提意见，有机会就让我出去学习。去年7月，我到厦门市政府参加乡村旅游工作会，是代表村里去的，认识了福建省民宿学会厦门分会会长。他把我拉进了民宿交流微信群，群里各种特色民宿都有分享和介绍。以后农家乐和民宿会越来越多，竞争会越来越激烈，我们要做就得做出特色来。"

伍 一片绿色，一个传奇

临凤阁饭店在村部对面，高山哨所山脚下，招牌很大。"临凤阁饭店"五个红色的隶体字十分醒目。老板叫高树籽，准"80后"，他家的房子也是石头砌的。一问，果然他父亲是石匠。他说："我爸是有名的石匠，石头是附近山上开采的。后来改用混凝土建房子，石匠就不流行了，我爸又回来种茶。我们兄弟姐妹五个，家里条件不好。母亲走得早，那年我才8岁。我从小就起早贪黑干农活，放牛、采茶、捡柴，什么农活都得干；初中没毕业，14岁就出去打工了；到快餐店洗碗，学做装修，进石膏厂打工；好不容易赚了点钱，就在同安开了一家食杂批发店，没干几年，就被超市打垮了。我又自己开茶叶店，经营家里的茶叶。后来我回到村里办了一个养猪场，一年出栏500头左右。为了保护环境，说不准养猪，我就跟着别人开了家农家乐。目前来讲，我是军营村开农家乐最晚的一家。"

他的老婆肖美玲一直在旁边忙活，她感慨地说："我们开得晚不要紧，地理位置好，就在防空哨所山脚下，背靠大树好乘凉嘛；门前有停车场，我们的定位是只搞餐饮，开发40多种菜品，搞出自己的特色来。"高树籽接着说："我利用废弃的养猪场养鸡养鸭。山上气候偏低，很少有人养鱼，我就开挖了一口鱼塘，自己养鱼，黑鱼、草鱼、大头鲢、白鲢、罗非鱼、鲫鱼等好多种，别人家没有鱼我有。我还自己种菜，吃的都是自己种的放心菜。我和弟弟摸索开发的柴火鸭肉饭、柴火灶姜饭、龙须菜、鲫鱼汤和特色卤面，都是别的店没有的。其他同样一个菜，我们做出来也不一样，有技术含量，有心思在里面。下一步我准备开发一个果园、一个菜园，让游客采摘体验；让游客可以垂钓，可以烧烤，可以做户外拓展运动。农家乐就得像农家乐，要有项目、有氛围，有怀旧的东西。"

"这是什么菜？"

"这个菜是就地取材的。你们看，村里各家各户都种佛手瓜，房前屋后尽是佛手瓜瓜棚。"高树籽说到这，故意卖了一个关子，不往下说了，让我们以为就是佛手瓜做的菜。

我们在村里经常吃到的一道菜就是佛手瓜。特地上网查了一下，佛手瓜又叫隼人瓜、安南瓜、寿瓜、丰收瓜、洋瓜、合手瓜、捧瓜、土耳瓜、棚瓜、虎儿瓜等，是一种葫芦科佛手瓜属植物，原产于墨西哥、中美洲和西印度群岛，1915年传入中国，在江南一带都有种植，以云南、贵州、浙江、福建、广东、四川、台湾最多。佛手瓜清脆，含有丰富营养，既可做菜，又能当水果生吃；加上瓜形如两掌合十，有佛教祝福之意，深受人们喜爱。果实梨形，有明显的五条纵沟，瓜顶有一条缝合线，单瓜重半斤到一斤，果肉乳白色。一个果实内只具一枚种子，果肉与种皮紧密贴合，不易分离；种子扁平，纺锤形。种皮系肉质膜状，不具备控制种子内失水的功能。当种子剥离果实后，极易失水干瘪而丧失生命力。故种子不能晒干贮存，一般均以整个种瓜为繁殖材料。种子无休眠期，成熟后如不及时采收，种子在瓜中就会很快萌发，这一现象称"胎萌"，是佛手瓜的一大特点。果实含锌较高，对儿童的智力发育、因营养不良引起的男女不育症、男性性功能衰退疗效明显，可缓解老年人视力衰退。

"不知你们注意到没有，佛手瓜生长迅速，叶蔓茂密，相互遮阴，茎蔓非常发达，长满卷须，攀援力特别强，卷须粗壮，有棱沟，无毛。这就是龙须菜的原材料，可以素炒，也可以与其他肉类搭配，还可以做汤吃。名字是我起的，高大上嘛。"高树籽说完有几分得意地笑了。

谁说村民没文化，这就是文化，这是从地里长出来的文化。

三

产业兴旺是乡村振兴的重要基础，是解决农村一切问题的前提。

伍 一片绿色，一个传奇

有资料显示，2018年，我国规模以上农产品加工营业收入达14.9万亿元，乡村休闲旅游营业收入超过8000亿元，返乡下乡创新创业人员累计达到780万，一批彰显地区特色、体现乡村价值、乡土气息浓厚的乡村产业正在成长壮大。

白交祠村的农家乐有很多家，最打眼的要数瑞银山农家乐。本来村主任杨武建已经安排我们住进村部临时招待所，那是一栋空置的民房。听说是"裸房平改坡"项目就要进驻白交祠村，这里将作为项目部的驻地。说起来，吃住都挺方便的，只是新添置的家具气味大，一到晚上叫人受不了。我们索性自己掏钱，住进了瑞银山农家乐。

说它气派，一点不为过，在一个高山村，能建造这么一栋三层楼且装修豪华的酒店，得有多大的实力啊。一楼用作餐厅，二三楼是民宿，有个年近花甲的老人一直在跑上跑下，入住的旅客进进出出，看样子生意不错。一打听，这位老人名叫杨水概，既是房东又是老板。

那天晚上，我们坐在一楼喝茶。杨水概热情地给我们泡茶，用生硬的普通话介绍说："我们家祖祖辈辈都是种茶种地瓜的，没做过生意，我两个女儿出嫁了，儿子儿媳在广东淡水做茶叶生意。已经在那边买了房子安了家。这些年，乡村振兴发展快，村里变化很大，外面来的游客越来越多。我儿子叫杨泽清，是1983年出生的。他们年轻人有头脑，懂经营。他就和我商量，想回村里建造一栋民宿楼，让上山来的游客有地方吃住。我觉得挺好，村里好了，大家都好；村民富了，村里会更好。再说，民宿建起来了，我也可以做点事，老有所为嘛。我们这栋楼是在原来旧屋的基础上建起来的，占地面积800平方米。"

我们指着门前"厦门市瑞银山农家乐专业合作社"的招牌问："这个也是您在管事吧？"杨水概笑着说："我哪有这么大能耐，

我只管民宿，16间房；一楼餐厅归杨志成管，专业合作社也是他在管。"

杨志成一见面也是叫我们"领嘚"，他马上又用比较流利的普通话说："我是改革开放那年出生的，年纪不大，却是村里老村干部了。原先是村委，现在是村党支部组织委员。"听说他有三个孩子，我们吃了一惊。他笑着说："大的是个女孩，二胎是双胞胎。我们村里有十几对双胞胎，不知是水的原因，还是环境的原因，好多人都在探究这个问题。我初中毕业后，就到外边当学徒，修摩托车。搞了两年，回乡当茶农，一年四季，一季产茶二三千斤，一年差不多近万斤茶叶。辛辛苦苦干一年顶多也就十万元，刨去差不多一半的成本，赚不到几个钱。杨泽清和我是一起长大的小伙伴，他在外边做生意赚了钱，想回来开农家乐，为村里的乡村振兴做点贡献。我们一拍即合，他家开民宿，我来开餐厅。你看见的那个大厨就是我老婆，端菜的是我姑妈。"

"那你的茶园呢？"

"交给别人打理了，是赚是赔都归他负责。"

"这样的现象多吗？"

"过去不多，现在慢慢多了起来，有些有条件的人开始搞农家乐、搞民宿，茶园就顾不过来，自然会有人接手。这样也好，茶园照样有人管，又开办了新产业，各得其所。我们这里生态环境越来越好，乡村旅游肯定会火起来。我们搞农家乐、民宿的都有信心。"

苏银坂可算是军营村的名人了，别看他个子不高，精瘦精瘦，脑子灵活，人也勤快，村里好多事都有他的身影，甚至离不开他。有人送他个外号"马云"，他还真有点像马云。他在村里开了家农村淘宝店，有"阿里巴巴"字样。有资料表明，这家2016年6月开张的农村淘宝店，成为军营村茶叶、地瓜、蜂蜜、笋干、菜干等土特产的展销平台，开业仅一年，农村淘宝店的净利润达到了七八万元。

苏银坂是个准"80后",他眉飞色舞地说起小时候去山下读书的经历:"那时候我们到莲花镇上去读初中,寄宿制。下山走土路,见到货车就爬上去,有时候驾驶室里挤了七八个人,一点都不知道怕,尘土飞扬,下车都成了'灰土人'。刚开始去之前还洗个澡,后来干脆不洗澡就下山。带的菜都是家里腌的一点咸菜,用玻璃瓶装着,要吃一个星期。我后来读了个职业技术学校工商税务专业,毕业后到外面打工,当过酒店服务员、电器配件业务员、保健品车间流水线操作工,在外打拼多年,没赚到什么钱,倒是学到了不少东西。2003年前后,村里家家户户做茶叶生意红火。我家也有二三十亩茶园,父亲就叫我回来做茶叶。我们茶乡的孩子,都是从小看着父母做茶长大的,对制茶工艺多少懂一些。特别是1997年,我家分了一台速包机,父亲喜欢得像个宝贝似的。以前我们采茶是手工摘,后来用刀子割,再后来用电剪刀采茶,再用速包机。我记得当年父母亲一天干到黑,有时要干到晚上两三点钟,手工制茶100斤已经是很累了。自从有了机器,一天300斤很轻松就搞定了。机器更新换代快,产量增加太快了,可价格却下降了。那些年产的茶叶的确赚了不少钱,村民们开始往外跑,不种茶不做茶了。你不种不等于别人也不种,这也许就是一种平衡吧。"

我们问他:"你为什么没跑?"

苏银坂不好意思笑了笑说:"我也跑了,跟我姐姐合办工厂,做电视背景墙3D喷绘。赚的是小钱,大钱都被供应商赚去了。哪晓得,那次'莫兰蒂'台风,把我们的厂房刮倒了,只好草草收场算了。我又回来了,结果回来一看,村里变化好大,美丽乡村建设、'五位一体'建设都在军营村试点。高泉阳书记也找我谈话,说村里变化了,还要大发展,需要有文化的年轻人回来一起建设。我回来后,村里聘任我当讲解员，待遇并不高。可我每天带着游客在村里转，讲我们村的历史，讲这些年村里的变化。讲着讲着，我心里好有自豪感，就不想走了。后来经常有游客问我，你们村有什么土特产呀？我们想带点回去。我就萌生了开个土特产店的想法。刚好阿里巴巴农村淘宝店招商，我就开了这个店，把村民们的土特产放在店里卖，放到线上卖，让村民的农副产品足不出户就可以卖出去。这是军营村历史上第一家，也是唯一的淘宝店，一年收入七八万元。关键是给村里人带来了观念上的转变。"

老支书高求来接着说："是的，我们村里家家户户种菜，吃不完的就晒成菜干，有的就直接扔了，好可惜喽。过去没人想到去卖钱，也没人来买。这个小伙子脑子活胆子大，又热心村里的事，他给村里人带了个好头。前几年开始，婆婆姥姥们都到村部前面摆摊卖菜了，多的一年能卖一二万元哩，那些人里就有原村妇女主任林翻洗。"

那几天连续下雨，没有见到林翻洗和卖菜的人。我们就到了村口林翻洗的家。林翻洗一听，有点不好意思起来，喃喃地说："老支书吹我嘞，没有那么多。"林翻洗是安溪虎丘人，口音特别重，加上她不善言辞，她的话我们大半听不懂，听起来很费劲。好在她爱人高水田当过小学老师，忙在一旁做翻译，我们才算听懂了个大概。林翻洗说："我有四个孩子，三个儿子和一个女儿，都成家了。我们两口子，除了种茶就是种菜，种的菜供四家人吃，还有剩。从前没人买，我也不敢去卖。以前我们家家户户都养猪，吃不完的菜还可以喂猪。后来，搞乡村建设，不准养猪了，吃不完的菜就只好烂掉，或者扔掉。这些年，到山上来旅游的人越来越多，他们见到我家菜园的菜，就跑到地里来，问我卖不卖？想带点菜回去。我就让他们自己摘，试着卖了一些。哪晓得，一传十，十传百，好多人上山就来找我，要到我菜地里去摘菜。他们都说我们山上的水好，空气好，无污染无公害，好吃又放心。现在和我一起卖菜的有十多个人，一年可以卖个几千元吧。"

苏银坂深有感触地说："比原来在山下打工好多了，单是地瓜就卖了三万斤左右。以前地瓜五毛钱一斤，还卖不出去，很多时候只能喂猪。现在大不同了，为了治理脏乱差，早就不喂猪了。地瓜成了城里人的最爱，游客都喜欢买我们山上的地瓜，两三块钱一斤还供不应求。"

我们在村部采访时，遇到几个游客，老支书高求来大声喊着："领啤，领啤。"游客进来喝了茶，其中一个年轻人，听我们说到地瓜，忙说："我就是同安本地人，山上的地瓜真的不一样，颜色像蛋黄一样好看，口感又甜又糯又好吃。"

四

有人曾说过这样的话，好多贫困的地方之所以贫困，是因为抱着金饭碗讨饭，越讨越穷；身居宝山却没钱，越过越难。

消除贫困是人类社会千百年来的梦想，也是国际社会面临的普遍难题。厦门市按照"扶贫先扶智"的要求，作出"文化扶贫"的计划安排。厦门市委组织部对口帮扶白交祠村，厦门市委宣传部对口帮扶军营村，在此基础上，加大文化扶贫力度。文化扶贫有多种方式，其中特色文化产业以开发区域、民族文化资源为对象，融遗产保护、产业发展、创业就业与文化扶贫于一体，具有内生性发展、造血型扶贫和心智启蒙的功能特点，在文化扶贫中是最具代表性和实效性的一种方式。大力发展特色文化产业，不仅有利于开发转化经济落后地区极为丰富的文化遗产资源，推动贫困人口从中学习和掌握脱贫致富的文化和工艺技能，而且能够从中汲取文化营养，改变不思进取的精神状态，打破"贫困代际传递"的文化链条，增强文化自信和对文化经济价值的理解，激励他们从"等、靠、要"向自己动手、有所作为转变，实现从依靠外出打工的自发性发展，向在地化、创新性发展和脱贫致富的自觉性飞跃。可以说，这是党的十八大以来在脱贫攻坚新形势下，探索精准扶贫的一条有中国特色的有效途径积累出的丰富经验和做法。

从2013年"五位一体"建设开展以来，厦门市和同安区对军营村、白交祠村关注与投入更高了。市、区、镇三级领导和驻村第一书记，还有大学生村官，都成了两村振兴的主角。他们帮两村全面梳理村庄的旅游资源，作出近期和中长期旅游开发规划，已经打造了一批比较成熟的特色景点，还有许多自然景观和人文景观正在紧锣密鼓地打造。

授人以鱼，不如授人以渔。阿里巴巴集团创始人马云就曾说过："扶贫、脱贫和致富是三个不同的东西，扶贫给人以鱼，脱贫则是授人以渔，致富是给大家造鱼池、造鱼塘。"马云还说，"贫穷不是因为农民不努力，而是农业文明和商业文明没有完美地结合。出现贫困县不是因为贫困县不努力，而是发展模式没有跟上。"

脱贫是给人以希望，而不仅仅是给人以钱财。确实，授人以鱼只是解决燃眉之急，授人以渔才是长期之功。而更上一层，不如自己发展渔业，这就是迈向长期发展了。

高水银兴奋地告诉我们，他的西营茶山农庄成立几年来，一年一个台阶，经济收入稳步上升，从刚开始一年一二十万元，到现在已经翻番了。与2016年两村游客15万人次比，现在一年两村游客约50万人次，实现旅游收入1000多万元。

厦门市和同安区出台的多项政策措施，鼓励军营村、白交祠村通过创意转化、科技提升、教育培训和市场拓展等方式，从当地资源优势出发，发展文化、旅游、健康和休闲等特色文化产业。

伍 一片绿色，一个传奇

既有利于贫困人口通过就地创业就业，发展特色文化产业，告别贫困，同时也有利于保护和传承优秀传统文化，推动区域经济结构转型升级。

相比传统茶叶经济的回暖，两村乡村旅游大有可为。

这里离凡尘很远，离蓝天很近，一枝一叶都吸收天地之精华，生长出仙气，云雾缭绕中又营造着仙境。

从厦门市、同安区来军营村、白交祠村考察的领导和专家都认定，两村的绿水、青山、空气、乡土味、人情味，还有历史遗存、红色文化、古老传说、闽南民厝，都有特别的吸引力。尤其是乡村旅游新时代的到来，两村迎来了历史性的发展机遇。

乍一听，数字是单调枯燥的，其实那是多少人的心血，个中还蕴含着无限商机与希望。两村人都发现一个普遍性问题，就是游客的人均消费不高，大概在20元左右。有的游客自己开车上山来，一家老小在山上转一圈就下山了。有的连一顿饭都没吃，也没有买什么东西。有的倒是想买点东西，左看右看又没什么东西可买。

于是，白交祠村办起了厦门名优土特产品交易中心，军营村办起了电商平台，两村的土特产经过深加工、包装、注册，令人眼前一亮，受到游客的喜爱，人均消费提升了，还起到了流动广告效应。

不少在两村旅游观光的游客发出这样的惊叹："这里真是世外桃源，神仙居住的地方啊。来到这里我就不想走了。"说者有意，听者留心。村两委在"留"字上做起了文章。是啊，怎样才能留得住客人呢？别的地方在争抢客源上做足了功课，高山上要把其他地方的好招妙招学到手，拿来为我所用。除了硬件的打造，最好的空气最好的水，最好的云雾最好的风景；还要软件的营造，最好的人文环境最好的服务，最好的情感最好的朋友。让游客没来的想来，来了就想住下来，来了还想来，不光是把两村当作避暑的胜地，还当作是保健式休闲养老之家。

军营村第一家农家乐的老板高金彪、高彩彬夫妇就在这方面尝到了甜头，他们经营的金盈春农家乐，以服务和情感赢得了许多回头客。特别是厦门岛内的老年游客，好多都与他们建立了亲人般的感情，每年夏秋两季，游客会提前打电话联系他们，让预留好房间。他们结伴而来，开启了居家式养老、抱团式养老、疗养式养老的新模式。游客们的到来给村里增加了人气，增添了新的活力，拉动了消费，增加了村民收入，尤其是树立了比广告好百倍的良好口碑。

乡村旅游看起来很美，实际运作起来却很难。高金彪、高彩彬夫妇打的情感牌发挥出意想不到的效果，回头客多了起来，有的还与他们建立了"不是亲人胜似亲人"的关系。他们还经常被游客邀请到岛内去玩，只要有一个人晓得，立马会有一群熟客像亲人般围拢过来。

游客朋友还会为他们提供信息。有一年快到端午节了，忽然有人打来电话，正是厦门岛内一个游客朋友打来的，说是他女儿单位想要订做节日粽子，数量还不少，要一万个，问他们能不能做？高金彪、高彩彬夫妇喜出望外，满口答应："能做，能做，我们一定做好，包你满意。"原来那位朋友前年端午节到军营村来游玩，正好住在金盈春农家乐，吃了老板娘高彩彬亲手包的粽子，里面有五花肉、海参、鹌鹑蛋和香菇等，口感特别好，就带了些回去给女儿吃，他女儿又分给了同事吃，吃了都讲好。

粽子由粽叶包裹糯米蒸制而成，是中华民族传统节庆食物之一。粽子早在春秋时期就已出现，最初是用来祭祀祖先和神灵。到了晋代，粽子成为端午节庆食物。

传说粽子是为祭奠投江的屈原而传承下来的，是中国历史上文化积淀最深厚的传统食品。粽子种类繁多，从馅料看，北方有包小

伍 一片绿色，一个传奇

枣的北京枣粽；南方的粽子则有豆沙、鲜肉、八宝、火腿、蛋黄等多种馅料。厦门、泉州的烧肉粽、碱水粽皆驰名海内外。烧肉粽的粽米必选上乘糯米，猪肉选择五花肉，并先卤得又香又烂，再加上香菇、虾米、莲子及卤肉汤、白糖等，吃时蘸调蒜泥、芥辣、红辣酱、萝卜酸等多样佐料，香甜嫩滑，油润而不腻。闽南的粽子分碱粽、肉粽和豆粽。碱粽是在糯米中加入碱液蒸熟而成，兼具黏、软、滑的特色，冰透后加上蜂蜜或糖浆尤为可口。肉粽的材料有卤肉、香菇、蛋黄、虾米、笋干等，以泉州钟楼肉粽店的肉粽最为出名。豆粽则盛行于泉州一带，用九月豆混合少许盐，配上糯米裹成，蒸熟后豆香扑鼻。当然，也有蘸白糖吃的，那是白水粽。吃粽子的风俗已有千百年的历史，每年农历五月初五，中国百姓家家都要浸糯米、洗粽叶、包粽子。2012年，粽子入选纪录片《舌尖上的中国》第二集《主食的故事》系列美食。军营村的粽子既有传统的闽南风味，又吸收了其他地方的口味，荤素搭配，咸淡适中，从山上采摘的粽叶，新鲜而清香。

一万个粽子可不是个小数目，五千个碱粽、五千个肉粽，得要多少人多少天才能做好哇？高金彪、高彩彬夫妇竟然不慌不忙，就在金盈春农家乐摆开了架势，请来亲戚朋友帮忙，一下子来了十多个人，做了整整一个星期。粽子包好了，高金彪开着车送到顾客手中。从那以后，他每年都会接到厦门市区或同安城区客户的粽子订单。不论多少，他们都会用心制作，让客人满意。有的客人说得好，我们就喜欢吃你们包的粽子，总觉得粽子里有乡愁，不光是好吃，还蕴藏着一种特别亲切的家的味道。

有时候，高金彪、高彩彬夫妇到岛内看望在那工作的儿女，没想去惊动那些熟悉的游客们。一旦被他们中的某个人知道了，大家就会打电话来责怪他俩，为什么不招呼一声，也好让大伙一起聚聚。

每次说到这里，高金彪、高彩彬夫妇眼里都闪着泪花。

我们还发现一个有趣的现象，每当旅游高峰期，某一个农家乐或民宿忙不过来，就会有村里人主动过来帮忙，或者一个电话就会有人来。高水银说："特别是双休日，游客太多，我们自己接待不过来，就会把游客安排到别的农家乐去。"

高彩彬说，夏天旅游旺季，生意特别好，每到双休日，他们的女儿和儿子就会回来帮忙。看到她脸上总是挂着笑，再累再忙总是笑眯眯的。这个女人真是里里外外一把手，她还是厨房里掌大勺的呢。高金彪也说，有时客人打电话预订房间，可他家已经爆满，就会一家一家打电话，介绍给其他民宿。

军营村和白交祠村先后获得"中国最美休闲乡村""福建省休闲农业与乡村旅游示范村"等荣誉，两村乡村旅游的发展势头更加强劲。

随着游客的剧增，越来越多的农家乐和民宿开了起来，新的问题来了，旅游有旺季就有淡季。高山村的旺季在夏秋两季，特别是夏季；到了冬天和初春，高山上气温还较低，游客来的不多。可一到旺季，问题就会显现出来。有的农家乐和民宿忙得不亦乐乎，有的则冷冷清清，这对从业者来说都不是好事。经营者投资农家乐或民宿不容易，还指望着它赚钱，养家糊口，发家致富哪。有的从业者就担心，会不会出现恶性竞争？会不会有人不诚信经营？会不会有"一粒老鼠屎坏了一锅粥"的情况？农家乐和民宿该如何规范经营？

不过，现在好了，两村有了旅游股份合作社，加上厦门军营红文化旅游公司进驻军营村、白交祠村，这一系列的问题就迎刃而解了。

2017年7月14日，经同安区委、区政府引导，白交祠村成立了该区首家农村旅游股份合作社。白交祠村党支部书记杨明福兴奋地

伍 一片绿色,一个传奇

告诉我们,成立旅游股份合作社,就是为了把村里的农家乐和民宿进行规范管理,提升服务质量,打响白交祠乡村旅游品牌,实现村强民富的目标。

创新、创新、再创新。创新是永恒的主题。白交祠村旅游股份合作社有一个发明,那就是设立福利股,受益者为全体村民,这样的做法让乡村旅游发展的红利惠及更多的村民。村民的热情和积极性更高了,维护全村旅游环境的主动性、自觉性也增强了。同年8月28日,军营村旅游股份合作社正式挂牌成立了。白交祠村村民杨志成说,成立旅游股份合作社就等于是一个旅游联盟,是一个全体村民利益共同体,这样一来,可以统一管理、统一标准、统一合理调配资源、统一监督,大家就不会相互拆台,只会取长补短。游客的舒适度、满意度和美誉度也会大大提升,乡村旅游就会迈上良性发展的轨道。

在厦门的版图上,军营村、白交祠村是古老而美丽的;在乡村旅游的征途上,两村又是年轻而时尚的。我们看到了农村旅游股份合作社旺盛的生命力,看到了村两委和全体村民振兴乡村的信心和决心,也看到了两村美好的发展前景。

我们相信,来到军营村和白交祠村旅游观光的人,或许会发出这样的感叹,一切都是上天最好的安排,你是我最好的遇见。

让我们遇见那一片惬意的云彩,那个梦中的桃花源……

陆

那一片惬意的云彩

一本村史、一座老厝、一个哨所、一段传奇,留住了岁月的痕迹和历史的脚印,诉说着乡愁乡恋和地久天长。

军营村和白交祠村是厦门"离天最近"的村庄,现在也成了生活品质和心灵的高地。

一

厦门"离天最近"的村庄,总算有了"离天最近"的气派,已经不愁吃、不愁穿了。村民们的钱袋子鼓起来了,他们开始懂得讲究生活的品质和心灵的高地了。

乡村和人一样,也有着瑰丽的记忆,完整的生命历史。每个村落在形成、变迁和发展中都具有一定保存价值的历史记录,一部村史就是时代发展的缩影。

盛世修史,是中国自古以来的一个优良传统。白交祠村两委抓住机遇,组织专门的班子开始编写村史。他们认为:家乡是根,祖地是本。不管人走到哪里,不管到什么时候,都不能忘了根、忘了本。

《白交祠村村史》前言中写道:

近年来,在上级党委、政府的关心支持下,白交祠村两委班子解放思想、开拓进取,率领全村村民撸起袖子加强经济、文化、环境及思想建设,取得了翻天覆地的变化。村民收入实现新的突破,2015年人均纯收入12925元,是1986年530元的24倍。班子建设开创新局面,开展"好搭档"创建活动,建立良好党群干群关系,强化典型引路,村干部带头发动共同缔造,党员认岗共建美丽乡村。文化生活呈现新气象,文化活动更加丰富,文化设施更加完善。社会事业再上新台阶,医疗社保便利,教育设施先进,劳动就业有保障,公共设施完善。村庄环境焕发新风貌,生态环境优美,环境卫生更加洁净,村庄景色更加宜人。

据考证,白交祠这一地名,原为白狗祠、白蛟祠,素有"云雾山庄白交祠"之称。相传,白交祠杨氏先祖真福公原居延平府永安县四十一都二图黄坑。至二世崇勉公因粮累,先迁至同安县罗溪村作短暂居住,又迁移至军营,见山清水秀,而定鼎于此,即今天军营东厝祖祠地,是为杨氏之开基始祖。直到三世崇勉公长子文玄移居白交祠水头垵,又移居白交祠壁角水头。

有资料表明,白交祠村每年正月开始,一直到五月间,整个村庄都是云雾缭绕,有人把它和英国的伦敦、我国的重庆相媲美,称为厦门的"雾都"。据我们了解,军营村和白交祠村一年四季大多数时候都是云蒸霞蔚,奇幻无穷,宛若仙境。

白交祠全村一姓,皆为杨氏一脉,据说是北宋初期抗辽爱国名将北郡王杨延昭之后裔。

杨延昭是北宋年间宋朝大将杨业的长子,原名杨延朗,小说中经常称之为杨六郎。杨延昭一生戎马倥偬,驻守边疆长达二十几年,在边关的时候多次打败辽军的进攻,令辽军一提起杨延昭就闻风丧胆。杨延昭不仅智谋超群,而且骁勇善战。据说当年杨延昭做其父

陆　那一片惬意的云彩

杨业的先锋攻打朔州的时候，被乱箭射穿了手臂，但是却越战越勇，丝毫没有因为受伤而退却，由此可见一斑。《杨家将》讲述了杨家四代人戍守北疆、精忠报国的动人事迹，是一部英雄传奇故事，在我国民间广为流传，可谓是家喻户晓。

至今白交祠村里还保留有杨六郎公庙，流传着杨延昭的传说；在民俗活动中，还保留着独具特色的民俗节庆"杨公节"。每年农历正月十六日，在杨六郎公庙举行"杨公节"，到这一天，从各地赶回来的宗亲会举行隆重的祭祀仪式，祭拜杨六郎，共同缅怀先人的丰功伟绩。回望来路，不忘初心，方得始终。这是一种美德，也是白交祠村杨氏后人的聪明可爱之处。

军营村与白交祠村，既是邻居，又沾亲带故，两村之间可以说没有什么秘密可言；有，也是公开的秘密。有的只是资源共享，有的只是取长补短、你追我赶。

同安区文化旅游局局长范世高介绍，军营村名称的由来，现知有两个说法，一是据传因唐末农民起义军领袖黄巢曾在此地屯兵扎营而得名。二是与民族英雄郑成功有着千丝万缕的关系。

黄巢(820—884)，曹州冤句(今山东菏泽西南)人，唐末农民起义领袖。他出身盐商家庭，善于骑射，粗通笔墨，少有诗才。黄巢五岁时便可对诗，但成年后却屡试不第。

乾符元年(874年)，全国各地连年发生水旱灾害。河南最为严重，麦才半收，秋季的庄稼几乎没有，冬季蔬菜太少。但自唐懿宗以来"用兵不息，赋敛愈急"，各州县又不上言灾情，致使"百姓流殍，无处控诉"。

于是，濮阳的私盐贩子王仙芝与尚君长等聚众数千人，于长垣县揭竿而起，先后攻州占县，先后攻陷了曹州、濮州和郓州，声势大涨。王仙芝遂自称"天补平均大将军"兼"海内诸豪都统"，号称草军。他传檄诸道，斥责唐朝吏治腐败、赋役繁重、赏罚不平等罪恶。有票帅尚君长、柴存、毕师铎、曹师雄、柳彦璋、刘汉宏、李重霸、蔡温球、楚彦威、王重隐等十余人，大肆劫掠。之前有谣言说："金色蛤蟆争努眼，翻却曹州天下反。"等到王仙芝造反，当时天下都感到害怕。

王仙芝起义前一年，关东发生了大旱，官吏强迫百姓缴纳租税，服差役。百姓走投无路，聚集在其周围，与唐朝官吏进行过多次武装冲突。乾符二年(875年)六月，黄巢与兄侄八人响应王仙芝。乾符四年(877年)二月，黄巢率军攻陷郓州，杀死节度使薛崇。乾符五年(878年)王仙芝死，众人推黄巢为主，号称"冲天大将军"，改元王霸。乾符六年(879年)正月，黄巢军兵围广州。广明元年(880年)十一月十七日，东都留守刘允章迎黄巢军入洛阳。十二月一日，该军兵抵潼关。十二月十三日，黄巢兵进长安，于含元殿即皇帝位，国号"大齐"，建元金统，并大肆屠戮唐朝宗室百官。

在唐朝将领李克用、王重荣等人的猛烈进攻下，中和四年(884年)六月十五日，黄巢败死狼虎谷(今山东莱芜西南)。昭宗天复初年，黄巢侄子黄皓率残部流窜，在湖南为湘阴土豪邓进思伏杀，唐末农民起义结束。

黄巢在世64年，纵观他的一生，后十年可谓轰轰烈烈，称王称霸。黄巢在起义时，提出并实践了"均平"的口号。分析唐末社会政治、经济状况，黄巢起义提出"均平"口号有其历史必然性。黄巢起义在中国封建社会农民战争史上占有承前启后的重要地位。他领导的唐末农民战争轰轰烈烈，壮烈一时；他的军事战略表现出高超的军事指挥艺术，影响后世。

陆　那一片惬意的云彩

史书记载：

乾符五年（878年）十二月，农民军经婺州至衢州；又劈山开路，打通了到建州的七百里山路，进入福州。观察使韦岫战不胜，弃城逃跑。农民军进入了福建，当时福建诸州都失陷。乾符六年（879年）九月，黄巢翻越五岭，攻陷桂管，兵围广州。

由此说来，黄巢起义军在福建境内辗转作战长达九个月之久，在军营村屯兵扎营极有可能。

黄巢少有诗才，五岁时候便可对诗，他一生酷爱菊花，常常以菊花入诗，以菊花自喻，有诗为证：

题 菊 花

飒飒西风满院栽，蕊寒香冷蝶难来。
他年我若为青帝，报与桃花一处开。

不第后赋菊

待到秋来九月八，我花开过百花杀。
冲天香阵透长安，满城尽带黄金甲。

虽是咏叹菊花，但不见一个"菊"字，而且透过盛开的菊花，仿佛看到了那威武雄壮的黄金铁甲军即将攻陷长安的磅礴气势。两首诗中，都展现出黄巢的不安于现状。它们也都深深地包涵黄巢的性格特征和理想抱负。他科举考试不中，是有牢骚埋怨的。也许是因为他没有权势，导致"蕊寒香冷蝶难来"。但是，他也是一个从不屈服的人，要积蓄力量。等到"九月八"，等到"他年我若为青帝"，等到时机一成熟，他就要去干一番扭转乾坤的大事业。来日一登场，他也像菊花一样，百花凋零，唯我独尊，到那时所有的光束将会聚集在他身上。到那时，一切都是他说了算，满城都是他的将士，所有的生杀大权都在他手里，他想干吗就干吗！

自题像

记得当年草上飞，铁衣著尽著僧衣。

天津桥上无人识，独倚栏杆看落晖。

关于这首诗，究竟是不是黄巢写的，其实是有争议的。据史书记载，他兵败狼虎谷被外甥杀死。然而，很多民间传闻，说他兵败后，其实是去做了和尚。前两句表明他曾经历过那些不凡的戎马倥偬岁月，又显示了后来静如止水的僧侣生涯。第三句描写了英雄迟暮的那种无奈苍凉和悲哀，令人叹息！"人生韶华短，江河日月长"的意境，令人回味无穷！然而，以残暴治国怎能久远？他建立了大齐，不久就被别人推翻了。无论是被杀，还是做了和尚，他的人生都很快就谢幕了。

明末清初，郑成功以控制东南沿海地区的海外贸易为经济基础，以厦门、金门为抗清复明的基地，修筑了多处城寨作为驻扎和训练军队的营地，如高崎寨、嘉兴寨、集美寨、龙头山寨等，成为这一时期厦门城寨的一个特点。而近年来，人们也在同安区莲花镇西营片区的四个村落(军营、白交祠、淡溪、西坑)中相继发现许多古寨遗址和废弃的烽火台。更有甚者，在军营村中发现了埋藏很久、类似明清年代的喂马槽，这不禁让人对军营村的名称由来与郑成功安扎营寨的历史产生了无限遐想。

听军营村的老人回忆，该村建村历史应该可以追溯到四五百年

陆 那一片惬意的云彩

前。恰好与明末清初这个时间节点十分吻合，虽然现存的相关记载和历史遗物已经很难考证。但有关专家经过大量考证，大胆地作出这样的分析：军营村位于同安区莲花镇西北部，与漳州长泰、安溪大坪成犄角之势，地理位置十分突出。据此推测，该地作为当初东南沿海地区防御军事基地的可能性非常之大。况且军营村村庄坐落处地势平坦，视野开阔，非常适宜驻扎军队，作为训练军队的营地；再加上周边地势高峻险要，易守难攻，是军队安营扎寨的理想选择。

郑成功（1624—1662），名森，表字明俨、大木，幼名福松，是明清之际著名的抗清名将、民族英雄。郑成功原为南明政权的大将军，因蒙南明绍宗赐明朝国姓朱，赐名成功，世称"国姓爷""郑赐姓""郑国姓""朱成功"。又因蒙南明昭宗封延平王，称"郑延平"，尊称"延平郡王""开台尊王""开台圣王"等。1645年清军攻入江南，不久其父郑芝龙降清，其母田川氏在乱军中自尽。郑成功率领父亲旧部在中国东南沿海抗清，成为南明后期主要军事力量之一。郑成功一度由海路突袭、包围清江宁府（原明朝南京），但终遭清军击退，只能凭借海战优势固守海岛厦门、金门。1661年，郑成功率军横渡台湾海峡。翌年，在台湾人民的大力支持下，郑成功击败了荷兰殖民者派来的援兵，经过八个月的斗争，收复了"赤嵌城"。1662年1月28日，龟缩在"台湾城"的荷兰总督揆一缴械投降。郑成功收复台湾，并大力发展生产，确保了台湾的主权。郑成功死后，台湾民间陆续建立庙宇祭祀，其中以台南延平郡王祠最为重要。

我们随王永盛主任一行来到军营村后山，找到了军营围子。一个土堆子约有半个篮球场大，上面种满了茶树，四周树木成林，杂草丛生。在村里人的指点下，我们看到了几处类似石头堆砌的古城墙。据说，这就是当年郑成功固守海岛厦门时，在军营村屯兵的城堡，名叫郑家寨。难怪那天厦门军营红文化旅游有限公司的张宏军说,他们准备把这里打造成郑家寨历史文化公园。看来军营村果然名不虚传啊。

高山上的四个村,统称为同安区莲花镇西营片区。上世纪七八十年代,四村都有一个别称,军营村称"社会主义军营村",白交祠村称"云雾山庄白交祠",西坑村称"美丽的西坑",淡溪村称"险要的淡溪"。

郑成功、高山村,郑成功与高山有缘啊,历史往往有惊人的巧合,让人浮想联翩,回味无穷。

郑成功本身就是一座伟岸的高山,黄巢也是。

二

2017年7月28日上午,天气晴朗,万物可爱。在中国人民解放军建军90周年之际,海拔1018米的同安区军营村高山防空哨所国防教育基地正式揭幕成立——这是同安区首个以人民防空为主题的国防教育基地,也是厦门市海拔最高的区属国防教育基地。在经历了半个多世纪的沧桑,军营村高山防空哨所已按原样重修,未来将作为国防、人防、爱国主义和红色旅游教育的重要基地。

护卫着鲜艳的五星红旗,来自某防空旅的16名解放军官兵为军营村高山防空哨所国防教育基地升旗。五星红旗迎风飘扬在这座有着光荣革命传统的高山上,飘扬在在场革命老兵的心底,也将永远飘扬在高山村村民脱贫奔小康的征途上。

几十年前,曾在哨所站岗的军营村老兵们,有的已经离开了人世。今年74岁的苏金展,感慨万千,望着已经按照原样复原的防空哨所,"冷、潮、苦"是他记忆中最深刻的字眼。记忆中,哨所春天大雾弥漫,棉被总是湿漉漉的;夏天蚊虫多,冬天寒风刺骨,温度有时降到零

陆　那一片惬意的云彩

下几度。而民兵们常年如一日，克服了自然恶劣环境和生活中的种种困难，以饱满的精神完成各项任务。

一个风和日丽的上午，我们从临凤阁饭店与菊园民宿之间的小路插入后山。麻石板铺就的登山路路口，有一告示牌，上面写着高山防空哨所简介：

军营村位于厦门、漳州、泉州交界处，历来为军事要地，因长年有军队驻扎而得名。高山防空哨所海拔千米，位于军营村四斗仑山顶上。中华人民共和国成立初期，国民党飞机频繁低空来犯，企图占领军营村祖肖和圳上高山中的两处平地作为空降场所。1957年底，福州军区、厦门军分区领导多次到军营村视察。1958年，福建省海防工作会议在同安召开，决定在军营村战略高点四斗仑山顶建设高山防空哨所，采取军民联合日夜执勤的方式，防范空中袭扰。建成后，哨所奉命多次对低空来犯的敌机进行射击，数次被福州军区、厦门军分区评为优秀防空哨所。

游客们上山前都要驻足看一看，高山防空哨所令人肃然起敬。沿途还能看到一些诸如"哨位就是战场，执勤就是战斗""人民防空是国之大事，是国家战略，是长期战略"等标语。

其实，在军营村的任何一个地方，都可以看见高山上的哨所和飘扬的五星红旗。一条麻石铺砌的步道，宽绰而平坦，林荫蔽日，凉风习习，几分钟就走到了半山腰。此地建有一八角凉亭，名为军营亭，可供游人歇息观景。回望军营村，四周青山叠翠，房屋错落有致，红色蓝色的房顶好似点点珍珠，在阳光下鲜艳夺目。

这个高山防空哨所经历了半个多世纪的历史沧桑。2017年，军营村打算按原样重修防空哨所，推进双拥工作的深度融合发展；同时，能吸引更多游客，特别是青少年前来参观，让人们学习防空知识、国防知识、防灾减灾知识，将其打造成国防、人防、爱国主义和红色旅游的重要基地。

老支书高求来的军人情结立马显现出来，他建议在高山哨所边上配置一门大炮，复原当年的情景，这个金点子被采纳了。当年7月28日，军营村高山防空哨所国防教育基地正式揭幕成立。这是同安区首个以人民防空为主题的国防教育基地，也是厦门市海拔最高的国防教育基地，不仅为军营村增加了一处旅游景点，更是两村双拥工作的一个崭新的品牌，增强了两村自身的"造血"功能，最终达到共富、共美、共享的目的。

哨所是一栋平房，外墙粉刷成了迷彩图案，占地面积不足10平方米，还被隔成两间，一间作瞭望，一间休息。哨所两边各有一门高射炮和高射机枪。可以想见，当年民兵们在这里执勤的艰辛和自豪。哨所后墙上有较为详细的文字记载：

红色记忆，哨所往事。20世纪50年代，军营村因其特殊的地理位置，设立了一个民兵连，下设三个排，并在四斗仑山顶建设高山防空哨所。建成后，哨所内配有三张床，一盏煤油灯和一部有线电话，装备有步枪、冲锋枪、手榴弹、高射机枪等武器装备。

军营村民兵连，最初由复员军人高泉吉担任连长，高泉坪任副连长。1959年，高泉坪参加上级的封闭式对空射击培训，长达30多天，重点学习防空知识、武器装备使用。考核通过后，他回到村里组织全连民兵进行学习训练，讲解防空知识。军营村民兵连的整体建设正规，组织纪律性强，军事训练水平高，队列打靶、投弹、战备各项训练都很过硬。

哨所春天浓雾弥漫，棉被总是湿漉漉的；夏天蚊子非常多，冬

陆　那一片惬意的云彩

天寒风刺骨，温度有时降到零下几度。民兵们长年如一日，克服了自然环境恶劣和个人生活中的种种困难，履职尽责，无私奉献，圆满完成了作战值班任务，得到上级表彰。

"红旗跃过汀江，直下龙岩上杭"。福建是有着光荣革命传统的红色土地，是古田会议和才溪乡调查等重大历史事件的发生地。在艰苦卓绝的革命斗争中，福建人民英勇不屈，前赴后继，直接参加红军、八路军、新四军、红军游击队有十多万人，其中有三万多健儿参加了二万五千里长征，有五千多名志士参加了新四军北上抗日。1955 年至 1965 年间授衔的 83 位福建籍老将军，其中上将 3 位、中将 9 位、少将 71 位，他们正是英雄的老区人民的杰出代表，是八闽大地的优秀儿女，是中华民族和福建人民的光荣和骄傲。双拥主题雕塑前矗立的正是"八闽开国将军印鉴墙"，展示着八闽开国将军们的风采，"闽山闽水育英贤""同呼吸，共命运，心连心"两行红色大字在阳光下熠熠生辉，让人们时刻铭记为共和国做出突出贡献的先辈们，传承红色血脉，不忘初心，继续前进。

在军营村高山防空哨所，望着高高飘扬的五星红旗，我们不禁热血沸腾，似乎对和平年代"战旗为什么这样红"有了更深刻的理解。

早在 2014 年，解放军驻厦某部就与高山上的军营、白交祠、西坑、淡溪四村签订了军民共建协议，并向四村党支部书记赠送"军民共建'美丽乡村'"牌匾。根据共建协议，双方将在组织建设、教育培训、帮建扶贫、文明创建等方面携手开展活动，军民齐心协力共同缔造美丽乡村。

"军民团结如一人，试看天下谁能敌"。在基础建设共建方面，部队将大力支持村庄"五位一体"的美丽乡村建设，结合自身实际，协助开展"家园清洁"、美化绿化和送医巡诊等工作，支持村庄生产生活条件的提升，通过定点采购农副产品等形式支持特色农业发展，提高农民收入，支持开展扶贫、助学兴教、与贫困家庭结对共建；在文明单位共创方面，部队将协助村庄抓好社会主义新农村建设，建好爱国主义教育基地，选派优秀文艺骨干进村进行文化演出，协同莲花派出所开展军警民共建"和谐乡村""和谐军营"等活动。

据说，厦门驻军较多，同安境内就有多个部队单位。他们经常组织官兵到军营村、白交祠村参观学习，或上高山哨所，或进高山党校，或欣赏茶园风光，或与村民开展联谊活动，其乐融融，其情深深。

军营村党支部书记高泉阳说："美丽家园共同缔造，我们将协同部队建立农业合作机制，发挥农经人才优势，开展农科知识和技能培训。"

历史应该铭记，革命的精神更应该传承。按原样重修防空哨所，目的在于打造"双拥"品牌。在同安，拥军、爱军观念早已深入人心，军营村和白交祠村每年都会为部队输送优质兵员。

某部政委臧运海表示，部队与四个老区山村开展共建活动，就是要进一步传承双拥传统，把军民共建同基层组织建设有机结合起来，抓好共建促党建，抓好党建促发展，帮助村党支部增强联系群众、服务群众、凝聚群众、造福群众功能，发展经济、优化生态，真正在美丽乡村建设中发挥战斗堡垒作用。

不时有游人上山下山，大家说着不同的方言，谈笑风生，兴致盎然。我们问了几个游客，这里给你们最大的感受是什么？游客的回答几乎惊人地相似。他们说，这里的环境美、空气好，山好水好人更好。

在哨所旁的一块空地上，有个无人机兴趣小组在搞活动，每人手里都在操控着无人机，只见一架架无人机在空中飞翔，自动悬停、自动拍摄，各种演示叫人看得眼花缭乱。对无人机，很多人脑海中出现的第一印象肯定是那些让人惊叹的航拍照片或视频摄像。

"无人机操作简单、便宜、刺激、好玩，如今越来越普及，也越来越智能化，自主飞行、自动拍照已经成了它的标配功能。不要以为无人机这样的科技产品只是发达地区富裕人士的专宠。其实，它对于落后封闭的偏远地区，或许意义会更加重大。"一个年过花甲的男士对我们说，"无人机的应用场景越来越多，可以帮助农民进行农作物检测、农药喷洒和辅助耕作，可以快递小型货物，可以对建筑物进行3D扫描建模，可以上天驱赶鸟类，可以入海侦测跟踪海底潜水艇，甚至可以协助进行室内救援。"另一个年过半百的女士接着说："我们每个星期都要到这里来搞一次活动，在高山防空哨所进行无人机演练，与在别的地方演练感觉完全不一样。我们来这里看似休闲娱乐，但这里的环境、这里的回忆能把我们带回到那个热血沸腾的年代，仿佛置身在当年击退来犯之敌、守护和平的特殊时刻。"

也许这正是无人机爱好者的梦想，也是军营村重修高山防空哨所的初衷吧。无人机好似一股清新的风，吹拂着这寂静的山村。

三

群山环抱下的白交祠村，300多户人家星罗棋布，依山而居；走出村口，就能见到一座山峰耸立在沟壑之上，蓝天白云之下，四周都是环绕绵延的层层梯田、茶园叠翠，美不胜收。

从村部两侧各有一条步道可以登临此山，村民们给这座美丽的山峰起了一个动听的名字——光明顶。这就是白交祠人的聪明与荣耀。山顶建有两座方亭，旁边有一气象观测点。山不是很高，也就百十来米吧。我们拾级而上,轻松而舒坦;站在山顶,白交祠村尽收眼底,山风拂来,凉爽无比,让人顿感心旷神怡。有人发出这般慨叹:要是这个山头放在城里多好,那就是一个天然氧吧、自然公园。没人说他聪明,也没人说他愚蠢,更没有人笑他幼稚。游玩山水间,你我皆浮云。兴之所至,有感而发,情有可原,谁又能对谁说三道四呢。

我们不由得想起刘禹锡的《陋室铭》:"山不在高,有仙则名。水不在深,有龙则灵。"正好借用一下,便有了"山不在高,有光则明"。

我们伫立在山顶,联想到军营村的防空哨所,两山遥相呼应,活了一座山,活了一村人。两村人真是聪明,赋予了山以灵魂,便让这座山有了独特的风采,这片乡野有了别样的味道,一座村庄就有了厚度,山村的故事便有了温度。

很多人都有相似的感受,去往一个遥远的异地,就会尽力找寻与那一地相关人物的踪迹。那人,可能是你喜爱的一个远古英雄,也可能是传说中的神话人物,或是一个伟大的诗人,或是一个时代楷模。不管找得到找不到,他都在那里,在你的心里,栩栩如生,活灵活现。这样想着、找寻着,你就慢慢融入了这个地方,所有的漂泊和流离之感一扫而空,仿佛你就是那个人。

永恒的山水,永恒的记忆,真情永恒,信念永恒。

山顶立有一块石碑,上面刻有《光明顶上"话光明"》一文:

光明顶,海拔960.17米,宛如矗立在白交祠村边上的一盏明灯,见证了白交祠村的华丽蝶变,照亮了白交祠村的美丽前景。这里群山环抱,云雾氤氲,宛如人间仙境,是白交祠村的一块福地,高山上的休闲避暑胜地。

早在公元1480年间,杨氏先祖就安居于此。但受位置偏远、山

陆　那一片惬意的云彩 ○ ○ ○

路崎岖、交通不便等条件限制，白交祠村的发展长期落后，百姓生活困顿。1986年4月7日和1997年7月14日，习近平同志两次亲临白交祠村调研指导，提出"山上戴帽，山下开发"等精准脱贫措施。在各级党委、政府的关心引领下，白交祠村的发展建设日新月异。如今村容村貌焕然一新，使者相望于道，商旅不绝于途，一派勃勃生机。

落其实思其树，饮其流怀其源。光明顶见证着白交祠村的古往今来，既是一座各级党委、政府精准脱贫战略成功实践的历史丰碑，又是承载村民对"乡村振兴"美好未来向往的明亮灯塔。

是的，每一个讲述人都赋予了讲述对象以灵魂，亦如每个人都正在用自己的经历来写一个故事。每个了解你的人，都是这个故事的读者，每一个人都可以通过自己的想象和理性去领悟真理、去感受生命和思考人生。

我们看着山下的金日希望小学、徐水垵水库和纵横交错的山道，不禁感慨万千，光明顶不仅是白交祠村发展变化的见证，更是白交祠人精神的象征，道路是曲折的，前途是光明的。

凡到白交祠村观光旅游的人必登光明顶，大家都是冲着"光明顶"而来，大有一种"不到长城非好汉"的气概和寓意。

我们遇到一群来自重庆的游客，在光明顶上流连忘返。他们有的在观赏四周美景，有的在忙着拍照，有的则扯开嗓子朝旷野大声喊叫："喂，光明顶，我来啦——"

确实，只要迈开步子往光明顶攀登的那一刻起，心中便已忘却一切烦恼与忧愁，只有一个信念：向上、向上、向上！光明就在前头！

我们从村部南边上山，从东边下山，顺道就到了村口山坡下的金日希望小学。杨财穆是村里的讲解员，小伙子特别热情，口才了得，讲起白交祠村的历史和发展变化，那是滔滔不绝。他边走边给我们介绍，这所学校是金日集团董事长李仲树先生捐资 45 万元，于 1996 年 10 月奠基，1997 年 7 月建成的希望小学。据了解，金日集团董事长李仲树先生还是原厦门市侨联副主席。他带着身上仅有的数元钱赴香港闯荡，凭着过人的毅力和胆识，一步步在异乡站稳脚跟，最终功成名就，扬名海内外。但他从未忘记自己从哪里来，一缕乡愁促使他一次次回乡捐资，推动他一次次回乡投资。为家乡加快发展步伐，为乡亲创造美好生活，他可谓尽心尽力。

在厦门，乃至福建，李仲树都是一个如雷贯耳的名字。他白手起家，在香港从最脏最累的活干起，其热心公益的感人事迹、爱国爱乡的家国情怀，至今为很多厦门人津津乐道。李仲树出生于南安市九都镇渡潭村，读完初中后便回乡当知青。因家乡建设水库需要，20 世纪 70 年代初，李仲树一家移民到同安县五显镇上厝村。

李仲树从不向命运屈从，总是拼命寻找人生的突破口。1972 年，他和家人做出重大决定：前往香港闯荡。就这样，23 岁的李仲树独自来到香港。"人生地不熟，语言又不通，只能从最脏最累最苦的活干起。"一到香港，李仲树从多数人不愿做的纱厂工做起，立即体会到异乡谋生的艰辛。离开纱厂后，对医药有浓厚兴趣的李仲树进入一家中药铺。在中药行业经历七年多深入摸索后，李仲树觉得创业才能实现梦想。1977 年，他拿出辛苦积攒多年的血汗钱，与朋友合办了一家医疗诊所，既当医生又售卖中药材。他的营养品、保健品很快在香港市场走俏，并逐渐行销至多个国家和地区。

改革开放之后，李仲树开始频繁考察内地市场。基于改革开放后全国人民对营养品、保健品日益旺盛的需求，他随后相继在深圳、顺德等地开办公司，将自家保健品引入内地。

陆 那一片惬意的云彩

改革开放的浪潮滚滚向前,李仲树缔造的保健品王国也越做越大。虽然身在香港,但李仲树始终牵挂着家乡。

1989年,李仲树从一封家书得知,同安老家的村办中心小学破败,村民准备兴建学校,但资金捉襟见肘。"社会要进步,国家要强大,教育是根本,一定要让孩子们得到好的教育。"李仲树深知教育的重要性,立即火急火燎地从香港赶回同安。实地察看学校后,他当即决定承担新建学校及置办相关教学设施的所有费用,总计上百万元。当时,李仲树的公司正处于扩大规模期,也急需资金。

长期以来,对乡亲们的请求,李仲树有求必应,从不迟疑。20世纪90年代初的同安县政府财力有限,难以支撑诸多基础设施建设。李仲树看在眼里,记在心上。一次次大手笔捐资,不断推动同安教育、卫生、文化、道路等民生工程建设。当得知厦门最边远、最贫困的白交祠村没有像样的小学,他十分揪心,艰难驱车上山考察,捐建学校。如今,省政府为表彰李仲树及其兄李仲明捐资公益事业而设立的石碑,依然矗立于同安城区。

李仲树既有家乡情谊,也有家国情怀。在抗击非典、汶川地震、雅安地震等许多场合,都可以看到他的慈善义举。他还向中国和平统一基金会捐赠数百万元,支持祖国和平统一事业。

金日集团在同安的生产基地一再扩大,目前已坐拥五个厂房,是福建省最具规模的现代化药品和保健品生产企业之一。

如今,金日集团的总部仍在香港,但内地的业务越来越广,公司越做越大。李仲树大半部分时间都留在厦门经营公司,也经营生活。

离开同安,再回到同安。李仲树说,离乡这些年,家乡的一草一木,家乡的大小事情,甚至乡亲的一个笑容,都时常在脑海里回想起来。"这就是乡愁吧,我很清楚自己从哪里来,往哪里去。我们华侨,特别是闽南出去的华侨,大概都有落叶归根的思想。"

2017年10月，厦门新闻界资深老报人李泉佃先生第六本杂文新著《乱炖集》出版。他请自己的同乡、香港金日集团董事长李仲树先生为该书作序《一锅乱炖冒正气》。我们从这篇序言中，能够品味出李仲树的桑梓情深和家国情怀。

我跟泉佃是同个村子的。

我们的家乡，在今南安市九都镇渡潭村。

不过，确切地说，我们的村子，已不复存在。因为山美水库的建设，1972年，当时九都公社几乎所有群众，都被移民到省内一些县安置。

我这样说，是想说，我们的村子，曾是个美丽的地方，用山清水秀不足以形容家乡的秀美。

我们的村子，与永春县接壤。晋江的东溪，就发源于永春县呈祥乡云路村。那一带，属于戴云山脉。

东溪是我们的母亲河，一年四季，从未干涸。汛期，洪涛滚滚；平时，则静若处子，汩汩地从我们村里流过。东溪孕育了一代代子民，让我们即使是在物资贫乏的年代，也能够利用溪里的淡水资源，度过一个个春夏秋冬。东溪全长120公里，为我们提供了走出山门闯天下的条件。所以，历史上，我们村子，就有一双拖鞋走南洋的传统。记得当年大文豪郁达夫，走过新加坡、马六甲、槟城，在回来的航班上，他写下了感悟："越洋飞渡觅乡贤，三宿槟城一念间。遥唤先生何时回，魂留南海种福田。"我的先祖，就有不少也是"魂留南海种福田"。

故乡建设水库，我们做出了很大牺牲。记得当时，水库建设现场，工地现场的大幅标语，写得最多的就是毛主席的诗句："为有牺牲多壮志，敢教日月换新天。"今天看来，牺牲了我们的"小我"，获益的则是泉州市，乃至福建省的"大我"。如今，整个泉州市区的饮用水，基本上是靠山美水库提供的，更不用说还有水力发电了。

陆　那一片惬意的云彩

更何况，将来，祖国大陆向金门供水，首选水源地也是山美水库。当时，山美水库竣工的新闻，还上过《人民日报》头版呢。

我跟泉佃，经常闲聊起故乡的种种……

泉佃小我七八岁，也算同代人。他的祖厝，是一栋两层结构的旧木屋，据说是清朝年间就有的；而我家，则是典型的闽南红砖大厝。所以，我们家，比起泉佃家来，算是条件好多了。

事实也是如此。我很小就到彭口中心小学读书，中学又到鼎鼎有名的国光中学就读。国光中学，1943年由"华侨旗帜"陈嘉庚先生的女婿李光前独资创办，1956年被福建省教育厅确定为省级重点中学，后来一度由国家接办，素有"侨乡第一校"之称。原全国人大常委会委员长李鹏曾亲笔题词鼓励师生"继往开来，振兴教育"。

遗憾的是，生不逢时，我中学毕业，遭遇"文化大革命"，只好回乡，成了知青。今后的路，如何走？我当时也彷徨了好一阵子。

我从小就对中医有浓厚的兴趣，也读了不少有关中医方面的书籍，如《汤头歌诀》《医学三字经》等。吴鞠通写的《温病条辨》，我至今还能背很大一部分。当然，当时的兴趣，有一半是想学成一技之长，为将来谋出路。特别是我17岁那年，父亲因患绝症，从菲律宾返国。但那时乡下缺医少药，父亲备受折磨。这对我触动很大，下定决心，一定要在这个领域做出点成绩来，让更多的人少受病痛的折磨。这些，对我后来一直坚持从事保健、医药等大健康行业，都有很深的影响。

"文化大革命"那段时间，村里的振群小学已人去楼空。正规老师都被打成"臭老九"，七零八落，不知去向，只留下一位年纪大的员工看家守院。

村里的孩子，虽然都是放牛娃，但我们那里，村民素有尊师重教的传统，看到城里的老师走了，孩子没书念了，非常着急。大队长找到我母亲，要她说服我二哥李仲明到小学任代课老师，母亲二话没说就答应了。就这样，我二哥在村里的学校也执了几年的教鞭。听他说，泉佃小时候，天资聪颖，勤学好问，算得上是一个好学生。

也就是在这个时候，我认识了泉佃。我说过，他家日子过得相当艰辛。可是，他父亲，也算认识几个字，断文识字也有两下子。他非常看重孩子读书，但毕竟家里穷，泉佃到了十来岁才走进振群小学。

村子里，抬头不见低头见，大家都叫我哥哥和我"先"。"先"是闽南话，就是先生、老师的意思。即使到现在，泉佃还是叫我"仲树先"。

我的印象中，泉佃是边读书边放牛的。甚至，经常跟随他父亲上山砍柴。

只是，泉佃还没念完小学，我们就移民了。

我们移民到现在的同安区五显镇上厝村，当时叫同安县果园公社三明大队。

不过，移民的第二年，我因是侨属，就申请到香港定居了。所以，某种意义上说，我跟泉佃，也没太多的联系。

到了香港，我就很少回乡了。后来听说，泉佃考上了大学，是1949年以来我们那个村子真正意义上的第一个大学生。我们当时在香港的乡亲，都替他高兴，替他父母高兴。

1991年，我被时任同安县委书记陈昆源以及同安县县长陈韬发展家乡社会经济的热情、干劲所感动，决定在同安投资设厂，因为同安也是我的第二故乡。

也是机缘巧合，1994年春，泉佃从省城到同安县挂职任副县长。

泉佃挂职期间，恰逢我在同安的企业蓬勃发展阶段。那时，他分管文教工作。我们企业的一些骨干是从外地来的，子女要读书。

陆　那一片惬意的云彩

我就经常让他们直接去找泉佃，而他总是干净利索地帮助协调解决，从不拖泥带水。

我原以为泉佃是自己老乡，对我的企业厚爱有加；后来，一了解，并非如此，凡跟他接触过的人都说，他办事一贯雷厉风行，能办就办。

后来的几件事，也进一步印证了这个说法。

泉佃在同安两年半时间，恰逢同安接受省政府教育"两基验收"（基本普及九年义务教育、基本扫除文盲）。当时，同安尚未设区，现在的翔安也属同安县域。所以，当时的同安，不仅人口多，面积大，而且教育领域历史欠账也比较严重。不要说软件跟不上，硬件本身就很成问题，而硬件方面，学校规模、校舍面积远远不符合要求。

同安县主要领导非常着急，他们找到我，希望我能为同安教育事业做点事情。

看了白交祠村所谓的小学，我更是揪心。这哪像是什么学校啊？简直连牛棚都不如。

我二话没说，就当场拍板，在这里捐资建设希望小学。

县里、乡里、村里同心协力，很快，到了1996年年底，希望小学就落成了。1997年夏季，学校就开始招生了，他们说这是特区速度，也是"金日速度"（我的公司名为"金日集团"）。

建了白交祠小学，我又动员我二哥一起捐资，重建了第二故乡的三明小学。这项工程更大，投资更多，但毕竟是为了教育，再多的钱，也得花。

泉佃挂职完，回福州不久，就调到厦门日报社工作。他当时征求我的意见，我对他说，你骨子里是个书生，干老本行挺好的，可以更好地发挥你的作用。因为此前我知道，一些市领导动员他放弃新闻工作，从事其他行政工作。

他在报社，找我最多的，除了要我支持他，将广告投放到他们媒体上，就是为了家乡的一些琐事了。

我举家离开第二故乡已几十年，家里除了一栋老宅，别无其他。但我记得，我们自然村那条村路是土路，晴天也好，雨天也好，村民都很遭罪。泉佃就跟我说，要我捐一点，他自己再想办法向上面要一点，将土路硬化。我拿了15万元交给他，他又到上面争取了15万元，不到一年，就将村路改造好了。但据说为了改造这条路，他和他的老父亲，被个别不明就里的村民骂了几回，因为修路要涉及拆迁。结果是，他老父亲带头将自家的猪圈给拆了。

修了路，二哥仲明和我，以父亲的名义，在村里捐建了一所礼堂，主要是供村民开会及操办红白喜事用。前年，泉佃跟我说，礼堂只有电风扇，没有装空调，希望我能再帮忙购置几台大功率空调，我们就从基金会里拨款让村里老人协会去办了。

泉佃最近找我，是去年清明节过后不久。那天，他到我的办公室跟我说，殡葬改革后，村里没有一间像样的灵堂，老人去世后，骨灰盒就放在一间不足20平方米的低矮破败的小土屋里。这些年，家乡发展了，村民日子也好过了，但很大的遗憾就是大家不太关心村里的公益事业了。泉佃跟我聊起这些，一声叹息。他说，他想迁建、扩建家乡的灵堂，希望我支持他。我拿了20万元给他，他立即将款项打到李文金（厦门第二外国语学校副校长）的户头，并打电话说，钱如果不够，他再想办法，但一定要一分钱掰成两分用。而且，要以最快速度，争取一年时间，将新灵堂建成。李文金还有村里的其他干部也不负众望，灵堂终于在今年清明节前夕落成搬迁了。我和泉佃，算是松了一口气。

泉佃说，他已出了五本书，是这些年发表在全国各地报刊上的文章集成。他说，他很快就要退休了，想再将去年以来发表的文章结集出版，主要担心时间久了，文章散落，不好收集。他要我写几个字，代做序言。

泉佃的文章，虽然没全读完，但也读了一些。总的印象是他的文字通俗易懂，不做作，不扭捏，用现在的话说，就是接地气吧；还有，就是他的文章，充满正能量，读了，不让人沮丧，不让人颓废。我觉得，这个也很重要。有的人，文笔也很好，但文章读来让人消沉，让人黯然，总不太好。

评价文章，我不是行家里手，说的都是外行话，相信大家也不介意。当然，我也问过泉佃，书名为什么叫《乱炖集》？他说，他参加工作时，第一次出差，就到过东北。他吃过的"东北乱炖"，给他留下深刻印象。东北乱炖，又名丰收菜，素有"大杂烩"之意，即将豆角、土豆、茄子、青椒、番茄、木耳等多种蔬菜，与肉类一同炖至熟。东北乱炖简单易熟，有荤有素，营养丰富，味道鲜美，是一道常见的东北家常菜。他说，这对他写文章有很大启迪。写文章，也要像做这道东北家常菜，就地取材，信手拈来，方使得老少皆宜，皆大欢喜。这不就是接地气、正能量吗？

李仲树的这篇文章，语言朴实，情真意切，且文采飞扬。既可看到他浓浓的家乡情结，又能体察他的博大胸怀，同时对我们理清一些历史脉络也有很多帮助。

如此说来，因为有了李仲树先生与同安的渊源，才与白交祠村结下了这段教育佳话，让我们十分叹服。这里面除了李仲树先生的家乡情怀、家国情怀，是不是还有更深层次的缘由呢？比方说个性、骨气、精神。

杨财穆继续说："有了这所小学，我们大山里的孩子从此告别了学校无校舍的历史，让贫穷的孩子也可以享受和城里一样的优质教育。20年来，这里共走出上百名大学本科生，其中还有硕士生、博士生。他们分布在全国各地，在不同的岗位奉献着自己的青春。"

时间过得飞快，20多年过去了。目前，白交祠金日希望小学高年级学生已经迁移到莲花中心小学就读，这里只留下幼儿园和小学一、二年级学生在上课。2016年10月16日，厦门市委组织部作为牵头扶持单位，村里在希望小学第三层加盖了木屋，连同空余教室开辟为市、区两级党校高山教学点。通过高山党校这个平台，厦门市、同安区的许多培训都安排到白交祠来，干部培训"富脑袋"，村民发展"富口袋"，实现了"精准定位、精准培训、精准扶贫"的目标。

我们看到进进出出的党校学员，便与几个同学攀谈起来。他们都说，到这里来学习，与在城里党校学习感觉就是不一样，这里不但空气好、环境优美，大家走在村里的每一个地方，见到的每一个人都感到特别亲切，甚至觉得这里的一山一水、一草一木都充满着灵性，自己的灵魂受到了洗礼，心灵得到了启迪。

四

有一种悲伤叫"再穷不能穷教育，再苦不能苦孩子"！

其实，在20世纪70年代，军营村和白交祠村都没有像样的小学，有小学也是无校舍，或者是破破烂烂，师资就更不用说了。当年由于贫穷落后，村里的孩子读不起书的比比皆是，所以在我们采访的对象中，男女老少大多没读多少书。不是他们不想读，而是条件太差了。就像一首歌里唱的：其实不想走，其实我想留，留下来陪你每个春夏秋冬；你要相信我，再不用多久，我要你和我今生一起度过……

现实告诉我们，这是偏远的高山小村庄，没有高大的楼房，没有热闹的街道，没有明亮的教室，更没有优质的教师。这里有的只是家长的焦虑，孩子们对知识的渴望，还有他们忧郁的眼神。

陆　那一片惬意的云彩

孩子是祖国的明天，民族的希望，孩子应该在成长的时期得到良好的教育、良好的环境。

在军营村老支书高求来的心里，一直都有一种"教育情结"，下一代的教育因贫穷而耽搁得太久太久，如今脱贫致富了，更不能不抓教育，他又在为村小学的事谋划、奔波。

高求来一直将"抓好山区孩子的教育"的重要指示挂在心上，1991年他力主新建军营小学。

几十年来，军营村一直贫穷落后，停滞不前，与村民没文化有很大的关系啊。这早已不是高求来一个人的心结，而是全村人的共识。教育必须从娃娃抓起，从现在抓起。再不抓教育，再不改变这种落后的面貌，将会贻害子孙后代，将会成为历史的罪人。

军营村两委多次商议，下决心要把小学从破旧的屋子里搬出来。对，要拔穷根，先挪穷窝，让孩子们有一个较好的读书环境。

主意已定，蓝图也已绘制，万事俱备，只欠东风。缺钱哪。

钱从哪里来？众人拾柴火焰高，村里出一部分，政府支持一部分，村民捐资一部分。可选好的地址牵涉到几户人家的菜地。别看菜地不大，可却是一家人吃菜的主要来源。山里的地本来就金贵，占一点就少一点，占了这块地，就等于断了活路。

高求来又得上门做工作了。

新建校址正好把苏德水的一亩多菜地给占了。

苏德水火了，死活不让，他说："我家几块菜地，都给占了，一下子修路占了一块，一下子又建学校，又要占一块。家里六口人，叫我们喝西北风哪。"

高求来只好厚着脸皮一次次去找苏德水。他心里最清楚，苏德水家被占的地多，只有攻破他这个堡垒，其他几户占地少的就好说了。

苏德水是个明白人，他当然知道，军营村没有学校的苦楚、有学校没有校舍的难堪。可他就是想不通，村里搞什么建设他都一百个赞成，偏偏每次都占他的地，干吗老跟他过不去啊。

这两个老伙计，斗来斗去，心里都不是滋味。高求来其实也不忍心。苏德水也拗不过高求来，知道他是为了村里的孩子，为了军营村的明天，自己只好忍痛割爱了。是啊，为了大家，为了村里，很多人做出了巨大的牺牲。

高求来千方百计完善小学的配套，解决了老师缺少办公室、休息室的问题。

军营村的孩子们告别了昔日的瓦砾平房，搬进了三层教学楼。高山上又耸立起一座崭新的学校，上学的孩子站在新的起点，全村人的希望将从这里放飞。他们坚信，从此以后，孩子们的梦想将越飞越高、越飞越远。

莲花中心小学校长高清文，小时候曾就读于军营小学。在他的印象中，高求来经常到学校来给他们讲名人故事，鼓励同学们一定要好好学习，将来走出大山，做个对国家、对社会有贡献的人。高清文说，老支书当过兵，见多识广，每次他来讲故事，大家都很爱听。他讲"悬梁刺股"的故事：汉朝人孙敬，非常好学，从早到晚地读书。有时疲倦了，想睡觉，就用一根绳子系住头发，另一头拴在房梁上拉直。这时候如果再打瞌睡，就会被绳子拉醒。

他又讲"凿壁偷光"的故事：在西汉时期，有个农民的孩子，叫匡衡。他小时候很想读书，可是因为家里穷，没钱上学。后来，他跟一个亲戚学认字，才有了看书的能力。匡衡买不起书，只好借书来读。那个时候，书是非常贵重的，有书的人不肯轻易借给别人。匡衡就在农忙的时节，给有钱的人家打短工，不要工钱，只求人家借书给他看。过了几年，匡衡长大了，成了家里的主要劳动力。他一天到晚在地里干活，只有中午歇晌的时候，才有工夫看一点书，

陆 那一片惬意的云彩

所以一卷书常常要十天半月才能够读完。匡衡很着急，心里想：白天种庄稼，没有时间看书，我可以多利用一些晚上的时间来看书。可是匡衡家里很穷，买不起点灯的油，怎么办呢？有一天晚上，匡衡躺在床上背白天读过的书。背着背着，突然看到东边的墙壁上透过来一线亮光。他"霍"地站起来，走到墙壁边一看，啊！原来从壁缝里透过来的是邻居家的光。于是，匡衡想了一个办法：他拿了一把小刀，把墙缝挖大了一些。这样，透过来的光亮也大了，他就凑着透进来的灯光，读起书来。匡衡就是这样刻苦地学习，后来成了一个很有学问的人。

他还给我们讲岳飞"精忠报国"的故事：南宋有个军事家叫岳飞，从小勤奋好学，并练就了一身好武艺。19岁时他投军抗击辽军，后来又抗击金军，保家卫国。传说岳飞临走时，母亲姚氏在他背上刺了"精忠报国"四个大字，这成为岳飞终生遵奉的信条。岳飞率领岳家军，大破金兵，成为抗金英雄。

高清文感慨地说："那些故事在我们幼小的心灵里播下了真善美的种子，鞭策着我们勤奋好学、天天向上。"

撒什么种子开什么花，在幼小的心灵中种下一颗颗健康向上的种子，就会长出一棵棵坚忍不拔的参天大树。

同安科技馆馆长高水满说："小时候我经常到高求来家玩，老支书把我们当他的孩子一样看，不但喜欢给我们讲故事，还把家里好吃的东西拿给我们吃。我们也学着大人的样，都喊他老支书。后来我们长大了一些，注意到老支书不像一般村民那样随便穿着汗衫短裤。相反，他通常穿着军装，风纪扣永远扣得紧紧的。"高水满还记得，偶尔高家的孩子吃饭吃到一半不想吃了，老支书就会板起脸，要求他们吃干净，一粒米都不准浪费。"他给我们讲过去的苦，讲当年地瓜加稀饭永远吃不饱，还带着我们背诗——'锄禾日当午，汗滴禾下土。谁知盘中餐，粒粒皆辛苦。'"

有一种影响叫潜移默化，有一种教育叫润物无声。军营村的村民们从高求来的言谈举止，以及对自家子女的教育中潜移默化地受着影响。在军营村，高求来就是一面旗帜，一个榜样。

如今的军营小学是一栋三层楼的校舍，六间教室，三间办公室，前面还有一个小运动场。更重要的是，在那之前村里的孩子只能念到三年级；四年级以后得到更远的地方上学，而打那以后孩子们可以一直念到六年级，大大方便了求学之路。1997 年，高求来还向特贸集团筹来 15 万元，建起了特贸希望幼儿园，结束了村里没有幼儿园的历史。

在一楼教室，我们见到了杨晓华老师。13 个孩子正在做游戏，我们刚走进去，13 双眼睛齐刷刷地望着我们。杨晓华老师是白交祠人，她对我们说，军营村幼儿园只有两个班，小班是三至四岁的孩子，有四个；中大班是四至六岁的孩子，有九个，其中有四个女孩。哪个老师上卫生间去了，就把孩子放在一起。

我们扫视一圈，只看见三个小女孩。杨晓华指着那边桌子后一个短发孩子说，那个也是女孩。看上去分明是一个男孩子嘛，我们笑了起来。

我们满是好奇和疑问，村里就这么一点小孩吗？

杨晓华告诉我们，村里的孩子远不止这些，有的是父母到外地打工，带着孩子去那边上学了，有的是把孩子放到老人那里带。这里每人每学期交保教费 720 元，上午、下午由家人接送，都要打卡。有打卡记录，显示家长接送时间，头像采集，全市联网。既对孩子负责、也是对幼儿园负责。

杨晓华笑着说："我自己有两个孩子，放在家里由公公婆婆带。我喜欢这些孩子，他们基本上都是留守儿童，都是爷爷奶奶接送。"

陆　那一片惬意的云彩

曾听人说过，幼儿教师就是"超级保姆"。在他们眼里，幼儿教师无非是帮着照看一下孩子，陪伴孩子唱唱歌，跳跳舞，管着他们，不让他们出事就可以了。事实上，真正的幼师并不简单，自己的孩子交给公公婆婆带，自己在外边帮别人带孩子；她们把母爱给了别人的孩子，让孩子们快乐健康地成长。一个优秀的幼师，能开启孩子们幼小的心灵窗户，照亮他们的成长旅途，影响孩子的一生。

我们来到二楼一间教室，只有三个小男孩在上课。老师是一个瘦削的中年男子，他叫叶志国。看得出来，他有些拘谨，缓缓地说："军营小学现在只有一年级一个班，就这三个学生。到了二年级，家长就把孩子带到打工的地方入学了。"他看出我们的疑问，又说，"我们这里的入学率达到了百分之百，村里人对孩子上学都很重视，上面也管得严，户口在村里都要统计，就是父母打工带出去读书的也要统计。"那三个孩子都很老实，一动不动，眼睛怯怯地盯着我们看，好像要从我们身上读出什么来似的。那种眼神，我们既熟悉又陌生，一定在什么地方见过，可我们不能完全读懂他们的内心，他们到底在想什么呢？

高树根是军营村走出去的第一个大学生，说起村里的学校，他深有同感。他是1983年考上大学的，那时候农村人考上大学真的很难，能上到高中就非常不易了。村里出了第一个本科生，全村人都很高兴，很是自豪。全村欢庆，还专门请人来放电影。放映前，老支书上台讲了很多话。他激动地说："我们村几辈人都没有出过一个大学生，现在终于出了一个本科生，这是我们全村一件可喜可贺的大喜事。今天我们全村一起庆祝，也是非常有意义的事情。我们就是要用这样的方式告诉全村的人，读书是有用的。孩子们都要好好学习，长大了考上大学走出山村，就不用像爸妈一样在地里刨食了，将来自然会有一个好的前程。对其他家庭和孩子来说，高树根就是一个标杆,一个学习的好榜样。"老支书很会讲,他还说:"高树根、高树根,树高千尺莫忘了根。'吃水不忘挖井人',考上了大学,以后飞黄腾达了,但你的根还在这里,不要忘本,要懂得感恩。等到将来有条件了,有本事了,就要回报家乡,回报乡亲,带领乡亲们脱贫致富。"高树根说:"当时村里大多数人家都不宽裕,愿意送孩子去念书的人并不多,听了老支书的话之后,很多人深受鼓舞,树立了教育可以脱贫的观念。从此,好学上进在军营村蔚然成风。第二年,我又有同学考上了大学。再后来,越来越多的高校录取通知书飞进了村里一个又一个家庭。比如,1991年在新军营小学就读一年级的21个孩子中,后来就出了7个大学生。"

高志强是厦门翔业集团厦门兆翔智能科技有限公司的经理,1976年,他出生在军营村,从小和村里人一样,与这位热情和蔼的老支书很亲近。如今他尽管不住在村里了,但每年都要回村一两趟,每次回来总要到老支书家里坐坐,看看老支书,聊聊村里的变化。说起自己离开军营村后的发展,高志强总是不无感激地说:"像我这样从山村里走出来的大学生,毕业后要在城里找到好工作很困难。多亏我们有个好支书,我还没毕业他就帮我收集资料,送给村里的共建单位,帮助我迈出了就业的第一步。"

村里人讲的故事很朴实,我们却从他们的讲述中感受到老支书博大的胸怀。他是军营村的福星,他给村里人的影响远远不止这些,军营村的人也必将会续写新的传奇。

白交祠村的学校和教育又是怎样呢?我们来到了小学老师杨桂枝家里,一栋新建的五层楼房。

杨桂枝的父亲杨兵征讲的话本地口音重,我们听不太懂,杨桂枝给我们当翻译。杨兵征说,他家一直是种茶的。他自己学了建筑水电,这栋五层楼房就是他自己建造的。看到这些年村里乡村旅游

陆 那一片惬意的云彩

发展了,他就把房子做成民宿,有12间房,今年一月才开业。

我们提到军营村幼儿园的杨晓华也是白交祠村人,杨桂枝兴奋起来。她说:"我们两个是同年的,都是1986年生,从小就是同学、闺蜜。我也在军营村幼儿园当过两年幼师,我们都喜欢幼师这个职业,经常在一起交流工作上的心得。我们白交祠,仅幼儿园就有30个孩子,分成两个班,两个老师。小学有一二年级,也是两个老师。村干部、家长对孩子入学、入托都很重视,入学率、入托率都是100%。"

山上与山下没法比,教育资源相差太远了。杨桂枝欣喜地介绍说:"我们学校早就与远在山下的同安阳翟小学试点教育云项目,让两所距离遥远的学校打破区域隔离,实现优质教育资源共享。安置在教室里的网络摄像头自行在投影屏幕与师生之间切换,实时记录课堂情况。山里的学生可以通过耳麦与远在城里的师生现场互动,还可以积极回答老师的提问。"

一块电子白板、一台投影仪、一套音响、一套终端接收系统……这是"网络联校"的基本配置。同安区探索信息技术与教育教学融合发展,积极推进教育资源平台建设,使城乡学生能在同一时间上同一节课,逐步形成了"网络联校＋智慧教育"办学模式。杨桂枝说:"自从开通了'网络联校',实现与城里学校同步授课,不仅解决了我们学校师资不足的难题,还实现了优质教育资源共享。学生们也说,电视里的老师教我们玩数字游戏、唱填字歌,还能与我们对话,蛮有味!"

山里娃通过教育云系统和城里的孩子一起上课,这就像做梦一样,可这样的美梦已经在军营村、白交祠村变成了现实。

白交祠村党支部书记杨明福说,如今白交祠村发生翻天覆地的变化,正因为有上级各级党委、政府及相关部门的关心支持,基础设施配套也在不断完善；如厦门市委组织部、厦门建发集团从1995年至今挂钩帮扶着白交祠村，20多年从没间断，对白交祠村的基础设施及民生工程投入大量资金；同时还有国家开发银行、金日集团、福信集团等相关单位关心支持，使一个原来贫穷、落后、偏僻的小山村蜕变成美丽乡村建设的示范村。

五

没有全民健康，就没有全面小康。这个观点，在城市是这样，在农村更应该是这样。

"村医"是一个乡村能不能最后脱贫致富、解决医疗保障的重要指标。有人说，"村医"就是过去的乡村医生。

中华人民共和国成立初至20世纪80年代末期，乡村大多都有乡村医生。

那个时代，国家贫穷，医学专家奇缺，一时培养不出那么多有医学专业背景的医生，只能培训一批略懂医术的乡村医生来应急。贫穷落后的年代，生病的人尤其多，更需要乡村医生帮大家治病。因此在那个年代，在乡村里，"赤脚医生"就应运而生了。

"赤脚医生"是20世纪60年代开始出现的名词，指一般未经正式医疗训练、仍持农业户口，在某种情况下"半农半医"的农村医疗人员。当时来源主要有三种：一是医学世家；二是高中毕业且略懂医术病理的人；三是一些上山下乡的知识青年。根据当时的报道，中国有102万赤脚医生，其中近70%的人员为初、高中毕业，近10%的人员为小学毕业。"赤脚医生"是中国卫生史上的一个特殊产物。"赤脚医生"为解决中国一些农村地区缺医少药的燃眉之急作出了积极的贡献。

改变高山村的就医条件，也是始终萦绕在高求来心头的一件大

陆　那一片惬意的云彩

事。退役后，他刚回到军营村，见到村卫生所只有一名卫生员，文化水平又不高，村民有个头疼脑热都无法得到及时治疗。遇上稍微严重点的病，如果没有条件下山医治，只能饱受折腾。于是，他便一直琢磨着如何解决这个难题。

高求来有一双慧眼，能看人才华，识人品性。他注意到村民高名团做事认真、踏实，又有初中文凭，便动员他去卫校培训。高名团一听，喜出望外，能到外边卫校学习培训，也算有了一门本事。可一想到自己只有初中文化，他又泄气了。他怕自己学不好、跟不上，辜负了老支书的一片心，也对不起村里人。

高求来知道了高名团的心思，当时高名团在莲花镇上的茶厂当总务，工作比较轻松，还有稳定的收入，他有点舍不得眼前的位置和利益。高求来到他家里做工作，并不说破他的那点私心。人嘛，谁没有一点私心？只对他说："你有初中文凭，在村里已经算是高才生了。村里人大多只有小学文化，你如果愿意去，我就向镇上、县里打报告，推荐你去培训，还发中专文凭哩。虽说是乡村医生，'半农半医'，总比完完全全当农民强吧。你学好了医，就能为村里人看病治病，村里人就不需要为一点小病跑到山下去了；我就是希望村民可以就近求医，不解决这个问题，我觉都睡不好。古话说'救人一命，胜造七级浮屠'。新社会讲'救死扶伤，为人民服务'。你这是积德行善，为子孙后代造福啊。"

高求来一番话，说到高名团心里去了。做人就要像老支书一样，百姓的需要就是自己的需要。

高求来善解人意，说话在理，高名团打消了原先的顾虑。"我听了老支书的话，一边上卫校，一边在卫生所里实践，前后共学习了三年，掌握了一定的技能，拿到了资格证书。"高名团在后来的工作中不断自学，努力提升水平，连一些孩子的肺炎都能治好，村民无不感激莫名，更为高求来全心全意想村民所想、急村民所急的精神所感动。

从 1970 年至 2017 年退休，高名团行医 47 年，为数不清的军营村民解除了病痛，他的医术医德赢得了村民的好口碑。说到此事，高名团还清楚地记得，当时老支书曾体贴地对他说："如果病人多太劳累，你可以不必到生产队劳动。"可是，他每天看着老支书勤勤恳恳为村民服务，自己实在不好意思在家里休息。只要没病人上门他就会扛着锄头下地，和大家一起干活，觉得只有这样心里才坦荡。其实，好多时候，有什么重活脏活，村民们都不让高名团干，对他客客气气，生怕累着他，生怕他有什么闪失；大家心里都有一杆秤，称得出轻重好坏，称得出灵魂的美丑、道德的高下、人间的善恶。

高水木是高名团的儿子，受父亲的影响，子承父业，他也成了军营村的村医。说起自己的父亲，高水木一脸的敬重与骄傲。他家房子在村口路边，"军营村卫生所"的牌子很是醒目。

一些地方确实面临着村医"招不进、留不住"的窘境，这对于边远山区更是一个老大难问题。要不是父亲工作的影响，要不是高水木愿意留下来接父亲的班，军营村的村医也许很难找到接班人。高水木个子不高，身板瘦削，说话比较木讷。他说，村医的确不好当，待遇不高，条件不好，事却不少。有时深更半夜有人来敲门，要看急诊；有时很晚了接到电话又得出诊，翻山越岭赶过去。不去不行，人命关天，再说这是自己的职责，也是人家对自己的一份信任。每当这个时候，高水木就更深切地体会到父亲几十年来走过的路是多么不易。父亲一直干到 70 岁，实在是身体吃不消了，干不动了，才依依不舍地把担子交到儿子肩上。高水木意识到肩上担负着的不仅仅是村医这么简单，那是一份沉甸甸的使命。他说，村民的常见病都在卫生所看，比如感冒、胃肠炎及一般的头痛脑热等。再大点的病就到山下医院去看。有了卫生所，村民方便多了，他每年要看门诊1000多人次，还有隔壁村的人也来找他看病。村里65岁以上老年人每个季度体检一次，他都是尽心尽力。本村出诊不收钱，隔壁村的出诊，一次只收二三十元。

2018年2月的一天，高水木看了十几个门诊，已经很辛苦了，可到晚上他刚刚睡下，电话就响了。一看时间，已经晚上九点多了，是隔壁淡溪村村民打来的，说是有人痛得在地上打滚，请他赶紧去看看。他二话没说，骑着自己的摩托车，提起药箱就走。夜色茫茫，又是山路，高低不平，他骑了20多分钟，赶到病人家里。一检查，认定病人是肾结石，叫他家人直接把他送到山下医院。等到病人病情稍有缓解，他才往家里走，回到家已经是下半夜了。果然第二天，那家人打电话来说："真是肾结石，还好送医及时，没有耽误治疗。太感谢你了，昨天给的100元出诊费你也不肯收，真叫我们过意不去。"他这次出诊，的确没收出诊费。高水木说："病人没有拿药，是不能收费的。这是正常情况，经常还会遇到凌晨两三点钟打来电话让我出诊的情况，所以我的手机24小时不关机。山上地理位置不同，村民看病太不方便，我不辛苦谁辛苦？我不辛苦村民就痛苦。我爸骑坏了五辆摩托车，我也骑坏了四辆。前年我买了辆小车，情况又好些了。我也是'半农半医'，还有茶园要管理，还要种菜，七七八八的事一大堆，说不累那是假的，真的好累，但早已经习惯了。"

对于乡村医生的"人员"和"待遇"两大难题，其实国家早有制度设计：通过农村定向医学生免费培养一批、"县聘县管乡用"和全科医生特岗计划聘用一批和从县医院选派一批等方式，解决乡村卫生院、卫生所无合格医生问题。通过"乡村聘用"、从卫生院选派到村卫生室开展巡诊或派驻等方式，解决村卫生室无合格医生问题。国家层面要求每人每年支付60元的基本公共卫生服务经费，

40%要给村医，人口多的大村医生收入就没有问题；同时还为村医提供医疗服务的补助、基本药物制度补助等。但事实上，这些制度并没有完全落实到位。高水木有些无奈地说："能这个样子做下去，我也不图什么了。"

我们在卫生所没有看到一面锦旗和奖状，感到有点奇怪。在很多医院门诊或是卫生所，满屋子都是锦旗，如"华佗再世""妙手回春""医者仁心"之类，显示着主人的医术有多么高明，医德有多么高尚。

高水木不好意思地说："从我父亲起，就没有这些东西，我也不喜欢这些。你的医术好不好，大家心里都明白，锦旗不能代表什么。钱少收点也不要紧，能为别人看病，减轻痛苦，不要被别人背后戳脊梁骨就好。人家信任我，看到村民的病好了，就是对我最好的奖赏。"

村支书当村医，我们还是第一次见到。

白交祠村的村医就是村党支部书记杨明福，村卫生室就在村部一楼，村民看病拿药都十分方便。那天，杨明福去参加全省党村支部书记培训了。他给我们打来电话，介绍了村里的情况，并对我们的采访作出了安排。我们在村部宣传栏里看到一幅照片，杨明福穿着白大褂，戴着听诊器，正在给村民看病。

我们看到一份简介：

杨明福，1956年7月出生，1974年高中毕业回乡。20世纪70年代，白交祠村由于地处偏僻、贫穷落后、交通闭塞等客观条件而缺医少药；村民的常见病、多发病时常不能及时得到确诊而使治疗延误，杨明福看在眼里急在心里，经过反复思考，决定留在村里当乡村医生为村民服务。他通过参加各种形式的培训班和业务自学及通过函授学习的方式，不断提高临床的诊治水平，得到村民及周边群众的认可。

陆 那一片惬意的云彩

厦门市电视台"道德讲堂"栏目还为其拍摄过专题片。他先后被福建省卫生厅等部门授予福建省优秀乡村医生等荣誉称号和表彰，还荣获厦门市同安区先进党务工作者、优秀共产党员等荣誉称号。

我们问了几个村民，他们争先恐后地说，当年的乡村医生，就跟自己家的医生一样，每天走家串户，随叫随到；外出看病时，家里还有一个小黑板，候诊的村民自己写上名字，杨明福医生就会上门看病。他是全村上千号人生命健康的保护神。

村民接着说："现在可好了，我们都有了医保，到村里卫生所看病和到镇上卫生院看病都是刷卡。刷卡就可以看病拿药，不花钱，到大医院看病住院才花钱，个人付款30%；我们村支书就是医生，大家有个头痛脑热的，找他看病很方便。他医术又高明，好多隔壁村的人都找他看病。他早就成我们这一带的名医了。"

"脏、乱、臭"曾是军营村、白交祠村的代名词。在以前，露天旱厕随处可见，村民用旱厕来积肥，村里的沟渠小溪被一个个垃圾堆堵塞。这样的情景在两村人的记忆里挥之不去，说起那段并不光彩的历史，两村人都觉得脸上滚烫滚烫的。

200多户人家的军营村，原先竟有近500个旱厕，像碉堡一样立在路边。以前村民的鸡鸭牛羊都是放养的，村道上、家门口粪便随处可见，有时人都没腾脚的地，一到晴天臭味扑鼻，蚊虫肆虐。村民没有环保意识和保洁的概念，家家户户也不设垃圾桶，就在家门口挖一个土坑，什么垃圾都往里面放。有的干脆直接将垃圾倒进水沟小溪之中。

早年在同安地界，曾流传着这样一个真实的故事，如果哪家小孩子不乖或女青年不听话，大人就会说："你再不好好听话，就把你卖到（嫁到）白交祠去吃地瓜。"这就是当年白交祠村的状况。落后、偏僻、脏乱差的白交祠村，碉堡式厕所，猪鸡鸭没有圈养，全村都是土路，卫生状况十分难堪；若遇下雨，污水横流，臭气熏天，房子东歪西斜、破烂不堪。

其实，早在30多年前，厦门市就向"脏、乱、差"宣战。

筼筜湖，位于厦门港东渡码头附近，原先是深入厦门岛的内湾渔港。"筼筜渔火"是厦门历史上的八大景之一。20世纪70年代，厦门修堤围海造田，导致筼筜湖变成基本封闭的内湖，城市污水大量排入，湖水变黑发臭，鱼虾白鹭绝迹。

相传古时厦门有白鹭栖息，故又有"鹭岛"之称。白鹭为厦门市市鸟，是和平、祥和的象征。早在唐朝时期，厦门就有了人类居住。厦门是一座名城，其历史渊源悠久，在历史上也有着重要地位；而在改革开放初期，厦门成为首批特区城市，在经济、文化上也都有着雄厚的积累。

白鹭绝迹，"鹭岛"何存？祥和何在？"筼筜湖何时不再黑臭？"这是市民群众的呼声。1988年3月30日，关于加强筼筜湖综合治理专题会议打响了厦门整治环境污染的一场大硬仗，会议创造性地提出"依法治湖、截污处理、清淤筑岸、搞活水体、美化环境"的20字方针。针对前期资金不足问题，厦门市明确每年投入1000万元财政资金，占当时全市基本建设支出近10%；同时，多渠道筹措排污费、土地批租收入、借款和技改资金，以空前力度加大投入。厦门市先后进行了四期大规模整治，曾经的臭水湖变清了，白鹭飞回来了，筼筜湖蜕变成"城市绿肺"和"城市会客厅"；昔日消失在城市变迁中的"筼筜渔火"，幻化成今日更加璀璨耀眼的厦门新景——"筼筜夜色"。如今的筼筜湖边，游人如织，可以沿湖漫步，可以湖边垂钓，可以乘船游湖，感受迎面拂来的风，既清凉又惬意。

筼筜湖蜕变的故事就是整治"脏、乱、差"的样板，湖水荡漾，白鹭翱翔，以一种优雅的方式向人们展示回归自然的美。

垃圾围城、围村带来严峻的环境问题，与此同时，垃圾处理不当带来的健康代价也很沉重。住建部统计数据显示，中国600多座大中城市中，三分之二的城市都已陷入垃圾包围之中，四分之一的城市已没有堆放垃圾的合适场所。

垃圾早已成为一个社会化大问题，垃圾处理是社会的责任。中国是个大国，垃圾分类做得好坏将影响到全世界的环境。

其实，早在2000年6月，原建设部就确定了北京、上海、南京、杭州、桂林、广州、深圳、厦门八个城市为生活垃圾分类收集试点城市。然而，近20年过去了，垃圾分类试点并没有摸索出可高效复制的经验，一切都需要从头再来。这中间，显然存在多重的麻木与迟延。对于一般民众而言，将垃圾分类投放既没有约束，更没有习惯。常态的情况是，日常生活产生的垃圾，有回收价值的卖给收废品的；没有回收价值的直接扔掉。而很多城市的垃圾回收企业，也缺乏分类处置的能力。

有专家指出，由此导致的情况是，前端好不容易养成的分类习惯，往往在一辆混装混运的垃圾车面前败下阵来。媒体此前就报道过，垃圾分类后被混装混运，对居民实施垃圾分类的积极性有所影响。当垃圾分类的知与行割裂之后，剩下来的，只有媒体以及环保组织年复一年的呼吁与倡导。可见，垃圾分类是一个系统工程，从投放到最终处置，是一条完整的产业链条。任何一个环节的失灵，都可能导致出现反复。那些垃圾分类较成熟的国家，已实现对不能再生的垃圾分门别类进行处理，而国内很多城市就目前而言，显然还缺乏准备，后端处理跟不上。

说到底，垃圾分类不是一个仅限于技术层面的问题，而是关涉到经济社会治理的方方面面。既要求民众习惯养成，也要求相应的制度保障，唯有如此，才能让垃圾分类成为一座城市稳定的公共政策。

2017年，厦门市在全省率先开始进行垃圾分类试点工作。厦门众多垃圾分类试点都采取了积分奖励制度。一个小区就有一处环保屋，市民只要到环保屋里扔垃圾，就能获得20个积分，扔可回收物还能按照市场价得到积分补偿。凭借在环保屋攒到的积分，市民可以在指定商家或网上进行购物，也可以支取现金。

《厦门经济特区生活垃圾分类管理办法》指出，要采取宣传劝导、整改处罚和信用体系相结合的方法，针对不履行生活垃圾分类义务且拒不改正的，或会影响个人征信记录；针对整改不到位或者是多次不能整改的，采用"双罚制"，也就是既要处罚单位的直接责任人也要处罚其他相关责任人。不按照规定进行垃圾分类的，还会有一定数额的罚款。随意倾倒或者堆放生活垃圾、未按照分类投放垃圾，对个人处以50元至1000元不等的罚款。厦门的做法与经验是有奖也有罚。在此基础上，厦门又开展了生活垃圾分类取证试点，全程监控，拍照取证。生活垃圾运输环节取证试点工作，分为全程监控、拍照取证、书面告知、落实整改、及时报告、实施处罚、纳入征信七个步骤。通过试点，可实时采集到全面、准确的垃圾分类动态信息，为管理和执法提供科学依据，并形成一套有效的责任追究机制。

作为全省率先开始进行垃圾分类试点工作的城市，厦门通过立法保障、硬件配置、教育宣传、监管问责等多种方式，把垃圾分类做得卓有成效，形成向全国推广的"厦门经验"。

住建部表示，到2020年底，先行先试的46个重点城市，要基本建成垃圾分类处理系统。有消息称，我国垃圾分类试点城市46个，做得最好的是厦门。

2017年6月，同安区莲花镇垃圾分类试点启动仪式在军营村举行，军营村、白交祠村被列为同安区垃圾分类试点村。这是同安区首次在边远山区开展垃圾分类试点工作。

陆 那一片惬意的云彩

两个高山村与厦门本岛相距 67 公里，却始终在厦门的怀抱里。时隔多年，相似的历史在两村再度上演，向"脏、乱、差"再次宣战。

脱贫就要脱真贫，真脱贫，还要从健康、环境、卫生、文明等各个方面彻底改变落后的面貌，跟上时代的步伐。

厦门开始了新一轮老区、山区改造行动，军营村先后完成村庄环境整治提升、立面改造、绿化美化、污水处理工程、休闲观光农业基础设施建设等多项重点工程。在这一轮彻底的整治行动中，军营村不仅填掉了全部 500 多个旱厕，还把常年堆积在村里的垃圾全部进行清理，共清运了 3000 多车垃圾，村容村貌焕然一新。

村容村貌改变一时容易，长久保持却很难，这也是一个老大难问题。这个问题不解决，村庄还是会回到以前"脏、乱、臭"的模样。事实上，这不仅仅是一个村的问题，而是一个观念的问题。军营村召开村民代表大会，让村民们自己拿主意，最后形成两项意见，一是全村所有的鸡鸭必须圈养起来，二是由老人协会牵头，对村庄的卫生进行保洁，并监督村民做好"门前三包"。

已过古稀之年的高求来，仿佛又回到了当年，浑身有使不完的劲。他将全村 60 岁以上老人集合起来，分四组四个片区，当起村里公共区域的保洁员，又号召家家户户做好房前屋后的卫生。卫生做得好的人家，村里会派人到家门口张贴一个大大的"好"字，在广播里公开表扬。但要是谁家没有做好保洁，也会在广播里通报批评。渐渐地，村民的荣誉感被激发出来，纷纷自治自理，主动把自家卫生管好。

回忆起当时的场景，很多人都说，高求来的办法就是好。一来，在担任保洁员后，老人们主人翁意识增强了很多，拿起扫帚的老人越来越清楚地认识到环境卫生整洁的重要性，随之改变了随地乱扔垃圾的习惯。二来，看见爷爷奶奶在扫地，哪个孩子还敢乱扔垃圾？

从环境卫生治理所衍生的另一个好处，是村民的"主人翁"意识明显增强了不少。高泉阳得意扬扬地说，如今村里已形成一套规范的管理模式，不仅干部愿意带头干，村民也乐意出力，在村里几乎没有不落地的项目，没有解决不了的问题。

村头巷尾处处干干净净，井井有条，一点不比城市差。喜欢带朋友回村泡茶的村民高富治不无自豪地说："每次来，朋友们都称赞，我们这里和想象中的农村很不一样，太漂亮了。"

走进莲花镇军营村、白交祠村，淡淡茶香飘散，街道干净整洁，一尘不染。莲花镇在军营村设立五个点、白交祠村设立七个点摆放四色垃圾桶，进行垃圾分类回收；村部的宣传栏上，写着垃圾分类的方法以及注意事项……

在边远山区大力推进垃圾分类试点，是同安区的全新尝试。莲花镇环卫所所长叶荣坤说，近年来，随着"五位一体"建设和美丽乡村建设的推进，军营村、白交祠村的村民们纷纷主动参与到美丽家园建设中，两村的村容村貌显著提升。此次选择两村作为试点，相信可以起到很好的示范意义。

白交祠村党支部书记杨明福说："对于垃圾分类，村里就多次组织召开村民大会，邀请村里党员、老人协会、村民代表共同参会，共同学习垃圾分类相关文件及精神，并将相关知识运用到实际工作中，传递到群众当中。白交祠村在2010年启动新农村建设，2013年的'五位一体'建设我们还做了一条叠水步道和登山步道。登山步道海拔约千米，视野非常广阔，一览众山小，东南方可看到厦门海沧大桥，西南可看漳州长泰，北面可看到泉州安溪。人民日报、光明日报等媒体纷纷报道，中央电视台、福建电视台、厦门电视台等新闻媒体的相关专题片也在这里拍摄，还有大学生到这里观看星星、看日出以及露营等，一些美景尽收眼底，美不胜收，俯瞰全村高低不平、错落有致的小村庄，犹如小西藏。"

与此同时，两村还充分运用微信等媒介进一步进行宣传：查看两村垃圾分类微信群，一条又一条的工作动态让人应接不暇；而村里的微信公众号，定期更新推送垃圾分类知识；村广播不断播放垃圾分类知识……

垃圾分类是对村庄环境的又一次提升。

高求来说，以前军营村还有个奇怪的现象，老人如果坐在这一桌，年轻人一定不肯同坐，原因是老人们不常洗澡换衣服，久而久之身上就有"老人味"了。军营村是远近闻名的高山村和贫困村，年轻人都外出闯荡了，留在村里的不是老人就是小孩，要想卫生好起来，老人的意识是关键。

他认为一个村的环境是全方位的，要里里外外都整洁卫生。他利用老人协会的资金购买了洗发水、沐浴露、香皂等洗浴用品，若是老人身上清爽干净没有"老人味"，即可领取礼品获得表扬。

军营村全村共有1069人，60岁以上的老人就有140人，最高寿的高条枝已经94岁。

那天，我们在军营村村部后的马路边，见到一位老者，正在路边捡拾垃圾，丢进垃圾桶。看他满头白发，佝偻着身子，我们上前问他，老人家高寿？他有些耳背，我们大声问了几遍，他才听清楚，原来他就是村里年纪最大的党员高条枝。

军营村党支部书记高泉阳说起这些可喜的变化，话语中透着几许激动。他说："军营村的乡村旅游魅力之所以不断增强，也得益于长期整洁怡人的卫生环境。从2009年到现在，军营村连续十年夺得厦门市农村环境卫生评比第一的殊荣，最近两年又被列为厦门市卫生免检单位。这些荣誉真的来之不易，当然这些荣誉的获得，首先得益于我们有一个强有力的班子，再就是与村里以老党员为核心骨干的村老人协会的长期奉献是分不开的。十年来，在会长、老支书高求来等老党员的带领下，村里的老人们自觉把打扫和维护村庄环境卫生的任务担起来，为美丽乡村建设发挥他们的余热。"

  对我国的广大农村而言，乡村的主体依旧是农民。农村将在很长时间内保持数以亿计的小农户，这些小农户的典型特点是由缺少城市就业机会的中老年人从事农业生产。青壮年劳动力缺乏，中老年富余劳动力屯聚将成为农村的一个典型特点。近些年，在政策的感召下，青壮年回流农村的情况在不断涌现，但显然还不够支撑乡村振兴的人才追求。乡村需要发展增收产业，乡村偌大开放的环境需要整治得更加美好。可同时，乡村中老年人居多，这些都决定了乡村振兴战略必然要面对中老年人而作思考。思考如何调动中老年人的积极性和主人翁意识，思考如何建设与之相匹配的基础设施，思考如何让中老年人充分发掘自身价值又能舒坦地过好眼下的日子等等，这些都是我们广大的农村必须要思考的问题。军营村和白交祠村或许在发展大潮中已然嗅到了这一必然趋势，虽然还没有系统地、有规划地去为老人考虑，却已经在走进老人的生活，走进老人的思想，走进老人的内心深处，试图重建一个海晏河清的新世界。

  而这一切，站在鸟语花香、晴空万里的军营村、白交祠村，望向绿意盎然、曲折盘桓的丘丘梯田，又觉得仿佛都是那么自然而然，那么顺理成章。我们偌大的农村，终究会变成更美的模样。

柒

走出"深闺"

"举纲持领,事无不定",这个"纲""领",就是党建。

以党建为引领,持续推进党建富民强村工程,一系列动作让人们看到了两村围绕现代农业、乡村旅游和就地增收等工作,全面奔向小康的有力步伐。作为厦门市"五位一体"试点村,军营村、白交祠村自觉担负起为全市乡村旅游提供可推广、可复制的发展道路的使命。

一

有人到过军营村和白交祠村之后,感慨地说,这两个村真好比两位仙女,锁在深闺人未识啊。

直到2015年,军营村和白交祠村才真正走出"深闺",搭上了乡村旅游的顺风车。

乡村旅游是以旅游度假为宗旨,以村庄野外为空间,以人文无干扰、生态无破坏,以游居和野行为特色的村野旅游形式。

以往乡村旅游是到乡村去了解一些乡村民情、礼仪风俗等,也可以观赏当季种植的一些乡村土产、果树、小溪、小桥,了解它们的故事。旅游者可在乡村(通常是偏远地区的传统乡村)及其附近逗留、学习、体验乡村生活模式的活动。该村庄也可以作为旅游者探索周边地区的基地。

随着乡村旅游的迅速发展，近几年围绕乡村旅游出现很多原创新概念和新理论，如游居、野行、居游、诗意栖居、第二居所、轻建设、场景时代等，新概念和新理论的提出使乡村旅游内容丰富化、形式多元化，有效缓解了乡村旅游日益严重的同质化问题。

有专家指出，乡村旅游是促进城乡融合发展的桥梁与纽带，是乡村振兴战略的重要途径，是推动乡村振兴战略的重要抓手，可以有力地推进美丽乡村建设。

2015年中央一号文件提出，要积极开发农业多种功能，挖掘乡村生态休闲、旅游观光、文化教育价值。

2016年中央一号文件强调，大力发展休闲农业和乡村旅游。强化规划引导，采取以奖代补、先建后补、财政贴息、设立产业投资基金等方式扶持休闲农业与乡村旅游业发展。

一面是机遇，一面是挑战，在全域旅游如火如荼的当下，乡村旅游成了众多农村的共同选择，但也因此出现了产品单一、特点雷同的问题。如何在这股大潮中脱颖而出？军营村和白交祠村锲而不舍地探索创新。

中国科学院旅游研究中心总规划师宁志中提出，随着我国城镇化水平的不断提高，乡村旅游市场规模将持续扩大。我国大约70%的旅游资源分布在乡村，特别是一些"老少边穷"地区，旅游资源丰富，但开发率较低，乡村旅游开发潜力巨大。以资源和市场为导向，优化乡村旅游区域布局，将乡村旅游纳入区域社会经济发展规划，促进乡村旅游规模化、集群化发展，对于乡村振兴具有重要意义。

军营村和白交祠村已经不是一个孤立的高山村，而是厦门和同安的一张乡村旅游名片。厦门市旅游集团正在倾力打造该品牌，先头"部队"厦门军营红文化旅游有限公司早已进驻军营村。

柒 走出"深闺"

军营村党支部书记高泉阳表示,2018年底,为进一步规范和提升村里的旅游服务水平,村集体首期投入49万元,与市旅游集团合资建立厦门军营红文化旅游有限公司,引进专业团队负责村庄旅游业的整体规划、建设与经营,村里占公司49%的股权收益将全部分享给村民。

这是专门为高山村乡村振兴项目量身打造的合资公司。军营村茶香明珠公司也是全村村民参股的企业。

曾育坚总经理是最早进村的一个。谈到军营村的旅游开发,曾总好像有说不完的话。他说:"厦门是座面朝大海的城市。这里是厦门的避暑山庄,是离天空最近的地方。我们要通过旅游资源优势,用专业技能把军营村打造成独特的旅游胜地,让人们对这里有一个不一样的感受,让村民有更多的获得感。目前,军营村旅游开发存在的问题很多。我们是一个外来企业,村民的认知度还不够,还要与同安区、莲花镇、军营村多多协调沟通,增进了解。让大家明白,我们来的目的不是和他们抢食,而是诚心诚意帮助他们,带动他们共同富裕。"

曾总说到这里,显得有些忧心忡忡。他说:"军营村和白交祠村都有一个共同点,村里的青壮年很少,都跑到外面去了,只有留守老人和儿童。茶叶是军营村特色产品,还有地瓜、佛手瓜、芥菜等土特产。山上很多基础设施都没有,配置跟不上,买东西很不方便。我们做旅游项目,恰恰需要年轻人的参与。其实,有很多事情可做,可以自己创业,开农家乐、搞餐饮、搞民宿,开超市、菜市场。他们对军营村熟悉,有感情,有利于我们工作的开展。我们希望引进项目,做大做强,能安排更多的本地人就业,让他们陆陆续续回来,不用去外地打工,家门口也可以打工。有句广告词我们都想好了,就叫'回家吧,回家有你想要的东西'。"

为深入贯彻落实乡村振兴战略规划，推动乡村旅游提质增效，促进乡村旅游可持续发展，加快形成农业农村发展新动能，文化和旅游部、国家发展和改革委员会等17部门印发了《关于促进乡村旅游可持续发展的指导意见》。

《意见》提出乡村旅游可持续发展的主要目标：到2022年，旅游基础设施和公共服务设施进一步完善，乡村旅游服务质量和水平全面提升，扶贫富民作用更加凸显，基本形成布局合理、类型多样、功能完善、特色突出的乡村旅游发展格局。

世界旅游目的地发展的普遍规律就是加强基础设施与公共服务建设，再匹配当地独特的旅游吸引物。因此，旅游基础设施与公共服务设施的进一步完善，是全面提升乡村旅游服务质量和水平的前提。同时，旅游基础设施与公共服务设施具有居民和游客可共享的特点。因此，也是促进乡村基础设施、公共服务设施建设与城市均等化的重要内容。从中国旅游业40年的发展实践来看，乡村旅游对于扶贫富民的作用非常明显，应朝这一目标前进。

深挖地方特色，在发展旅游业的过程中汇聚地方人文特色。乡村旅游的亮点在于它是一种综合性的旅游业态，集度假、观光、体验、休闲、学习、品味于一体。除了要有优美的自然风光做基础，还要在游客的精神体验与学习品味上做足文章。因此，可将农村的食宿、农活作为城市居民体验学习的亮点进行突出，将旅游与农业生产，旅游与学习体验进行有机结合。同时，还要深挖地方人文特色，将各地不同的人文风情、服饰特色、饮食风格、建筑特点、歌舞娱乐等作为独特优势，让城市游客在旅游中能够切身感受各具特色的地方文化。

曾总是同安本地人。张宏军不一样，他是安徽宿州人，1987年入伍，在漳州当了四年兵，在部队就入了党，退伍后回到老家。

走出"深闺"

1992年,他觉得自己还是要到外边去闯一闯,便和几个战友一起,来到了厦门,在某知名酒店当服务员;第一个月工资380元,这在当时已经相当可观;后来又干过保安、主管。他的想法很朴实、很单纯,多学点,多干点,多增长见识,对得住企业。在那一干就是六七年,后来又到了另一家酒店当客房部主管、副经理。再后来,又去过江西、天津等地,一直在服务行业,兜兜转转差不多九年,又回到了厦门。从岛内到岛外,从这家酒店到那家酒店,从主管到总经理,又是一个九年。人过半百,他忽然觉得要到新的领域去干一干,提升自己。于是,他走进了厦门军营红文化旅游公司,担任主管营销运作的副总经理。他是一个外地人,过去只听说过高山上的村落都很穷,穷到男人讨不到老婆。依靠"山上戴帽,山下开发"理念,两村才有了今天。特别是最近几年,厦门市和同安区相当重视两村的美丽乡村建设,关注度高,投入也很大。张总有几分激动地说:"我们旅游公司前期工作就是摸底、规划,争取政府支持,投入前期资金,这些已基本完成。军营村、白交祠村片区的旅游开发,我们要坚持两个运营定位,一是以党建为引领的强村富民乡村振兴示范村,通过以高山党校为主要服务主体,以党建培训学员客源群体,延伸到各类单位企业团建、主题培训等;二是打造'厦门高山村落型度假目的地',通过民宿平台的运营把资源进行整合提升,充分挖掘现有的景观节点,包括沿途的'同字厝'等特色资源,结合高山村落主题特色,策划并组织'高山帐篷露营季''高山亲子森林学校'等系列活动项目,通过自驾和"高山直通车"的开通带动休闲游客,提升军营村、白交祠村的人气和知名度。"

军营村、白交祠村声名远播,旅游人气越来越旺,旅客量超过15万人次,旅游收入超过200万元。在2013年两村村民人均纯收入首次突破万元大关之后,村民收入又一次进入快速增长阶段。2016年,军营村的人均纯收入达15398元,白交祠村的人均纯收入达14860元。这两个数字,相比2012年,几乎翻了一番。这要是在过去,简直就是天方夜谭。

二

军营村和白交祠村的乡村旅游已经进入品牌提升、为业融合的新阶段,以党建为引领,持续推进党建富民强村工程,一系列动作让人们看到了两村在新形势下,围绕现代农业、乡村旅游和就地增收等工作,全面奔向小康的有力步伐。

2016年4月7日,军营村和白交祠村又迎来了一件盛事——厦门市委党校高山教学点和同安区委党校高山教学点在这里揭牌成立,这是厦门市委党校首次在边远山村利用空置校舍设立教学点。这个被称为"高山党校"的高山教学点,同时也是厦门市委和同安区委"两学一做"的教育基地。

党校办到高山上,教授请到家门口,学员深入田间地头,这是市委、区委党校高山教学点的一大特色。高山教学点开办后,市、区两级党校将在这里举办党校主体班和特色专题班,邀请专家授课,开展体验式教学,让学员重走总书记走过的路,深入农村田间地头。

厦门市委党校常务副校长林朝晖说,高山教学点所在的军营村和白交祠村,是总书记高度关心、指导过的两个村,这两个边远山村经过"美丽厦门·共同缔造"和"五位一体"的建设,这几年发生了很大的变化。选择在这两个村设立教学点,有利于引导党员干部和百姓打成一片,更好地联系群众,具有特殊的政治意义和教育培训党员的意义。

厦门市委组织部和市委宣传部分别挂钩帮扶白交祠村、军营村,两村村民自立自强,开始改变贫困落后的面貌。2013年,时任福建

柒 走出"深闺"

省委常委、厦门市委书记王蒙徽到军营村和白交祠村调研,要求两村以共同缔造为抓手,按照经济、政治、文化、社会和生态文明建设"五位一体"的思路践行抓好两村建设,作为厦门市"美丽乡村"示范。两村由此又迎来了新的发展机遇,村庄面貌焕然一新,村民人均纯收入更是首次突破万元大关。

30年前,村里连条像样的道路都没有,都是泥巴路;村庄的房屋很多还是土坯房,破破烂烂的。白交祠村党支部书记杨明福介绍,"山上戴帽,山下开发",就是既要植树造林,也要种果种茶,实现民富村美。

两村2005年通上水泥硬质公路,2010年通公交;分别于2008年和2010年通上自来水,人居环境显著提升。

自军营村和白交祠村成为厦门市"五位一体"建设试点村以来,市、区、镇各级政府对两村的建设提出了更高的要求。在相关部门的大力支持下,两村以"美丽乡村"建设项目为载体,不断完善各项环境整治和基础设施建设,实现道路硬化、庭院美化、路灯亮化、村庄绿化,文化园、卫生所、图书馆、健身路径、篮球场一应俱全。两村还以农业发展、乡村旅游和就地增收工作为抓手,推动经济发展。

军营村党支部书记高泉阳介绍说,"五位一体"建设之后,军营村有了翻天覆地的变化。而且,村民的思想也发生了变化。"以前大家觉得军营村没什么希望,很多人都往外迁,不愿意待在村里面,但通过'五位一体'建设之后,整个村庄发生了很大变化,很多外出的村民都回来了,为村庄的建设出力、出钱、出谋献策,不少人更是寻觅到了商机,回乡发展乡村旅游,建设农家乐和民宿。"

同安区委组织部副部长徐小华表示,设立党校高山教学点主要目的就是给全区党员干部"补钙壮骨",弘扬"四下基层""四在一线"好传统好作风,激发党员责任担当意识和干部干事创业、建设富美同安的热情。两村党支部牵头引领,"高山党校"通过开设特色专题班、开展体验式教学,包括举办农业乡村旅游与休闲观光农业专题培训班、年轻干部专题培训班、创新社会治理专题培训班等,邀请大学教授和相关专家进行授课,由村里的老党员现身说法,通过朴实的语言,引导广大党员学习深入基层、心系贫困山区发展、关心群众冷暖的为民情怀,让干部在一线接受党性的锻炼,提升干部专业化能力,感受"美丽厦门·共同缔造"的成果。学员们认为,这样"接地气"的党课,有利于改变党员干部的服务态度和工作方式。

高泉阳高兴地说:"现在党校办到村里来了,我们准备依托这个平台拓展人气,把乡村旅游做大做强,让村民的日子越过越好。"

白交祠村党支部书记杨明福为国家开发银行厦门分行员工现场讲党课,沿着"山上戴帽,山下开发"的发展思路,介绍白交祠村以党建带动村民脱贫致富的经验。

在军营村,高泉阳也为大家讲了一场生动的党课,介绍了村里翻天覆地的变化,并带大家聆听了军营村村歌《山路弯弯》,歌曲记录了村民建设新农村、脱贫奔小康的故事。

军营村的老支书高求米、老主任高泉国、现任支书高泉阳,白交祠村的老主任杨水淡、现任支书杨明福、村民杨财穆等都是高山党校聘任的讲解员,都有一本厦门市委党校和同安区委党校颁发的红本聘书。高泉国把它放在他家客厅最醒目的地方,让人进门一眼就能看到。他的脸上流露出一种发自内心深处的自豪和骄傲。他们讲两村过去的贫困与苦难,讲"山上戴帽、山下开发"给村民带来的震撼,讲这30多年来两村发生的巨大变化,也讲他们对未来的憧憬和信心。他们虽然文化程度不高,但感受深刻,故事感人,语言质朴,讲得实实在在,好比吃惯了家乡菜,忽然换一种口味,也能给人一种全新的感觉,让学员听起来有味、过瘾。

这是厦门市委党校和同安区委党校的一个创举，也是一个收获。

国家开发银行厦门分行多次组织党员干部和员工到两村参观学习，大家深切感受到共产党人为人民服务的初心，表示要继续全面贯彻落实党的十九大精神，为厦门建设高素质、高颜值的现代化国际化城市贡献开发性金融之力。

2018年6月2日，作为毕业生党员教育的环节之一，厦门大学海外教育学院/国际学院组织学生党员代表一行45人，前往军营村参观学习；重温入党誓词，创新党课形式，开展主题教育，聆听"三十讲"，全面学习贯彻党的十九大精神。

师生党员一行到达军营村，先后参观了军营村村部。在军营村的党员活动室，学院党委副书记伍伟平带领新党员宣读入党誓词，在场的老党员们也一起重温入党誓词。全体党员同志高举右拳，在鲜红党旗下，庄重宣誓，郑重承诺将履行党员义务，严守党的纪律，为共产主义奋斗终身。

曾在英国南安普顿大学孔子学院担任过两年汉语教师志愿者的海外教育学院2018届毕业研究生陈敏说道："我们学院的学生，在校期间有许多机会前往国外，讲中国故事，展示真实、全面、立体的中国，毕业后大部分同学将继续从事教育行业。今后不管在哪个岗位，我们都应该思考如何运用自身的专业优势，将中国传统文化的精髓传递给学习者，用我们自己的言传身教弘扬中国精神和中国价值。"

2017级研究生杨瑾认为，作为汉语国际教育硕士，身处传播中国文化的第一线，应该多挖掘和了解中国文化的典型思想与核心内涵，将其内化为自身思想的一部分，体现在我们的日常生活中，尤其是与外国学生的相处与交流中。

"高山党校"已经举办培训班100多期，培训党员干部上万名，并辐射吸引来自省内外不同层面 1000 多批近 10 万名党员干部前来参观考察学习。

客观上,众多党员干部的到来,让军营村、白交祠村的美景和特色风貌走出"深闺",展现在更多人的面前,进一步打响了军营村、白交祠村的名气,在一定程度上推动了两村乡村旅游的发展。

军营村(2015 年)、白交祠村(2018 年)先后获评"中国最美休闲乡村",这不仅成了两村一张崭新的名片,一块金字招牌,更是两村扬起再次启航的风帆。

高山党校以"党校办到高山上,教授请进家门口,学员深入田间头,百姓获得双丰收"的教学理念,依托军营村、白交祠两村特色红色资源,通过市、区两级党校联动,与厦门城市党建学院、厦门大学等机构合作,探索新的党员教育培训模式,实现资源共享、师资互派。

与一般党校不同,高山党校没有专门新建教室、宿舍和食堂,使用的是两村改造提升后集中办学闲置的小学教室,学员的食宿则依托两村合作社组织村民开办的农家乐和民宿。这种做法使学员与村民的联系更加密切,又让村民得到了实惠,这正是高山党校的特色和与众不同的地方。

同安区委党校常务副校长叶文彬说,高山党校是全省首个边远山区党校教学点,也是厦门市和同安区"两学一做"学习教育基地,福建省委党校现场教学基地也将于近期在这里挂牌。接下来,同安区委党校将在已开发的 20 多个精品课程的基础上,联合省委党校、市委党校、厦门城市党建学院和厦门大学等拥有雄厚师资力量的院校,重点开发生态文明重要孕育地和精准扶贫重要萌发地两个专题精品课程,将高山党校办学模式做成一个在全省、全国具有影响力的"用学术讲政治"的精品教学案例,全力打造在全省、全国具有影响力的党员人才培训基地。

三

作为厦门市"五位一体"试点村,军营村、白交祠村自觉担负起为全市乡村旅游提供可推广、可复制的发展道路的使命。

2017年7月14日,同安区首家农村旅游合作社——七彩白蛟农业专业合作社在白交祠村成立。全村入股的房屋、其他建筑物及本村集体旅游资源等由合作社统一规划、经营、管理,游客住宿由合作社统一接待、登记、调配。白交祠村党支部书记杨明福表示,成立旅游合作社的目的,是规范管理、提升服务质量,为游客提供更好的服务,进一步打响白交祠乡村旅游的品牌,实现村强民富。

2016年底以来,同安区在党建富民强村工作上试点推行农村股份合作制改革,军营村和白交祠村是同安首批旅游股份合作社试点村。

军营村还通过土地流转,与省级重点农业龙头企业百利种苗公司合作建设"军营红"番茄基地,利用军营村海拔高、昼夜温差大等特点种植经济价值高的越夏小番茄。这是军营村通过发展现代都市农业,实现一、三产业融合的一次探索。

高泉阳说,军营村与百利种苗公司双方共同出资成立了"军营红"小番茄种植公司,百利种苗公司占股80%,军营村占股20%,新公司通过土地流转模式租用农民土地。基地建成后,用工基本聘用当地村民,这里还可以补充休闲农业的内容,为厦门发展智慧型都市农业增添风采。

百利种苗公司副总经理蔡其昌介绍,一方面,基地未来将以瓜果采摘项目融入军营村乡村旅游的大局;另一方面,基地将提供上百个就业机会,帮助村民实现家门口就业。

据同安区相关负责人表示,这种模式可以发挥农业龙头企业的带动作用，通过农业龙头企业与有条件的村集体、农户的合作经营，推出优良、绿色的农产品，满足城市供需，带动农民创立农业品牌，实现传统农业的更新换代和推进农业增收，最终达到让农民增收。

在军营村和白交祠村，"乡村旅游＋现代农业"的产业融合正在全面铺开。除了引进龙头企业带动发展现代都市农业之外，两村的不少村民还在茶园套种了三万余棵果树，合力打造高山"花果山"。

"游客很多。在果树开花结果的时候，把游客带过来，赏花、摘果，果园就成了观光乐园。"军营村村民高水银充满期待，以后游客来到军营村，不仅有得住、有得吃、有得看、有得玩，还有得带，这样才能产生更多效益。

村民们兴奋地说，往后游客可以来村里游茶园、逛果园，赏茶、摘果，观光一条龙。

军营村就有金盈春、森岩、聚福春、山里红、西营、盛寨、临凤阁、菊园等农家乐十家、民宿七家；白交祠村有瑞银山等农家乐四家、民宿九家。

张总开车载着我们围着军营村转了一大圈，又往山上去。一路上，他告诉我们，军营红文化旅游公司与村里正在进行深度融合，开发打造一些精品景点，如七彩池、高山哨所、军营溪休闲步道、茶园体验等，还准备深层次地挖掘一些新的景点，如郑成功当年屯兵的古城墙、朱熹"半亩方塘"等，再引进一些山地骑行、户外拓展、农工体验、植物科普等项目，对景区不断拓展。据介绍，2018年，军营村和白交祠村的游客量超过20万人次，旅游收入超过300万元。

随着乡村旅游的发展，不少村民也在家门口摆起小摊，把自家吃不完的蔬菜等拿出来卖。按高求来的估算，去年仅地瓜一项，平均每户就增收2000元左右。最多的要数原村妇联主任林翻洗，一年就增收近20000元。

不过，虽有利益当前，高求来并没有被冲昏头脑。他专门召开会议，反复告诫村民，售卖土特产要保质保量，价格要公平合理，不能给军营村抹黑。说这些话的时候，高求来表情严肃，但话语里又透着真诚，村民们无不点头信服。有一次，一位在小学教过书的退休教师来到村里，发现附近村子卖20元的菜干在这里只卖10元，不禁感慨地说，还是军营村人朴实，也是他们精明啊。

当军营村成为网红旅游打卡地后，村里人都注意到，高求来的身后，经常是堆成小山似的行李。人们还会经常听到他的这些心里话："我发现今天的游客特别多，怕其他人忙不过来，早饭还没吃就先来看看。""今天区里开展网评员培训，一下来了近百个学员。他们这会儿正去炮台参观，我帮他们看行李。""最近到村里来的游客很多，我们都要当好主人翁。"

原来，自从军营村乡村旅游发展起来后，为了方便游客，村里特地安排人在村部值班室当讲解员，负责接访客，做记录，看行李，也给游客烧开水、泡茶。高求来主动请缨，成为其中一员。

值得一提的是，往往在并非高求来值班的时间里，你也能看到他的身影。可不，他每天早上7点半都会跑到村部"上班"，若是还没开门，就主动替人值班，里里外外忙得不亦乐乎。他还是个最称职，也是最优秀的讲解员。熟知军营村村史的他讲起村里的美景和典故既生动又翔实，游客都很爱听。

"我当了50多年党员，没有为党和国家做过什么贡献。现在只要还有一口气在，就要做些有益的事！"

过去常有人说，军营村最值得欣赏的两条，就是空气好，水好；现在游客都说，这里的人更好。前不久，有一个12岁的学生捡到43元钱，立马交到了村部；还有村民捡到手机也在第一时间上交，并在值班人员的帮助下很快找到了失主。这一桩桩一件件看似小事，却充分展现了军营村的文明形象。

山美水美人美,让军营村远近闻名的,还有那建在高山上的党校。从此,高求来的退休生活里,又增添了一抹亮色。事实上,村民们都说,他的字典里,从来就没有"退休"二字。

高求来是当仁不让的讲师之一。有时学员太多,高山党校的教室不够用,高求来就在村部前坪讲课,有时学员干脆跑到他家客厅来听他讲课。深入浅出的讲解让学员们受益匪浅,高山教学点成为效果持久的"补钙"基地;而高求来那与他的小身板并不般配的激情的语调、洪亮的声音,也在学员们心头留下了不可磨灭的印象。

高求来说:"大家爱听我讲故事,我就越讲越起劲。"

几年来,高求来给厦门市直机关、企事业单位、街道社区及多所高校的学员们上过课,有时一批多达50人,一年大大小小要接待30批左右,大多数是义务教学。为了把课讲好,他自己每天都要充电,关注报纸和电视上的相关新闻。高求来的退休生活也越来越精彩。

随着旅游产品越来越丰富,军营村、白交祠村的乡村旅游正在完成从"卖空气""卖美景"的观光景点到"卖文化""卖产品"的休闲度假景区转变。

高泉阳介绍,先后有几千名学员来到"高山党校"受训,他们为军营村的创业传奇和这里仙境般的自然风光所深深震撼。学员们的点赞口碑成了最生动有效的活广告,为村里招徕了越来越多的游客。仅2018年,军营村的游客接待量已经突破15万人次。

杨明福告诉我们,高山党校学员培训和乡村旅游的发展推动了民宿、农家乐的运营和农产品的销售。据2018年不完全统计,村民的人均年收入突破25000元,是1986年的100多倍;全村村民家家户户都盖起新房,到市区买房子的有100多户,大车小车200多部,生活越来越美满幸福。

说起这些年获得的荣誉，高泉阳如数家珍：2008 年，老区山区建设试点村；2012 年，美丽乡村建设典范村；2013 年，"五位一体"建设示范村；2017 年，获得中央文明委授予的"文明村"称号；2018 年，列入厦门市乡村振兴示范村。他不无骄傲地说："仅 2018 年的乡村振兴项目，我们就投入了 37 个，资金 1.7 亿元，目前已经开工 32 项。"

党建引领乡村旅游提档升级，高山上的致富之路越走越宽。

弱鸟可望先飞，至贫可能先富。军营村、白交祠村用 30 多年的努力和探索，谱写了精准脱贫的华章。

城市，让生活更美好；乡村，让城市更向往。我们有理由相信，再过三五年，人们再来军营村、白交祠村，就会有大不一样的感受，军营村、白交祠村会成为"诗意的栖居地"，让"看得见风景、摸得到幸福、载得动梦想"逐步变成现实。

四

到过军营村和白交祠村的人都说，那里至今保留着原始的生态美，常年云雾缭绕，空气潮湿，四围绵延层层梯田，放眼望去，层层梯田、茶园叠翠，风景优美。

军营村和白交祠村的生态美是全方位的，山美、水美、空气美，景美、人美、茶园美，还要加上一美，土特产也很美喽。这里的土特产十分丰富，除了高山茶、蜂蜜、笋干、菜干外，还有时令有机蔬菜，如岩葱、地瓜、南瓜、佛手瓜、芥菜、蕨菜、四季菜等。有的菜是高山村所独有，在其他地方是见不到的，比如说岩葱。

很多初次来到军营村和白交祠村的人，都会闹出笑话。村民们房前屋后和菜地里都种有一种植物，叶片翠绿，细长且尖，像小麦又像韭菜，村里人告诉我们这叫岩葱。我们几乎餐餐都吃到这个菜，岩葱炒肉、岩葱炒鸡蛋、岩葱炒豆腐、素炒岩葱，也可熬汤或做饺子馅，清脆爽口，有一种淡淡的清香。于是，我们赶紧上网查了一下：岩葱，中药名；为兰科植物棒叶鸢尾兰的全草，同属植物石葱（滇莪白兰），与前种的区别点为花黄色，唇瓣全缘，先端近平截，且中间凹缺；具有清热解毒，散瘀止血之功效，常用于支气管炎、肺炎、肝炎、尿路感染、中耳炎、疮痈、骨折、外伤出血；附生于海拔1200~1500米的林中树上或岩石上，全年均可采，鲜用或切段晒干；分布于我国台湾、广东、云南、西藏等地；在云南也同样作岩葱入药，也有用本品治疗麻风者。

嗨，我们又搞错了，此岩葱非彼岩葱也。

当地村民介绍，此岩葱也叫山韭菜、宽叶韭、野韭菜，是当地人们喜爱的一种"野菜"，是纯天然的绿色食品。岩葱高不过尺，叶子像葱一样绿得惹人怜爱，叶片比蒜窄，比韭菜宽。岩葱有"个性"：喜阴，只能在温度低、雨水足的地方成活。时至今日，岩葱仍然只长在高寒地区。枝繁叶茂的树荫下，淙淙的小溪旁，一畦田地中，一到平原地区就会水土不服，这是岩葱最典型的生长环境；只要不经常晒到太阳，旁边有水，基本上就不用特地打理了。我们看见有村民正在地里拿着镰刀收割岩葱。她边割边介绍，岩葱是带着头种植的。岩葱一年四季都可生长，每隔十天半月就能收割一次。每次收割时就将上面的叶子割掉一茬，不久之后又能长出一茬，两三年翻种一次就可以了。

村民们说，还有一个美丽的传说。据说，岩葱是隋唐时期，当地一寺院的住持见到岩石间山泉旁长了许多像韭菜一样的植物，试着摘来，洗干净，素炒当野菜吃，口感爽脆，味道鲜美，便将其从岩石间山泉旁移植而来，当蔬菜种植。久而久之，成了一道常吃常鲜的佳肴。因生长于岩石间，像葱非葱，于是，他给这菜起名叫岩葱，后在民间推广种植。据说,其他蔬菜总免不了受虫害之苦,而岩葱却总是长得郁郁葱葱,从来不用喷洒农药。岩葱的香气独特,有葱、蒜、韭菜、蒜头四种味道。当地村民说,用来煮面、炒鸡蛋、熬汤不但味道鲜美,而且对食欲不振、烦热、尿频等有一定疗效;对老人脾胃气弱、食欲减少等也有作用。由此说来,岩葱是个宝,只有"风水宝地"才有,令人啧啧称奇。

我们在两村住了很长一段时间,几乎天天都能吃到岩葱,真有一种吃不厌、不见还想的感觉。我们不由得想起,两村村民不就像那岩葱吗?其貌不扬,其名不显,那么普通,那么平凡,栽在哪里就在哪里扎根。不管人们见与不见,爱与不爱,它都长在那里,绿在那里,于贫瘠的土地上茁壮成长,世世代代在岁月里流转,在滚滚红尘中留下一个淡淡的传奇。

说到军营村的自然风光,七彩池是第一张金色名片。那是一湖神奇的水,又像一面碧绿的镜子,映照着日月天光,给这一方山水带来神秘的意境。在离村口约一公里,进入一片茶园(据说这大片茶园正是恒利茶叶公司的基地);一片绿茶海洋。在茶园的深处,步入一个长长的陡坡,眼前便跳出一汪蓝绿色的湖水,湖水晶莹剔透,清澈见底,呈现难得一见的翡翠绿,仿佛镶嵌在高山中的绿宝石。

七彩池三面环山,呈月牙形状,一座大坝气势恢宏。更惊艳的是,这汪湖水经阳光照射,微风拂过,湖面泛着点点金光,从不同的角度看,呈现出不同的颜色,色彩斑斓,美妙绝伦!

听村里人说,这里原本是一个山塘,为了更好地浇灌周边的茶园,村民将小山塘开掘拓宽,湖水来自天然泉水和雨水,因为各种矿物质沉积,再加上光的折射现象等多种自然条件综合作用,形成了五光十色的瑰丽景色。

七彩池,静静地诉说着世事变迁,见证着一代又一代军营人的奋斗历程，已经成为军营村的新地标。

据有关专家考证，在厦门地区还没有发现过这样的湖水，可以称得上是厦门的"小九寨"。

雪于南方，极少见，极稀罕。偶有雪花飘来，便会让人惊诧不已、让人欣喜若狂。

雪于南方，形影孤独，却有一种战斗的豪情；时光不紧不慢，茶香渐浓时，一切刚刚好；倘若洁白的雪，真下到厦门来，必是穿过唐风宋雨，拂过秦汉明月，来赴一场前世的约定。

军营村有雪，白交祠村有雪，高山上的雪景成了一大奇观。

正因为军营村和白交祠村坐落在高山上，便又有了不同于山下的特殊景观——雪景。

下雪，在北方司空见惯，即使在南方许多地方也不算稀奇。而对生活在厦门的市民来说，只有在电视上见到，只有到北方旅游才能见到，只有在梦里才能见到。

寒风呼啸，寒潮来袭。2018年2月4日，农历十二月十九日，当日立春，离春节还有12天。连日来罕见的低温给厦门市民带来了一场难得的"艳遇"。

下午5点多钟，军营村阴沉的天空中洋洋洒洒地飘下雪状物，坐在门口泡茶的高水银一下子惊呼起来："快看，下雪啦！"正在农田摘菜的高珠玉及其他村民，听到这一消息后，纷纷停下了农活观赏这一飘雪美景。时断时续，下得忽大忽小，村里很快就热闹起来了。高水银是这附近第一个发现下雪的，并立即将这一消息告知其他人。很快，村里到处都可以看到在门口赏雪的村民，大家拍照的拍照，追雪的追雪。

与此同时，高水银立即将下雪的消息告诉晨报记者。晨报记者在电话采访村民、气象专家之后，《海西晨报·ZAKER厦门》第一时间发出报道,并引起了社会的广泛关注。军营村断断续续下了一个晚上的雪,雪量比前年1月23日下得还大。

当报社记者得知军营村下雪的消息,立即赶到高山村实地走访。严寒的天气并没有冻哭厦门,飘扬的雪花反而令厦门市民兴奋不已。不少游客连夜自驾前往军营村、白交祠村赏雪,路面布满冻土,草丛里就像长出"冰冻金针菇",树枝上、石壁上出现了晶莹剔透的冰凌。村口旁已有十来辆小车排成小长龙,稀稀疏疏的雪花从空中飘落,许多游客纷纷下车拍照,用手机记录这一难得的画面。山上十分阴冷,人们的双手已不听使唤,甚至出现手机被冻死机的情况。

村民高丽珍准备了三大锅热汤给前来赏雪的朋友和游客暖身。高丽珍说:"200个小碗全部用完,还不够哩。"

游客们欣喜若狂,情不自禁地唱起了刀郎的歌《2002年的第一场雪》:

> 2002年的第一场雪
> 比以往时候来得更晚一些
> 停靠在八楼的二路汽车
> 带走了最后一片飘落的黄叶
>
> 2002年的第一场雪
> 是留在乌鲁木齐难舍的情结
> 你像一只飞来飞去的蝴蝶
> 在白雪飘飞的季节里摇曳
>
> 忘不了把你搂在怀里的感觉
> 比藏在心中那份火热更暖一些

忘记了窗外北风的凛冽
再一次把温柔和缠绵重叠

是你的红唇粘住我的一切
是你的体贴让我再次热烈
是你的万种柔情融化冰雪
是你的甜言蜜语改变季节

2002年的第一场雪
比以往时候来得更晚一些
停靠在八楼的二路汽车
带走了最后一片飘落的黄叶

2002年的第一场雪
是留在乌鲁木齐难舍的情结
你像一只飞来飞去的蝴蝶
在白雪飘飞的季节里摇曳

那边流行歌曲唱得如痴如醉，这边又有人大声朗诵起毛泽东的《沁园春·雪》：

北国风光，千里冰封，万里雪飘。望长城内外，惟余莽莽；大河上下，顿失滔滔。山舞银蛇，原驰蜡象，欲与天公试比高。须晴日，看红装素裹，分外妖娆。

江山如此多娇，引无数英雄竞折腰。惜秦皇汉武，略输文采；唐宗宋祖，稍逊风骚。一代天骄，成吉思汗，只识弯弓射大雕。俱

柒 走出"深闺"

往矣,数风流人物,还看今朝。

那一夜,军营村空前热闹,村里人与市民们尽情狂欢,兴致高昂。

这是夜的狂欢、雪的狂欢,也是情的狂欢、爱的狂欢,更是一场风云际会、天人合一的大狂欢。

除了军营村外,同安淡溪村、白交祠村、尾林村、水洋村、汪前村、苻后村等高海拔高山村都出现了不同程度的飘雪情况。据了解,近年来,厦门岛外多地下雪的情景甚为少见。

据不完全统计,当晚抵达军营村赏雪的自驾车辆超过1000辆。从头天晚上8点起,莲花镇政府、莲花派出所就安排人员抵达军营村高山警务室路口指挥交通,引导车辆有序停放,并劝导市民安全驾驶。

"确实是雪,但水汽不够,所以不会有明显的积雪。"厦门市气象台相关工作人员表示,军营村气温低于0℃,加上前几日有出现降雨情况,空气中有一定水分,可形成一定的飘雪。

"这两天,山上的温度较低,接近于0℃,加上水汽较重,为降雪奠定了坚实的'天时'条件。"同安区气象局副局长陈礼斌说,"莲花镇山上海拔较高,像军营村及白交祠村的海拔高度都在1000米左右,这也为降雪提供了'地利'的条件,从而促成了此次降雪。"但陈礼斌也表示,此次降雪,只能算是小雪,但未来两三天是否还会继续下,需要气象部门的进一步观测。

其实,在此之前,天上降下雪状物,小冰粒打在身上,发出很轻微的噼里啪啦的声音,还能听见降落撞击车盖的声音。据村民介绍,上午已陆续下过几场,之前11点多金光湖也下了,像下尿素一样。气象专家说,这应该是霰。

霰是什么?和雪有啥不同?霰字不念sǎn,而是念xiàn。

霰也就是闽南人说的"落米雪",专家解释:"雪花是不会弹起来的。"霰一般直径小于5毫米,呈透明或半透明的丸状或不规则状,落地时有沙沙声,掉在硬地还会反弹。霰形成的温度比雪花形成的温度要高。

的确,在2016年1月23日,厦门遭遇了史上罕见的寒潮天气,军营村也曾出现飘雪现象。当天下午2点到5点半,村里也出现过六角形雪花,一天下了四次雪,雪花落地就融化了。

在军营村人的记忆里,早在1981年时,就曾下过一场大雪。军营村党支部书记高泉阳说,1981年下雪时,他正在读小学五年级,那时地上铺满了雪。村里的孩子们看到雪时,都格外高兴。在上学途中,他还和小伙伴一路玩起打雪仗。

"严冬不袜,气候常暖,较省垣尤甚,终年不见冰雪。"这是清道光年间《厦门志》中的记录。

厦门历史上究竟有没有下过雪,众说纷纭。根据市里专业气象台的权威说法,自有气象记录以来,厦门市区内还未曾下过雪。

于是有人猜测,多年难得一见的雪花,近年来频频光顾军营村和其他高山村,是不是与绿色银行有关呢?自然环境好了,山上的气候也发生了微妙的变化,就像当年厦门岛内的筼筜湖一样,一幅美丽的景象重新展现在世人的面前。

清代诗人王步蟾的诗中,就有描述厦门两次下雪的情景。第一次是清光绪十八年(1892年)农历十一月二十九日,王步蟾的《仲冬二十九日雪 诗以记之》云:"……初疑撒下水晶盐,天公戏弄玉纤纤……"第二次是清光绪二十八年(1902年)农历十二月十二日,王步蟾在《腊月十二夜微霰竟不成雪,追怀往事,越日作歌》云:"昨夜空中霏玉屑,初疑急雨乱跳珠,微辨六花光皎洁……"

厦门知名文史专家李启宇先生考证,至少在厦门岛,从未出现过"雪片纷飞"的下雪天气,顶多出现过雨中夹冰粒,也就是闽南人说的"落米雪"。从气象学的角度看,称为"冻雨"更为准确。岛外山区在每年冬、春季的气温经常能达到0℃以下,霜冻、结冰现象屡见不鲜。苦寒天气时,这些地方也偶尔飘落过小冰粒和冰状物体,但同样不能称之为雪。

不过根据史料记载,从明至清,厦门也有过几次下雪的记录。最近的一次是1892年,同安"有大雪,大地如铺白毡,坑洼皆不见"。

另外,讨论厦门是否下过雪,首先要确定"厦门"的范围。如果"厦门"指的是1973年9月后包括同安在内的厦门市,那么由于同安境内分布有海拔较高的中低山和高丘,而根据气温的变化规律,海拔高度每升高100米,气温就降低0.6℃,因此,同安山区下雪并不是什么稀罕的事。

"走,我们去看石头,那里奇石怪石特别多。"厦门旅游集团军营红文化旅游公司的副总张宏军说着,开着车带我们到军营村山顶。眼前豁然开朗,在一个巨大的盆地上,一群大大小小的石山拔地而起,昂然矗立,峰林、怪石、绝壁、峡谷、瀑布、森林、云海,地貌奇特,构造复杂,真是景观多样、千姿百态。站在状元尖的山脚下,我们真切感受到大自然的鬼斧神工,"会当凌绝顶,一览众山小",周围群山碧水环绕,犹如桃源之境,陶冶着我们的心灵。

张总一一向我们介绍着那些奇石怪石的名称:如来佛、莲花台、母子情深、绣花鞋、猪探头、牛吃草、波浪石等。大家会心一笑,对大自然的鬼斧神工,我们只有惊诧的份,好多事情非专业人士是无法弄懂弄通的。至于村民给奇石怪石起的名称,让人浮想联翩,无论哪里都一样,三分形似,七分想象。但这些看似冷漠的石头,因世人起的名称便有了另一个身份、另一层含义,又因游人的欣赏与解读,一块块奇石怪石更是穿越千年,活灵活现,有了生命的温度。

张总指着前面一个小水塘说:"这就是半亩方塘。"

半亩方塘?怎么听起来这么耳熟呢,我们猜疑地问:"这里是不是与朱熹有关?"

张总说:"正是,传说朱熹曾经来过这里。"

我们拐向路边一处洼地,草丛中露出一口大致方正的水塘,面积不足半亩,上头有一条小溪,从山那边的地缝里钻出来,像条探头探脑的蟒蛇,神秘而舒缓。山里的水没有任何的漂浮物,水塘清澈见底,下边有个出水口,水多的时候便从这里溢出,不泛不滥,自由自在。张总下到塘边,用手挑起一点水来,往嘴里送,呱了几下嘴巴,还做了一个深呼吸,那神态绝对是陶醉了。待他缓过神来,从口里吐出一句:"好水啊,清凉清凉,甘甜可口。"

我们的兴奋点却还在朱熹身上,不约而同地念叨着:"半亩方塘一鉴开,天光云影共徘徊。问渠那得清如许?为有源头活水来。"

有一点是肯定的,朱熹是福建三明尤溪人。

其实,朱熹祖籍江西婺源,出生于福建三明尤溪,是南宋著名的哲学家、教育家,也是中国哲学史上的巨星。

朱熹曾任秘阁修撰等职,广注典籍,对经学、史学、文学、乐律以至自然科学都有着不同程度的贡献;他继承了北宋程颢、程颐的理学,完成了客观唯心主义体系的建构,是宋代理学的集大成者;著有《四书章句集注》《诗集传》等。他曾在白鹿洞书院讲学,又建紫阳鹅湖书院,从事教育50余年。毕生执着于教育的朱熹,师从一个"理"字。在他的心目中,"理"是万物开始的主宰,是自然界的一切,所有的世间万物,生成于"理",遵从于"理",归结于"理"。这种先天存在的精神的"理"是那么地遥不可及,又是随处可见,时时主宰着人们的生活。他说万物有一"理",而一物也有一"理"。为了讲得更清楚一些,他采用了古代先贤们在哲学

柒 走出"深闺"

问题上最常用的推理方式,研究出一套以"理"为中心的运行模式来,即"理—气—物(现世)—气—理"。可以看出,"理"是世界运行的主宰,也是世间万物的终结。一切从"理"开始,产生了阴阳二气,生成金、木、水、火、土五行,五行又衍生了世间万物。同时,世间万物无论如何变化又离不开阴阳二气,阴阳二气又复归于"理"的主宰,完成了一个轮回。朱熹的哲学是入世的哲学,是关于社会发展和人间万物的哲学,以人为中心。"理"是人类社会的最高准则,也是人类所憧憬的人生最高境界,是精神的"理"。

朱熹的学说,在他晚年被斥为"伪学"。庆元四年(1198年),宋宁宗下诏要求伪学之徒改视回听,并订立《伪学逆党籍》,列入党籍者从宰相到士人共59名,致使朱熹的门人故交都不敢再与他交往。朱熹处于空前孤立的境地,但他仍坚持讲学,直到庆元六年(1200年),死时,他还在修改《大学·诚意章》。嘉定二年(1209年),朱熹才被恢复名誉。宝庆三年(1227年)宋理宗下诏,特赠朱熹"太师"称号,追封信国公,并提倡学者习读朱熹著作。从此,以朱熹为代表的理学成为中国正宗思想体系。朱熹作为宋朝著名的理学家、思想家、哲学家、教育家、诗人,闽学派的代表人物,儒学集大成者,被后世尊称为朱子。朱熹是唯一非孔子亲传弟子而享祀孔庙,位列大成殿十二哲者,受儒教祭祀。朱熹是程颢、程颐的三传弟子李侗的学生,历任同安主簿、江西南康、福建漳州知府、浙东巡抚。他做官清正有为,注重振举书院建设。朱熹的哲学体系以程颢兄弟的理本论为基础,并吸取周敦颐太极说、张载的气本论以及佛教、道教的思想而形成。这一体系的核心范畴是"理",或称"道""太极"。

尤溪县南溪书院内有一处半亩方塘。在尤溪县城南的公山之麓,原为邑人郑义斋馆舍。北宋宣和五年(1123年),朱熹之父朱松任尤溪县尉,去官后寓居于此。南宋建炎四年(1130年),朱熹在此诞生。朱熹逝世后，县令李修于嘉熙元年(1237年)捐资在此修建文公祠、韦斋祠、半亩方塘和尊道堂等建筑，祀朱家父子。宝祐元年(1253年)，宋理宗赐额"南溪书院"。

"半亩方塘"是朱熹《观书有感》中提到的小时候读书的地方，至于这个地方到底在哪里，说法不一。据说，在福建、浙江就出现多处"半亩方塘"，还都是有根有据，说得有鼻子有眼，莫衷一是。

张总径直往一处小坡走去，坡不高却很陡。我们跟着上去，坡上仅可站三个人，只见脚下是两块长条形麻石。张总蹲下去，用手拂去泥巴草屑，露出一些凹凸线条来。原来是残碑，上面的字迹依稀可辨，"鉴开""光云影"，其他就实在无法辨认了。时光流转，风雨侵蚀，这块石碑经历了多少颠沛流离，又曾见证了多少传说和故事，如今还静静地躺在这里，它是在等着我们吗？还是在等待着那个真正懂它且能开启它的那个人呢？

不管众说纷纭如何激烈，"南溪书院"内之半亩方塘，应无可争辩。那么，军营村山顶的半亩方塘呢？就令人遐想了。军营村人与军营红文化旅游公司都是聪明之人，他们用发现的眼光找到了这一汪山泉水，他们又以发展的眼光来打造这"半亩方塘"，让游客来到这里，穿越时空与朱熹对话，好好聊一聊"太极既包括万物之理，万物便可分别体现整个太极。这便是人人有一太极，物物有一太极。""天下万物都是理和质料相统一的产物。""美是给人以美感的形式和道德善的统一"。于是，朱熹活了起来，"半亩方塘"活了起来，军营村活了起来。

我们一路走，一路欣赏美景，也一路遐想，这里的山水、奇石、树木乃至地形地貌中，还有多少神秘的宝藏等待着人们去发现、去挖掘，还有多少传奇密码等待人们去追寻、去探索呢？

据村民们介绍，军营村山上，这样的奇特地形地貌，还有好多处。

柒 走出"深闺"

站在山顶俯瞰，山峰耸立，沟壑纵横，云雾缭绕，气象万千。

在军营村和白交祠村，我们惊喜地发现，两村内都有数十幢古厝、古民居，古色古香。这些厝屋夹杂在气宇轩昂的现代楼房中，与青山、绿水、梯田融为一体，错落有致，构成了一幅神奇古朴、美丽的画卷。

古厝、古民居也是两村又一特色。

村里更多的却是经过平改坡、立面改造的楼房，红顶或蓝顶的老厝更显得古朴、沧桑。

闽南古厝是指闽南一带的传统民居，主要分布在泉州、漳州、厦门一带。在闽南语里，"厝"是房子，石头厝是用石头砌的房子，红砖厝是用红砖盖的房子，都是闽南具有代表意义的建筑。

民居的建筑多为穿斗式木结构，主体建筑为硬山燕尾脊五开间大厝，左右为卷棚式厢屋，单体建筑多为三进或二进五开间的布局。前后座之间铺宽10多米的石埕，山墙之间有2米宽的防火通道。建筑物中多有晚清文人的各种题词。有些古厝、古民居至今依旧有人居住，有的则已破败荒废，斑驳的墙上残留的文字，诉说着百年往事。有人说过，建筑是世界的年鉴，当歌曲和传说已经缄默的时候，建筑还在说话。

据说，村里与旅游公司正在做规划，要把这些古厝、古民居统一抢救下来、保护起来，统一装修，修旧如旧，供游客参观。让游人一边看古厝，一边参观古厝里的人居生活，更好地贴近闽南日常生活，这不失为一种开放的旅游方式。他们还给这个项目撰写了一条很诗意的广告语：让建筑与文化一同醒来，让山村的一草一木焕发新生。

如今，乡村旅游几乎在我国的广大农村遍地开花，亦是乡村振兴的一大助力。"看得见山，望得见水，留得住乡愁"的美丽乡村已经在人们内心深处定格，开出了姹紫嫣红的花。

捌

从军营到白交祠，一路绿韵悠长

人和茶的缘分，有时候很奇妙。兜兜转转，从终点又回到起点，最爱的仍是那一片绿茶。一个"绿"字，气象万千。

军营村、白交祠村已经不再贫困。2018年8月15日，同安区召开实施乡村振兴战略试点工作推进会，莲花镇军营村、白交祠村等25个村（居）将在同安乡村振兴的大格局中担起试点带动、示范引领的重任。乡村振兴要做到"态度再坚决一点，行动再快一点"，新的号角已经吹响。

一

一山翠绿，一村茶香，一处广场，一院洁净。这是高山村美丽乡村建设中涌现出来的"四个一"，让人们对乡村有了一个全新的认识。

要是在过去，文化广场好似城市的专利，与农村不相干。高山上的军营村和白交祠村本来地势高低不平，难得有一块比较开阔的平地，谁还有建文化广场那个心思，连做梦都没想过。

作为逐渐摆脱了贫困，正迈向共同富裕的军营村和白交祠村，文化渐渐显现出旺盛的生命力。村民们意识到了，文化是民族的血脉和灵魂，是人民的精神家园，是推动发展的重要支撑。我们也要建个自己的文化广场。

建文化广场？有人支持，有人反对，有人说起了风凉话：算起来都没几个文化，还搞什么文化广场，搞它做什么？丢人现眼吗？也有人说，那得占多少地，得花多少冤枉钱哪？

军营村和白交祠村两委早已意料到会有这些议论，他们认为这是一场意识战、观念战，正好通过这个事，让大家明白，文化广场不是什么城市的专利，农村也要有，而且必须有。文化广场是一个地方"乡风文明"的体现，是村的文化中心，是一个集休闲、观光、健身、集会和文化娱乐为一体的百姓大舞台，是村民享受休闲时光、体验先进文化、传播文明乡风的精神家园。

军营村党支部书记高泉阳说："发展山区经济，就要振奋精神，扶贫扶志还得扶智，我们既要'山上戴帽，山下开发'，还要提高村民的整体文化素养，这和'五位一体'建设是一脉相承的。"

白交祠村党支部书记杨明福则认为，文化广场丰富多样的广场文化可以增加乡村的动感与色彩，彰显乡村的文化个性，传承特色文化和乡土地域风情；既是村民休闲、娱乐的好去处，更是吸引游客观光的好地标。

军营村和白交祠村的文化广场建起来了，规模还不小，占地约四个篮球场大，还有一个40平方米左右的戏台，电子显示屏上不时出现有"欢迎某某单位来我村观光指导"的字幕，标志着这样的文化戏台具有多种功能。听说自2013年起，每年春节两村都会举办"百姓春晚"，村里人自编自导自演，节目丰富多彩，草根"民"星各显神通，好多原创节目把身边的人和事搬上舞台，讲述自己身边的故事，深受大家喜爱。"百姓春晚"盛况空前，一年比一年热闹，还吸引了岛内外游客参与，中央电视台等多家媒体竞相报道。

我们发现，两村的文化广场一侧都竖立着一块纪念碑，两相对照，内容几乎一致：

丙申中秋，"莫兰蒂"台风来袭，一派黑云，强风滚滚遮天暗；千寻雪浪，白雾腾腾罩地昏。人不能立，相顾失色。老树摧折，墙倾屋塌，楼阁玻璃，错碎有声。鹭岛明珠，刹那时，满眼残车断树；花园城市，转瞬间，到处积水陷穴。

风灾无情，而人间有爱。国家开发银行，危难时刻，义不容辞，济困赈灾，雪中送炭。筹重建之善款兮，助生民于泥涂。奏和谐于斯土兮，造福祉于吾乡。承强国富民历史使命，践爱拼会赢开拓精神。噫，开行精神，扎根基层，服务社会，改善民生，何其壮哉！暖暖真情，拳拳爱心，我乡父老，感同身受，又何其诚乎。依托开行，展望未来，求真务实，塑造富美同安城；创新进取，实现腾飞中国梦。机遇催人，环境宜人，形势喜人，明日之军营村（白交祠村）更见其繁荣也。

赞曰：济困且帮扶，感谢国开行。吾乡福无量，山高水且长。

鹭岛黄飚谨撰此赋

军营村（白交祠村）为昭铭盛德事，并聊表谢忱，特刻石以记之——同安区莲花镇军营村（白交祠村）

2016 年 10 月 16 日

"莫兰蒂"台风给两村带来过伤痛，也留下了感人的故事。

厦门人永远不会忘记"莫兰蒂"台风来临的那个不眠之夜，狰狞的风咆哮着，摧枯拉朽，放肆地撕扯着这座城市；倾盆的雨怒吼着，从天而降，想要吞没整个世界……

厦门人最为看重的中秋佳节被突如其来的"莫兰蒂"台风扰乱了。

2016年9月15日凌晨3点多,第14号台风"莫兰蒂"在翔安区登陆,中心附近最大风力达17级以上(70米/秒),带来疾风骤雨,掀起惊涛骇浪,风急雨骤,地动楼摇,惊心动魄。这是当年全球最强台风,也是1949年以来登陆闽南地区的最大台风。

"莫兰蒂"台风给厦门造成巨大的伤害,道路阻断、停水停电、工厂停产、学校停课、商场停业、工地停工;城市满目疮痍,众多街道成了"水道",大树被连根拔起,海景房的外墙玻璃碎了一地,一辆辆小轿车泡在水中……高山上的军营村、白交祠村也未能幸免,惨遭重创。

台风过后,军营村和白交祠村一片狼藉,房前屋后乌烟瘴气,树枝被拦腰折断,电线杆被刮倒,有的房屋倒塌,有的房子被揭了盖子,有的门店招牌不见了,垃圾桶也吹跑了,到处是残叶断枝,叫人惨不忍睹。

台风给厦门降下一场灾难,厦门还给世人一个奇迹。三天中秋假期,三个连续奋战的抗灾日夜。最快速部署、最广泛动员、最大力推进、最迅速恢复,从伤痕累累到修整回生,厦门灾后恢复重建展现出无与伦比的"厦门速度"。厦门人经受了一场前所未有的暴风骤雨洗礼,经受了应对灾害的严峻考验,升华成弥足珍贵的城市精神,展现成令人赞叹的精神风貌和文明素养。

台风无情,人间有爱。我们在军营村、白交祠村广场边看到的纪念石碑,就是对这次抗击台风的最好见证。

其实,我们现在看到的文化广场,背后都有着不同寻常的故事。对于高山村来说,真的是来之不易。

说到军营村金山文化广场,又要说说老支书高求来。其实,这个广场的修建真的是费尽周折,他把好人恶人全做了。1997年6月,高求来从村支书的岗位上卸任,他那小身板就一刻也没有停歇过,

捌 从军营到白交祠，一路绿韵悠长

后来又主动担任村老人协会会长。继续发挥余热是他不变的初心，而为村里发展旅游作贡献就是发挥余热最好的方式。

建造广场的钱是国家开发银行捐资的，是善款，是爱心款。可接下来问题就来了，广场修在村部左侧，占地2.5亩，牵涉到6户村民的菜地。俗话说，钱能解决的问题都不是问题，但这些菜地可是村里人的命根子。村里土地本来就稀少，要是把菜地给占了，一家人吃菜就真成了问题。

被占了菜地的人坚决不干，并放出话来：要想占菜地，宁肯不建广场。建广场干吗？军营村几百年来、几十年来没有广场不是好好的，广场又不能当饭吃、当衣穿。

军营村的农田少，在村中央的地就更少了。村民们种地大都要走上几里路，到安溪、长泰地界上。因此，村中央的田地就显得格外珍贵。

"建广场跟修路一样，难免会触及个人利益。我是一名共产党员，不能见了问题绕道走。我得积极作为，带头维护村两委的决定。"高求来向村两委主动请缨，把说服村民的工作扛在自己肩上。这等于是立下了军令状，不拿下这个"阵地"决不收兵。

高求来自己也有六分地被占，起先他老伴也不同意。这块地已经几十年了，就在家门口，土地肥沃又方便，种菜都种出感情了，怎么舍得呢？"正人先正己，正己先正心"，这是高求来做人的原则。高求来只好先做老伴的工作，请她理解支持。高支书耐着性子说："谁家的地被占了，谁都会心疼，我也心疼。可建造广场是村里的大事，是为子孙后代造福的好事。我在村里当了28年支部书记，现在是村老年协会会长。我不带头，别人更不会愿意。损失一点菜地事小，吃菜有困难我们还可以花点钱买着吃；广场建不成事大，村民们没有活动场所，外面的游客来了也没有地方可看，影响到我们村的旅游开发啊。"毕竟是几十年的夫妻,他老伴嗔怪地说:"你呀,总是你有理。心里只有村里的事,家里的事从来不当回事。"高求来明白,老伴能说出这话,就表明她已经松口了。几十年的夫妻,还是她最懂他,从来都是站在身后默默地支持着他,照顾着他。

高求来总算放心一半。可另一半呢?他心里还在打鼓。

他先找其他几户占地面积小的,跟他们说事实摆道理。村民们还是有些犹豫,说:"舍不得呀,以后摘些蔬菜要跑到老远的山上,太不方便了。"

他早、中、晚挨家挨户跑。经过十来天的"拉锯战",那几家被占的菜地本就不多,在别的地方还有菜地,见老支书带头把自家菜地拿了出来,也就不好再拗,只好勉强同意了。有人感叹地说:"唉,别人来说情我们可能不买账,可是老支书一次一次来做工作,我们好歹得给他这个面子呀。"

高求来采取的是各个击破的战术,只剩下最后一个堡垒了,也是最难啃的一块硬骨头。苏德水家占地最多,有八分地,而且他家的菜地前几次修建学校、修路已经占了两块,这是他家最后一块菜地了。这事要换成别人也绝对不会同意。好几次,高求来快走到苏德水家门口了,想想还是开不了口,又转身回来了。那些天,高求来吃不下睡不香,广场迟迟不能动工,就像是一块心病日益加重。他和苏德水是老朋友,知道苏德水的脾气,要动他这块菜地,等于是要他的命。怎么办?难道就因为一块菜地,村里的广场就不建了?国家开发银行还为我们捐了善款,我们自己为什么就不能作出一点牺牲呢?那天深夜,高求来梦见自己和苏德水吵了起来,越吵越凶。苏德水举起一把砍柴刀追着向他砍来。他边喊边退,跑到了后山上。眼看苏德水就要追上来了,他前面是牛心石水库,后边是万丈深渊。他已经无路可退,突然窜出两条大蛇,吐着信子要吃他……他吓出

捌　从军营到白交祠，一路绿韵悠长

一身冷汗，从睡梦中惊醒。

他想起小时候听老人说过，梦见大蛇吃自己，表明大劫已过，就要有好运气了。想想又觉得好笑，自己都快到耄耋之年了，还拿小时候的事来诓自己，安慰自己。

时间不等人，他得当机立断，明知山有虎，偏向虎山行。他去了苏德水家。要是换作平常，苏德水老远就会和他打招呼。可这次，高求来进来好久，他把一肚子的心里话都说了出来，苏德水只是闷着头泡茶，把茶水递到老支书面前，一声不吭。

老支书喝着茶，盯着苏德水的脸，想看看他会有什么变化。

倒是苏德水老伴说话了："老书记，我们都知道你是好人。你自己的菜地也占了。你是老书记，你高风亮节、大公无私，但我们不是你。我们就这么一块菜地了，再被占了我们一家人吃什么呀？"

苏德水说话更干脆："老伙计，要是为菜地的事，你就不要来了，下次来我茶也懒得给你泡。"

显然，苏德水在下逐客令。老支书知道这老伙计的脾气，不能跟他来硬的，他犟起来比驴还厉害。

老支书不怕苏德水讨厌他，还是天天去；苏德水不泡茶，他就自己泡，还把茶水端着递给苏德水，苦口婆心地与之唠家常、讲道理。老支书说："我们都是70多岁的人哪，凡事都为子孙着想，村里菜地本来就不多，加上前两次建学校、修路都占了你家的菜地。你是为了村里的孩子建学校，为了村里有一条好路走。你作出的奉献村里人都看在眼里，记在心上哩。这次建广场，实在不凑巧，偏偏又占用了你家的这块菜地，但凡有别的办法也不能再占你家的菜地啊。村两委干部也左右为难，现在不是搞乡村旅游吗？如果连一个广场都没有，哪还有什么文化可言，村民自己没地方玩，外边的人看了也丢人不是？好不容易作出了决策，建个广场，却因为占了村民的地就建不下去，这事要是传出去，我们军营村还有面子吗？事到如今，打湿了头发总是要剃的，箭在弦上，不得不发啊；是我自告奋勇，说来做你们的工作，我知道这次占你家的地最多，这也是你家唯一的一块菜地了。要不这样，我知道你在附近有块茶园，你把茶园改出一块菜地，请挖机的钱我来出！"

老支书与苏德水磨了好几天，苏德水仍是油盐不进。有时他看见老支书过来，干脆把门拴了，不让其进屋。老支书什么时候受过这种气哪，可他不气不恼，就站在门口讲。苏德水大声说："谁来都没用，这回谁说的我也不听。你回去吧，好人你做，就让我来做这个恶人，说破天我也不让，谁占我的菜地，我跟他没完。"

老支书眼看就要败下阵来，他实在没辙了。他无精打采地坐在村部值班，心里说不出是个啥滋味。

偏偏有人不识趣，在他面前唱歌："最近比较烦、比较烦、比较烦，总觉得日子过得有一些极端；我想我还是不习惯，从默默无闻到有人喜欢；最近比较烦、比较烦、比较烦，总觉得钞票一天比一天难赚……"唱歌的不是别人，正是"小马云"苏银坂。

老支书走到门口，朝苏银坂吼道："去去去，滚远些，烦死人了。"

苏银坂一愣，看到老支书脸色不太好看，吐了一下舌头。他从来都是把老支书当父亲一样尊敬，从来没见他发过这样大的火。看来老人家这回是真烦了，烦透了。

"哟哟哟，谁惹老支书生气啦，德高望重的老支书，这些天人都瘦了一圈了。"苏银坂赶紧上去，扶着老支书的双肩摇了摇，一本正经地说，"老支书，你莫烦喽，到底是谁惹你生气。你告诉我，我来收拾他。"

老支书瞥他一眼，知道他是明知故问，没好气地训了一句："你

捌 从军营到白交祠，一路绿韵悠长

是猫哭耗子假慈悲。"说完又长叹一口气。

第二天上午，老支书照例在村部值班。茶壶在烧着水，他正在扫地，忽然有人跑来告诉他，苏德水在菜地里拔菜了。老支书简直不敢相信自己的耳朵，瞪大眼睛望着来人，你说的是真的？来的不是别人，是他的老搭档高福来。这下，老支书相信了，他赶紧跑到门口，朝菜地一看，果然是苏德水在拔菜。

老支书走到地里，对苏德水说："老伙计，谢谢你哪。"

苏德水睃他一眼，好似鼻孔里"哼"了一声。看样子他还在气头上，但不管怎样，苏德水终于把地让出来了。

是谁有这么大能耐，把苏德水说通了呢？

这个广场建设总算可以开工了，机器设备都进场了，工地上热火朝天。每天白天晚上都有好多村民来看热闹，那广场真是在村民的眼皮底下，一点点建造起来的。老支书本想过后再去问问苏德水，到底是怎么回事？可一忙，又忘记了，时间一久反而不好意思问了，也没见苏德水谈挖茶园变菜地的事。苏德水照样跟老支书打招呼，老支书依旧乐笑嘻嘻地忙这忙那，就像什么事也没有发生过一样。

苏德水不说，也没有人能说破。这件事，一直是个谜，却常常被人津津乐道。

村里人的日子就是这样，很多时候都是在磕磕碰碰、吵吵闹闹中度过的。今天红了脸，明天又可以在一起喝茶聊天，就像不小心闪了一下腰、崴了一下脚，甚至破了一点皮，擦点药揉一揉就好了，没什么大惊小怪的。

军营村村主任高泉伟对此感触很深，他说："当时的情形很难办，老支书家也有几分菜地被占用，他第一个表态支持村里建设，不仅主动让出自家那块面积最大的菜地，还主动承担起说服村民的任务。要不是他那大公无私和勇于担当的精神，我们的文化广场还不知要

拖到什么时候才能建好。"

文化广场建成后，乡味十足的"村晚"也成了这里的一大特色。春节期间，两村都要举行由村民自导自演的联欢会。大年初一下午，莲花镇白交祠村的春节联欢会精彩上演，草根"民"星用自己的表演，让高山上的春节趣味十足。你方唱罢我方登场，当天晚上，军营"村晚"也精彩上演，村民们自娱自乐的表演，连周边村庄的村民和前来旅游的游客都被吸引过来。军营村党支部书记高泉阳说，这个春节，军营村大约迎来游客2.5万人次，从大年初一开始，就有大量游客开车来到两村，欣赏高山美景，村中民宿共110个房间，供不应求。

"村晚"是村民们自己起的名儿，听说已经连续举办了七届，一年比一年火爆。

镇镇有活动，村村有节目。无论是精心准备的联欢会，还是全民参与的游园活动，无论是充满文化味的非遗项目表演，还是紧张刺激的篮球赛、拔河比赛，都让村民们感受到了浓浓的年味。

狗年春节，同安区洋溢着喜庆和热闹的气氛，街头巷尾到处张灯结彩，大路小道一派花团锦簇。在同安区委、区政府的支持和引导下，各相关单位、各镇（街、场、开发区）、各村（居）各显神通，精心筹备近300场活动，让当地的春节更热闹、更精彩、更有味道。各大景区也喜迎狗年"开门红"，游客接待量年年攀升；乡村旅游持续火爆，已经成为同安旅游市场的重要力量。据悉，2018年春节假日期间，同安区共接待国内外游客117.01万人次，同比上涨16.2%；旅游总收入2.64亿元，同比上涨25.3%。好一幅"撸起袖子加油干"的壮观场景。

2019年11月21日下午，军营村热闹非凡，中国电影家协会主席陈道明带领在厦门参加第28届中国金鸡百花电影节的电影工作者深入同安区莲花镇军营村，走进田间地头，来到群众身边。在村里的文化广场,电影工作者们欣赏了具有当地特色的莲花褒歌表演,还走进高山党校,来到原村主任高泉国的家中,品尝糍粑、地瓜等当地美食,听乡亲们讲述山村巨变的历程,聆听乡村发展的故事,感受为人民谋幸福的初心和使命。文艺工作者们纷纷表示,军营村之行给他们上了生动的一课,最鲜活感人的素材就在基层;唯有深入生活,扎根人民,才能创作出更多高质量的文艺作品。今后,他们将自觉担当责任、履行使命,坚持以人民为中心的创作导向,把创作生产电影作为立身之本,进一步深入生活聚焦现实,创作出更多无愧时代和人民的精品力作,为文艺事业的繁荣与发展贡献力量。

如今,当新农村建设的春风拂过,一幅富有现代气息的富美乡村画卷在军营村、白交祠村徐徐展开。文化广场不仅是办"村晚"、放电影、篮球赛、图书漂流的场所,也是村民们跳广场舞、小朋友们嬉戏玩耍的地方,还是来高山村观光旅游的人歇歇脚、拍拍照、开展交流活动的地方。它承载着两村人许许多多大事、要事和喜事。

二

在白交祠村,杨财穆绝对是一个角色,别看他年纪不大,却是一个有故事的人。

我们在村里采访,随时随地都能碰到他,总是一副忙忙碌碌、上蹿下跳的样子。我们想约他聊一聊,约了好几次都没约成。后来他干脆说,我是真忙,比村支书、村主任还忙。

这话听起来怎么这么耳熟呢?我们一时竟想不起来。但我们相信,在每一个地方,哪怕最贫穷、最偏远的小山村,也总有一两个能说会道的能人。尽管他们文化程度并不高,可在生活中早已磨砺出独特的本领。"见人说人话,见鬼说鬼话,见到神仙也可以把他说趴下。"他们是村里最活跃的人,又是最能说的人。平时看起来,好像并不是特别重要，但在很多时候，还真少不了他。

在一个旅游团与另一个旅游团交接的空隙，杨财穆来到了村部，他从身上的挎包里拿出一个红本本给我们看，是中共同安区委党校2019年5月颁发的聘书——为丰富高山党校的教学内容，特聘请杨财穆同志为高山党校现场教学点的讲解教师。杨财穆颇有几分得意地说："怎么样，这可不是我自己吹的哟，是正儿八经党校发的聘书。"我们听得出，言下之意，他如今是一个有身份的人了，他所讲的东西都是可信的。

于是，他开始给我们讲故事，讲村里的故事，讲他自己的故事。

"我们白交祠村30多年来，特别是近几年的变化可以说是翻天覆地。我们村是厦门市委组织部和厦门建发集团的对口帮扶单位。建发集团党工委工会主席吴清来从北京回来讲，扶贫要有发展的眼光，有的地方为什么越扶越贫？扶贫只是输血不行，还要指导村民造血。

"过去我们村确实是那样，扶贫就是给钱给物，有等、靠、要的思想。厦门市委组织部和同安区委给我们村派驻村第一书记，引导村民振奋精神，转变观念，把农副产品进行深加工，搞乡村旅游开发，情况就大不一样了。

"说说我自己吧，我这人没什么文化。你们不要以为我很会讲，其实我先前是不太喜欢说话的，我有自卑感。小时候，我本来是很想读书的，可那时候家里没钱，交不起学费。我一直戴着一顶'贫困生'的帽子，抬不起头来。不过也好喽，听说当时有政策，贫困生可以减免学费。这对我来说真是天大的好事。可这事得一个学期一个学期开证明，既麻烦又丢脸。每次去开那个证明，我都像做贼一样。尽管别人不说我，我还是感到心里发慌。好不容易读到高二，我实在读不下去，就跟着别人去广东打工。那个时候，我们村里有个峰炎茶厂，就是瑞壶祥茶叶公司的前身。老板杨金榜是我们村的首富，第一个有大哥大的人。军营村的高树足，也就是现在恒利茶叶公司老板，当年的茶叶都是卖给峰炎茶厂的。西坑、淡溪、漳州长泰等地的茶叶都要挑到白交祠卖给峰炎茶厂，够牛吧。

"杨金榜的儿子杨忠和跟我是铁哥们，从小玩到大。他也没念书了，在广东开茶叶店，便带我去了广东。我也想，自己哪天可不可以开个茶叶店。不过还是想得太天真了，自己一没文凭，二没关系，赚钱哪有那么容易。只能干苦力搬砖，只干了一个多月，实在太苦了。那时电视连续剧《上海滩》风靡一时，我特别喜欢里面的许文强和阿力，受他们的影响，以为只要敢打敢拼，就会成功，梦想自己有朝一日也能出人头地，也可以当大哥。真应了那句话：理想很丰满，现实很骨感。我在广东的第二份工作是在一家工厂的隔热材料加工车间上班，整天与粉尘打交道，干了一年多，又辞职了。后来，我又到了晋江鞋厂打工，早上别人还没来上班，我就开始干活了；晚上下班别人都走了，我还要多干半小时，因为是计件，多劳多得。我很能吃苦耐劳，得到老板的赏识，差点当了老板的上门女婿。为什么差点？我还没有想娶老板女儿的意思。我还得出去闯江湖，老是想着上海滩，想当大英雄，但这些想法又不能告诉老板。于是，我辞职去了上海，想单干，把赚的钱都用来进货，早出晚归摆地摊，做鞋子和服装生意，结果不但没赚到钱，还亏了本，欠下一屁股债。上海混不下去了，折腾了那么多年，我落魄地回到村里。原先赚的钱没了，还欠了债，女朋友也跑了。我爸也骂我不成器，恨铁不成钢，我又一次丢脸丢到太平洋上了。2005年，我到了厦门，认识了一个朋友，介绍我做保险业务。从那时起，我才意识到，再也不能像先前那样混下去了，要走正道。过去我是长头发、长胡子。那年我完全改变了自己的形象，头发剪成了平头，胡子也刮得干干净净；

我想求上进，也赚些钱。我有一个观念，钱散人聚，钱是身外之物，还是要多结交人脉。在同安，我结识了一个做茶叶生意的老板，他过去卖茶叶给我们村峰炎茶厂，如今办了食品厂、电子厂。他把我介绍到他开的足浴城，生意特别好，我跟着他狠狠地赚了一笔。哪晓得我这个人不聚财，后来足浴城走下坡路，又亏得一塌糊涂。我把赚的钱赔进去，还亏了30多万元。这下彻底完了，老婆离婚了。想想这辈子活着还有什么意思，干脆破罐子破摔，跟别人打了一架，被警察抓了一次，拘留了15天；后来我又放高利贷，被抓过一次；再后来，还是放高利贷，借了别人的钱，被起诉，又被抓了。算起来，我一连被警察抓了三次。"

我们听着，他好像是在编故事，甚至是在说着别人的事。

这时的杨财穆正在兴头上，他不管不顾、不急不慢地接着说："好在这个时候，我遇到了真正的贵人，一个好朋友劝我回头，支持我回村选村干部。我一听，以为他在跟我开玩笑。我这种人，谁会选我当干部喽。经不住他的劝说，想了想，那就试试呗。"

"2012年，我31岁，参加了村里支委换届选举，居然选上了。我当了三年村委，这才真正走上了正道。"杨财穆不好意思地笑了笑说，"我就这么个人，但是这些年，过得很好。老婆很能干，有三个孩子。有游客，我就做讲解员；没游客时，我就帮村里做别的事；日子过得很充实。"

哦，想起来了，苏银坂，对。就是苏银坂。我们总觉得白交祠的杨财穆与军营村的苏银坂有几分相似。有句老话说得好：高手在民间。这两个人称得上民间高手。

"我是真忙，比村书记、主任还忙。"这句话就是苏银坂说的。当时我们就想过，能说这种话的人，一定不简单，要不就是个骗子。

就说苏银坂，别看他个子不高又长得精瘦，人称"小马云"。

捌　从军营到白交祠，一路绿韵悠长

他脑瓜子灵光，还多才多艺。军营村已经举办了六届"村晚"，他一直是总导演。他和杨财穆文化程度都不高，却都是村里的活跃分子、风云人物，在村里大大小小的事情上扮演着十分重要的角色，有棱要角，有胆有识，有情有义。

我们事后也发现，在他们身上也有一些毛病，对传统文化缺乏钻研精神，对村里的历史脉络不是十分清楚，对美丽乡村建设和乡村旅游开发，思路也不够清晰，而且工作上还不够扎实，作风上有些浮躁。当然，对于两村的年轻人，我们要本着关爱、包容的态度，善意地向他们提出来，希望他们今后的路走得更加稳健、更加光明。

山里的天气说变就变，刚才还阳光普照，一声炸雷叫人猝不及防，一下子乌云滚滚，风雨交加。

村部楼下，广场戏台之上，游客纷纷跑进来避雨。

杨财穆又得走了，他得去当讲解员了。我们望着他的背影，时而清晰时而模糊，一如他的经历，琐碎又混杂，时而梦想当英雄，时而自暴自弃，时而又浪子回头。这个人的故事，是不是还有更值得玩味的地方呢。

我们在白交祠村村部，看到一本厚厚的《村情日志》，随手翻了翻，觉得有些意思，便摘抄了几天的日志：

2018年10月4日，值班：张满香

下午，解放军某部（共建）卫生队医务人员来我村义诊，为村民送医送药，并对我村贫困户杨志勇、杨添财、杨美南等进行走访慰问。

2018年10月5日，值班：杨明福

上午，区乡村振兴建设工作组组长、区老干局局长洪爱萍等来村就乡村振兴建设工作推进相关事项进行部署，如安置地工程项目、裸房整治、平改坡、环境卫生等工作，提出要加强宣传引导，有利于各项工作的顺利进行；

市委组织部李毅处长来村，就有关基层党建工作建设以及党员关爱互助资金具体如何使用等给予指导。

2018年10月9日，值班：杨武建

上午8时，莲花镇副书记陈水共来村召开工作会议，会议强调：1.安置地推进落实；2.裸房整治、平改坡落实几户先实施；3.动员村民菜园套种果树；4.旅游集散中心建设问题。

2018年10月15日，值班：杨志成

下午，莲花镇副书记陈水共、镇组委陈江伟来村召开第一次支委会，选举杨明福为新一届书记。

2019年4月7日，值班：杨孙和

上午，莲花镇党委书记庄毅、镇长谢育添、镇人大主席陈水共等在陈海煌（驻村第一书记）陪同下，来村调研、座谈，商讨有关乡村振兴事宜，现场查看村庄整治情况及登山步道的提升工作。

2019年5月17日，值班：杨明福

下午，由党建学院组织厦门火炬高新区非公企业党组织书记及党务干事来我村开展党日活动："重温总书记嘱托，重走总书记走过的路"主题学习活动。

……

看到这里，我们突然想起一副对联来，便随口吟诵道："风声雨声读书声，声声入耳；家事国事天下事，事事关心。"据说，这副对联还有一段不寻常的故事哩。

"风声雨声读书声，声声入耳；家事国事天下事，事事关心"为明代思想家、东林党领袖顾宪成所撰，是对读书人提出的要求和期望，反映了封建时代士大夫的一种济世情怀，流传颇为久远。在无锡环城东路的幽静处，有一座东林书院，是我国古代著名书院之一。书院由北宋著名学者杨时创办，因杨时号"龟山"，故亦称"龟山书院"，后废毁。顾宪成带着强烈的政治热情踏上仕途，想为国为民做些有益的事。不管在什么地方、什么部门任职，他都不媚权贵，廉洁自守、正直无私、办事认真。顾宪成孜孜国事，反而获罪罢官。至明万历年间，被罢黜回归乡里的顾宪成，偕弟允成及高攀龙、安希范等人，为继承杨龟山的讲学遗志，倡议捐资重建东林书院，建成后便在此主持讲学。众人讲习之余，针砭时弊，臧否人物，一时影响颇大，结果引起朝廷不满。明天启年间，阉党祸兴，诏毁全国书院，东林首当其冲，书院被毁。顾宪成、高攀龙等被斥为"东林党"而蒙冤遭受迫害。崇祯即位，惩处阉党，为东林党人昭雪，并下诏修复书院。后来，清朝各代续有修葺，书院遂恢复原貌。及至民国，特别是抗战期间，东林书院无人管理，年久失修，损坏严重。抗战胜利后，无锡著名人士吴敬恒、唐文治、钱基博等发起重修，整治原观。

  说起东林书院，尚未踏访过的人不一定知之甚详，但院中的一副对联无人不知，这便是："风声雨声读书声，声声入耳；家事国事天下事，事事关心"。此联传为顾宪成所撰。顾死后，这副对联被后人刻写挂在惠山寄畅园旁顾氏祠堂里，后毁坏无存。抗战胜利后，东林书院重修，此联被重新刻写挂在院内。而这副对联能传之于众，则有赖于在"文化大革命"中被打成"三家村"之一的邓拓。1960年，邓拓到无锡参观东林书院时见到这副对联，印象非常深刻。回京后他有感而发，写了篇《事事关心》的文章，收入《燕山夜话》(合集)中。该文提倡既要认真读书，又要关心国家大事，于是此联便名扬天下。"文化大革命"后，备受摧残的"三家村"只存廖沫沙一人在世。1982

年重修东林书院时,无锡有关方面便恳请廖沫沙先生题写这副抱柱联。该联现仍挂在东林书院依庸堂里。

我们想说的是,村情即民情,民情即国情。实施乡村振兴战略,从大处说,就是要立足国情民情;从小处说,就是要着眼乡情村情。

三

每每与年轻人在一起,我们不由得想起这句话:现在,青春是用来奋斗的;将来,青春是用来回忆的。只有让青春的枝头挂满梦想的花朵,才有人生金秋的收成。

有这么几个人,不是高山村里人,却正在村里忙着事。大事小事都做,乐此不疲,用一句时下流行的话说,就是屁颠屁颠的,到哪都能看到他们忙忙碌碌的身影。比如说,军营村和白交祠村的大学生村官。我们感受到他们身上的阳光与率真,也察觉到他们内心的彷徨与纠结。他们并不是军营村和白交祠村的人,但一种机缘巧合,把他们的命运与两村的命运紧紧地联系在一起。在两村的发展变化中,他们各自扮演着十分重要的角色。

黄星捷是军营村的大学生村官,曾国跃是白交祠村的大学生村官。两人是同一批选调的大学生村官,都是2018年8月1日到村里报到。一个是1996年出生,一个是1995年出生,尽管两人都是同安人,但严格来讲,他俩都是外来客,而且都是初出茅庐。在两村的发展建设中,他俩能做些什么呢?村里能让他们做些什么呢?他们能融入到村里去吗?

黄星捷坦白地说:"当下大学生多如牛毛,找工作不容易。我来当大学生村官,只是想能有个工作,到哪里都一样。我们是福建省最后一批大学生村官,从2008年到2018年,整整十年,听说大学生村官这件事也是福建省先提出来的。我学的是土木系工程管理专业，可我对这个专业不感兴趣。厦门大型国企不多，就业环境不太好，应届毕业生如果想到厦门的央企、国企里上班不是那么容易，一般企业工资待遇不会高，生存都比较困难。所以说我们这代人，对于上班是被动型的。当初我报考大学生村官被录取了，并不是太激动，先干两年再说。厦门市大学生村官工资3592.38元，每个月一分不多，一分不少，有五险，没一金。因为按规定，两年后，一般会安排到事业单位工作。"

曾国跃是个高个子，黑黑的皮肤，还老喜欢穿黑色的短袖T恤，乍一看有点像非洲黑人，戴副宽边眼镜，脸上还有点婴儿肥。他跟黄星捷有所不同。他说："我从小在农村长大，还有一个姐姐，父母支持我走自己的路。能考上大学生村官，我觉得自己还是比较幸运。当大学生村官是个很好的平台，到农村基层锻炼，与在农村长大是两回事。白交祠村、军营村比其他村特殊一些，一是厦门最偏远的高山村，二是正赶上乡村旅游好时候，接地气。所以，我们这里知名度高，来的人多，要做的事情会多些。村两委的人大多不会使用电脑，我是大学生，得发挥自己的优势，写材料、打字、整理资料。村民的电脑、手机有不懂的问题都来找我，我帮他们弄。除了这些，我还客串讲解员，跟着杨财穆老师学习。原先在大学团支部活动，面对的人稍微多一点我就会紧张，一紧张还忘词，不够自信。刚开始当讲解员时，一下子面对几十个人，全是陌生的人，还有领导，我会害怕，会怯场。现在不会了，因为我慢慢熟悉情况了。经常接触的是全国各地来的人，各行各业的都有，可以增长见识，也增强了我对白交祠村的认同感和自豪感。"

黄星捷家住同安城区，父亲做招投标工程，家里有四五十间房屋出租，母亲负责管理，是个包租婆，家里条件比较好。他对农村的了解很有限，尤其对军营村不是很了解。刚来时，他也只知道军营村有一定知名度和人气。自己一个大学生村官，以为只是到村里打打杂。来了以后才发现，完全不是那么回事。在村里，像他这样的年轻人全村不超过五个，其他都在外边打工，或者在外读书，毕业后就在外找工作，不会回来了。厦门党校的一位老师讲到乡村人口少，人才外流时说，空心村不少，有的全村五个老人一只狗。据了解，军营村 303 户、1069 人，常住人口大约 600 人左右，已经算是很不错的了，要想村里留得住人，就得有工作岗位，有发展平台，有吸引力。

说到村里的感觉，曾国跃很开心。他说："村里人都很纯朴，很热情，对我不陌生，有什么事也愿意跟我谈。我是村里第三任大学生村官，有个村民家里建房子，占地 90 平方米，最多可以建三层，不能超过 270 平方米，手续齐全。他跟我讲，这个政策不太好，一楼用于采茶、制茶、放机器，二三楼居住，以后孩子大了，就没地方住了。我尽管不能给他满意的答复，但会跟他探讨，看有没有办法解决。这是他对我的信任，我感到很温暖。我就像他们村里人，像他们的兄弟，或者是他们的孩子。"

说到以后有什么打算，曾国跃坦言："明年 2 月会有一次选拔考试机会，我会去试试，多一次机会嘛。至于以后，作为年轻人，我还是倾向去城里找工作，想走公务员这条路。还是说白交祠村吧，要发展得加快步伐，抓住乡村振兴的好机遇，做一些实实在在的事情，在提升品质上做文章。我觉得白交祠村宣传不够，好多地方没做到位。当然，这也给我提供了一些空间，让我有了一些想法，白交祠还可以打造一些新的景点、亮点。第一任大学生村官给村里弄了个公众号，叫'云雾白交祠'，我继续在做，想做出新意来，向外界推介白交祠村。"

黄星捷在村里很活跃，与村里人都合得来，到处都能看到他的身影。他说："当初的一些想法与现实出入很大，有时候我感到有劲使不上，有想法做不出来，想引进项目，又没有社会资源。我现在的工作状态跟曾国跃差不多，我们两个经常见面，相互了解，相互交流。除了打杂之外，还有做不完的事，每家每户的需求都不一样。军营村的乡村旅游发展比白交祠村早一步，正在全力打造军营红文化旅游公司。事情很多，我也协助做一些。上面有政策，正在搞裸房平改坡加立面整治，军营村快搞完了，接下来就是白交祠村。其实，平改坡加立面整治，好是好，好像是整齐划一，却没有了山村自然风貌的味道，沧桑感少了，乡村的记忆冲淡了许多。大学生村官不好当，什么都得干，不会就得学，不懂就得问。我最大的感触是，村一级的基层干部真的很累，大部分乡村都留不住人，乡村人口外流是普遍现象。还有就是嫉富嫌贫的现象，再有就是形式主义太严重。有时候，我感到很纠结，不知道自己还能做些什么。"

常常听人说，一些青年人的脸上写满焦虑、无奈、浮躁、失意。在不少人心中，梦想已然凋零，激情不再燃烧，诗意难觅踪迹。风华正茂的年纪，内心却已落英缤纷。我们在黄星捷、曾国跃这里却见不到这些，他们阳光、帅气，有思想、有追求。他们在村里已经如鱼得水，虽说还是个"初生牛犊"，但他们有"不怕虎"的勇气，同样也有不畏艰难的锐气。

选聘大学生当村官，是党中央的一项战略性决策。让大学生村官在农村干事创业，不仅为村级组织建设输送了新鲜血液，也为广大毕业生的学习成长提供了平台。

选聘大学生村官这件事可是有些来头的。经中央同意，中央组织部等有关部门决定，从2008年开始，用五年时间选聘10万名高校毕业生到乡村任职。这个决定是我国历史上最大规模的一次高校毕业生到乡村任职，赢得了广泛关注与一致好评。农村太需要人才了！农村从农业科技知识的推广，到生产方式的转变、民主管理的推行、精神文明建设等各个方面，都迫切需要现代科技知识和管理理念。选聘具有较高科学文化知识和现代思维方式的大学生到村里去任职，是时代的需要，是一个英明的决策。然而，也许有大学生对此不太理解，尤其是那些来自农村的大学生，连同他们的家长，可能会有所误会。家长也许会问：家里花了那么多钱，送孩子到城里读了大学，如今又回到农村种地了，岂不是白费劲了吗？其实不然。年轻大学生到村里任职，不仅是农村的迫切需要，有助于帮助农村尽快发展进步，而且对大学生本人的成长、进步也是一种需要。

虽然农村条件艰苦，文化生活匮乏，但艰苦的条件锻炼人，投入火热的生活便不觉得寂寞。虽然几十年前的知青下放与今天的选聘大学生到村任职的时代背景和任务不同，但就青年人到农村经受艰苦锻炼这一点来看是完全一样的。年轻的大学生们就应该踊跃报名，接受选聘，到农村去，把农村当成一所新的大学，在艰苦奋斗中锻炼成长。一代伟人毛泽东同志曾经指出："农村是一个广阔的天地，在那里是可以大有作为的！"

厦门市干部群众紧紧围绕市委、市政府中心工作，积极投身"美丽厦门·共同缔造"，在平凡的工作岗位上成就各自不平凡的事业。2016年"五四"青年节当天，厦门市委组织部和共青团厦门市委启动了"在希望的田野上——大学生村官富民强村创新实践"主题活动，动员更多优秀青年展现能力，行动起来，号召大学生村官为全市农村发展精准助力献策。

厦门市委组织部相关领导介绍，这项活动旨在鼓励大学生村官发挥自身学识优势，工作在村、生活在村等优势，围绕所服务的任职村，从党建、团建、经济、村貌、帮扶、文明创建等领域自选题材，策划培育项目，推动项目实施，带动厦门农村在经济发展和村容村貌上焕发新颜。

据了解，厦门市委组织部和共青团厦门市委引导94名在岗大学生村官到农村锻炼成长、服务奉献，聘请理论和实践经验丰富的党建、金融、规划等领域的专家担任活动的项目导师，指导大学生村官推进项目的生成和落地，并积极推动银团合作，通过银行业金融机构挂职干部与基层团组织签订共建协议等形式，为乡村建设提供资金、人才、项目支持。

青春需要梦想，更需要实干。

早在2016年，大学生村官杨永昌、邵吉生等人申请了"美丽军营"公众号，把军营村的美丽景色"搬"到互联网上，定期宣传旅游资讯，发布旅游攻略，并且担任讲解员，主动协助完善村里的旅游配套服务。军营村党支部书记高泉阳介绍，杨永昌、邵吉生等人还协助创办了军营村微商平台，为村民提供代买代卖、网上缴费等服务，帮助村民解决偏远山村农产品销路打不开、村民生活不方便等难题。如今，军营村的淘宝店服务站营业额已经达到每月三万元左右。

军营村的大学生村官黄星捷正和军营红文化旅游公司一起调研，他准备深度挖掘开发村里的古民居、半亩方塘等，探索发展乡村旅游新项目。白交祠村的大学生村官曾国跃则在潜心收集整理村里的历史文化与人文景观，他要把这些内容通过"云雾白交祠"公众号进行传播，让白交祠村的美丽与神奇走得更远、传播得更广。对大学生村官，两村群众都是赞不绝口，说他们刚来时稚气未脱，担心他们干不了事，甚至还会给村里添麻烦。没想到这些孩子能吃苦，还挺能干，天天扑在村里，什么事情都抢着干，是块干事的料。有专家则这样赞誉他们：从家中"掌中宝"到农民群众的贴心人，从懵懂的"学生娃"到稳重肯干的村干部，大学生村官们褪掉了书生气，演绎起全新的角色；他们如同一个个活力因子，改变着自己，也改变着古老的乡村。

是的，一代青年有一代青年的历史际遇，我们的国家正在走向繁荣富强，我们的民族正在走向伟大复兴，我们的人民正在走向更加幸福美好的生活。我们在与这些年轻人交谈与接触中，深切地感受到他们炽热的激情和青春的梦想。"新时代是奋斗者的时代，我们不能让时光白白流逝，一代青年要有一代青年的作为，一代青年要有一代青年的担当和奉献。"这是他们共同的心声，也是他们铿锵的脚步。

四

不管什么时候，也不管怎么变化，青年一代永远是时代的主角，是事业的希望。我们在军营村和白交祠村采访中，经常会遇到村民谈论着村里青年人的出路问题。大家耳熟能详的是"留守老人""留守儿童"，对"留守青年"似乎关注得不多。而我们感到这恰恰是"留守"二字的症结所在。换句话说，只要"留守青年"的问题能得到很好的解决，"留守老人""留守儿童"的问题就不是问题了。

军营村和白交祠村在大力发展茶叶经济和乡村旅游的同时，进行一、三产业融合探索，发展现代都市农业。其中最显著的一个项目就是通过土地流转建设种植基地。

2017年4月，军营村通过土地流转，和省级重点农业龙头企业百利种苗公司合作建设"军营红"番茄基地，种植经济价值较高的越夏小番茄。百利种苗公司总经理康英德介绍说，福建省大部分番茄种植地海拔低，夏天生产出来的番茄口感不是太好，销路也比较差。军营村海拔比较高，昼夜温差大，利于番茄糖分积累，长出来的小番茄比普通小番茄糖分高七度。

高泉阳则认为，"军营红"番茄基地不仅仅增加了村民的收入，更主要的是对现代农业的带动和对乡村旅游的补充。据说，番茄基地通过土地流转模式租用村民土地，后期用工基本聘用当地村民，一开始就聘用六名村民长期担任管理人员，还不定期有季节性用工。基地在不断扩张和完善的同时，劳动用工也随之增加，为村民提供了上百个就业机会，帮助村民实现了家门口就业，带动农业转型。这是不是就为"留守青年"提供了一种选择呢？

我们在军营村和白交祠村的确很少见到"90后"年轻人。他们都在外打拼，或打工，或求学，各有各的想法，各有各的方向。

曾担任村支书的高清根说："我们村这20多年，最大的变化一个是茶园，一个是孩子教育。上世纪八九十年代，军营村大学生很少很少。到了2000年后，村两委对教育格外重视，家长对孩子教育都舍得花钱，村里大学生明显多了许多。上过大学的孩子就是不一样，他们头脑灵活、知识丰富、观念新、素质高，不管干什么，对家庭经济、对社会发展都能起到很好的推动作用。"

高美玲和高溪巡都是土生土长的军营村人，同龄又是同学，同样是大学毕业后又回到了村里。

高水银的女儿高美玲和我们不期而遇，她刚从景德镇艺术学院毕业，回到家才十多天。谈起今后的打算，她显得很平静，只是有点苦涩地摇摇头，连连说："有点难，现在挺难选。"她说，"我父母意见不一致。我觉得从爷爷到爸爸，做茶叶的确很辛苦。如今我家转型做农家乐，爸爸妈妈不用那么辛苦，我是理解支持的，对我也有影响。要是家里和村里都还是老样子，我可能不会这么纠结。你们看，我们家里、村里都变化很大，政府投入也大。政府对大学生回乡创业也很重视，所以我才会纠结。老实说，现在年轻人太浮躁，我比同龄人的心态显得老成一些。对我而言，我的专业回厦门很难找到发展的平台，要考虑跨专业找工作，这就更难。我们家做农家乐民宿这一块，我觉得应该有前途。到底是不是要出去，我一时打不定主意。读了大学回到村里，村里人会怎么看我？会有很多种声音，说我没出息。也许在外混得不怎么样，总比留在村里好，很多农村人都会这样想。我的同学中也有两种声音，一种要我赶紧出去找工作，一种是认为我留在村里也挺好。其实，最终没有谁能帮你，只有你自己决定。"

高美玲最后告诉我们："不急，我还没想好。交给时间吧，时间是最好的东西。"

我们却以为，作为一个1997年出生的女大学生，能有这样的淡定和思考，不浮躁、不盲从、不虚伪，已经是难能可贵了。

我们在军营红文化旅游公司，遇到了高溪巡，一个高个帅气的小伙子。他与高美玲是同学，也是去年才从大学毕业回来的。正好村里要人做旅游接待，他抱着试试看的心理，做了九个月，又赶上军营红文化旅游公司来了。他在军营红文化旅游公司做事，协助村里继续做旅游接待工作。原本学的是机械工程专业，与现在干的工作根本不搭。他告诉我们，有时会想很多，心里很乱，内心的真实想法还是出去发展，父母也支持他出去。他也去找过，才真正理解"就业难"这三个字给年轻人带来的压力有多大。现在留在村里也是权宜之计。我们与他聊过，他同样有些纠结，有些迷惘，也有期许，但似乎他的方向没有高美玲那样清晰。

又一个黄昏，七彩池山上白雾缥缈，宛如仙境。我们从山上下来，经过村口一幢厂房，远远看见某某茶厂字样，几个警察骑着摩托一阵风似的进了厂区。我们想进去探个究竟，迎面遇见一个熟悉的身影，我们喊了一声："小高，是你呀。"

高继成一回头，还真是他。几天前我们去他家采访时见过面。他当兵回来，原先也在外边打过工，总觉得不是那么回事，浑身不自在。到底怎么啦，自己好像又说不清楚。想来想去，还是回到村里来了，在派出所工作，他这条件当警察真是太适合了。

高继成是我们在军营村见过的最高大的年轻人，身高1.84米，身材魁梧，穿一件黑色短袖T恤，腰间系一根有警徽的皮带，一看就是个警察。确切地说，他在莲花派出所高山警务站上班，是辅警。小高告诉我们，他和同事刚从村里巡查了一圈回来。像这样的例行巡查每天有好几次，晚上也要巡查，高山警务站24小时不离人，轮班值守。听老民警讲，过去村里经济落后，家家户户都养鸡养鸭，还养猪养牛，而且都是散养，环境又脏又乱又差又臭，村民之间纠纷不断，小偷小摸现象严重。近些年，村里变化实在大，社会治安明显好多了，基本上没有什么小偷小摸，纠纷也少多了。如今军营村每家每户都有小车，他家就有两辆。高继成的哥哥高中毕业后就去厦门岛内工作，在岛内成家立业了。

我们好奇地问，作为一个"90后"青年，对村里的情况知道多少呢？

小高说："我爷爷和爸爸吃了不少苦，我小时候的印象还是苦，村里全是土路，下一趟山都不容易。说实在话，大人们辛苦却不让我们吃苦。我们是泡在甜水里长大的，所以你看我才会长得这么高大威猛。"高继成很能说，还很风趣，他接着说，"我家里有20多亩茶园，种植、管理、采茶、制茶都是一家人。除了自己家的茶叶，我父亲还去恒利茶叶公司、云山茶业打工。每年行情不一样，我家的茶叶一年大概五六千斤，收入五万元左右。比起原先来，经济收入高了不少，老人每月享受260元补贴，由政府出资买了社保、医保，看病、住院凭医保卡报销。这在以前是没有的事，而且我全家都有。我有两个小孩，只要孩子一出生，办落户就可以办医疗社保。"

在农村，大部分的父母也像小高的父母一般，一辈子含辛茹苦，勤勤恳恳躬耕黄土，他们大多忙得一天屁股没时间着椅子，其目的只有一个，就是让孩子少吃苦、少受累。勤劳是最能改善生活的优良品德。在我们这个时代，随着国家飞速发展的脚步，只要你肯做，能吃苦，日子总归会越来越好。小高的父母如是，大多数父母如是。高继成他们是时代恩宠的幸运儿，从小家境普通，培养了他们勤奋向上的好品质；父母勤恳本分，又免去了他们吃常人无法想象的苦头。这样的家庭，在我国偌大的农村并不少，如高继成这样，家境不宽裕却又内心很富裕的孩子也不在少数。这是时代之幸。

当我们问他今后有什么打算？小高说，现在这样也挺好，警务站上班事不太多，又在家门口，下了班还可以照顾家里。至于以后，他还没想好，看村里的发展情况再说。看得出他对眼下的生活感到惬意，对未来也是信心满满。

对军营村和白交祠村的年轻人来说，这些年的变化令他们对社会的认知和创业观念有了全新的转变，也正因为这样，他们才有了新的烦恼与纠结。

白交祠村村主任杨武建与军营村的高继成是同龄人，都是1991年出生，所不同的是他属于"凤回巢"的代表。

我们没想到他这么年轻就当上了村主任。

第一次见到他，是在白交祠村村部，高个、直发、红色T恤、牛仔裤，活脱脱一时尚帅哥。杨武建与我们交谈，显得十分轻松。他说："好多人都问我，为什么回来？其实我从小并不在村里长大，爸妈一直在漳州做生意。我有一个姐姐，一个弟弟。我到小学六年级时才回到村里，然后在山下的莲花中学读初中。初中毕业，我就到铝合金厂当学徒，第二年到父亲的石材厂做事。不久，我就单独做起了石材包装生意。那个时候，我是想顺着这条路子走下去，也像我爸妈一样，凭自己的本事创一番事业。2018年9月，我们村里要进行换届选举，村里乡贤找到我，想让我回来参选。他们说，我们都老了，干不动了。你年轻有为，又在外面闯荡过，有见识有能力。你就回来带着乡亲们干吧，让村里人的日子过得更好。我爸妈在漳州，也支持我回来，为村里做点事。其实，当初很矛盾，我文化程度并不高，懂得也不多，自己没这个本事，怕辜负了村里人。后来经不住好多人的劝，看着村里没几个年轻人，全是老的老、少的少，老支书杨明福也60多岁了，我不回去又能指望谁呢？于是就下决心回来了。"

杨武建毫不掩饰自己当初的真实想法：如果村民没选自己也很正常，毕竟自己太年轻，文化程度也不高，又没有什么工作经验，对村里的情况更是不清楚，就当是一次锻炼，继续到外面去干自己的事，起码也好向好心劝自己回来的人有个交代；如果村民选了自己，就得定下心来，扎扎实实为村里做实事。得对得住大家，报答村民们对自己的这份信任。

令杨武建没想到的是，他竟然全票当选村主任。村里老主任兴奋地对他说："大家选你当村干部，你就要有一种吃苦在前、享受在后的准备，要有讲大局、讲团结、讲奉献的精神。"

杨武建的回归对白交祠村来说，肯定是件值得庆幸的好事。而对杨武建而言，不一样的舞台，可以演绎不一样的精彩。

过去有一句话叫做"回不去的叫作故乡"，这吐露出广大外出务工青年的无奈。今日之中国，乡村振兴战略早已深入人心，乡村振兴战略的关键因素是人才问题。然而，一个不容回避的现实是，在农村老龄化严重的情况下，当今的年轻人更倾向于在大城市生活，由此带来的空巢老人、留守儿童等问题引发社会关注。如何把青年人才引向农村、留在农村，成为一个迫切需要解决的问题。有专家指出，农村要能留得住年轻人，发展产业是必由之路。年轻人带回来一些好的项目，政府给予一定的优惠支持，让广大青年人能沉下心来，专注于农村产业的发展。如果能在家里就有收入，试问谁还愿意外出远方务工。栽下梧桐树，引得凤凰来。年轻人回归农村，在未来的岁月里，也一样能精彩地实现自我。

农村的孩子普遍结婚比较早，杨武建二十出头就成了家，爱人在同安城里带着两个孩子。自从当上村主任，杨武建全部时间都扑在村里了。他很懂事，识大体，大小事情都和老支书杨明福商量着办。虽说厦门市七彩白蛟农业专业合作社早先就成立了，这是一件由村两委主导、全村村民受益的大好事，但还有好多工作要做，有一系列规程要进一步完善。合作社直到2019年上半年才正式投入营运。还有茶叶加工厂、蜂蜜加工厂、村民土特产统一收购等，观景平台、美丽庭院、房前屋后整治、绿化、美化、亮化等，事情一件接着一件，总得有人牵头。眼下正在实施乡村振兴战略，乡村旅游发展势头正旺，民宿从一家两家，很快就冒出近十家。由于没有规范管理，一度出现混乱局面。为了避免恶性竞争，村两委对民宿实行一体化管理，统一标准、统一管理、统一安排。乡村振兴项目之一的平改坡、立面改造，也正在紧锣密鼓地进行，杨武建忙得不亦乐乎。

"能为村民们做点事，苦点累点真的没什么，我也想借这个平台好好锻炼锻炼自己。"杨武建坦率地说，"接下来，我们村也要像军营村一样，成立一家旅游公司，同样是与厦门旅游集团合作，共同来打造白交祠村的旅游项目，光明顶、白柯尖登山步道、村尾溪流瀑布……"

记得有人跟我们说过，相比于留在村庄，离开似乎更为容易。离开似乎是乡村青年必然的出路，区别只是还回不回来。

很多人在小的时候，就有一个军人的梦想。

我们忽然记起高水银，他说："我还有一个儿子，才17岁，正在同安职业技术学校读大专，才大一。我想让他去当兵，他本人也

捌　从军营到白交祠，一路绿韵悠长 ○○○

想当兵，到部队去锻炼锻炼。现在很多人都会选择在大学期间进入部队，成为一名军人。国家也鼓励大学生当兵，因为现在是信息化和技术化的社会，需要综合素质高的军人。大学生入伍是指部队每年从在校大学生和大学毕业生中招收义务兵，报名流程是网上登记、初审初检、体检政审、走访调查、预定新兵、张榜公示、批准入伍。这些情况他全都搞清楚了。"

"现在的年轻人都有自己的想法，我尊重他的选择。"高水银说，"也有人问过我儿子，你一个大学生去当兵，值不值？我儿子理直气壮地说，在某些人看来，当两年兵是'亏了'，但他不这么看。在部队锻炼两年，对人的体魄、人格、意志的磨炼是绝对有好处的，是其他地方所接触不到的，而且这种成长一辈子受用。军营不但能给人以强健的体魄与坚忍的意志，还能给人以独立的人格与人生的理想。他还生怕自己报不上呢，一边刻苦学习，保证文化知识要过关；一边加强体育锻炼，身体健康是最重要的，定时进行体检，及时了解自己的身体状况。"

高水银接着说："我曾经当过民兵营长，送过许多孩子去当兵。当了兵的孩子就是不一样，能吃苦耐劳，有胆识、有毅力、有担当，以后不管他是回乡创业还是出去打工，或者是干别的什么，都会是好样的。"

我们还听说，高水银的儿子有个想法，当兵后回到村里来，像老支书高求来爷爷一样，像防空哨所的老前辈一样，为村里发展尽自己的一份力量，把军营村打造成像南街村那样的全国名村。

高水银只听说过南街村，却并不清楚是怎么回事。高水银赶紧用手机上网查了一下，他要对南街村做比较透彻的了解。南街村位于河南省漯河市临颍县城南隅，紧靠107国道，是一个面积仅1.78平方公里的中原村落。1991年成为河南省第一个"亿元村"，如今南街村是一座充满现代化气息的乡村都市。该村全面坚持党的基本路线，成为社会主义新农村的典范。高水银没想到自己年轻的儿子竟然把南街村当作了标杆。

南街村在旅游资源开发上，突出红色旅游主题，紧紧围绕"红色"二字做文章，一是响亮提出要把南街村建成共产主义小社区，使游客在这里亲身感受共产主义因素的不断增长。二是大力发展公有制经济，实现共同富裕。在这里没有暴发户，更没有贫困户，集体就是村民的靠山，南街村就是一个大家庭，人们梦寐以求的老有所养、壮有所用、少有所教、幼有所育的幸福日子已是活生生的现实展示在游客面前。南街村先后获得了"全国先进基层党组织""全国模范村民委员会""全国文明村""中国十大名村""国家级生态村"等荣誉。有趣的是，在南街高中的教学楼外墙上，有四行巨大的红色字体：傻子种瓜，种出傻瓜，唯有傻瓜，救得中华。其实，这句话是先贤陶行知说的。

陶行知先生是中国著名的教育家，他一生不遗余力推动平民教育，先后创办晓庄学校、生活教育社、育才学校等诸多著名教育学堂。宋庆龄评价道："陶行知堪称'万世师表'。"陶行知一生为中国的教育事业而来，"捧着一颗心来，不带半根草去"。他认为，祖国的强大和民族的振兴要靠每一个中国人脚踏实地努力奋斗，万众齐心协力，祖国才能强大。只有祖国强盛，人口大国变为人口强国，中国人不管走到地球的哪一角，才能昂首挺胸，自信自豪！陶行知还说过："国家是大家的，爱国是每个人的本分。"国家是根，为根部提供营养，才能让树活得更加的强壮，抵挡住风吹雨打。国家最好的"营养"就是人才，人才的培养就是从教育而来。

现在这个时代的年轻人想法很多，很新奇，大人们有时真的弄不懂。年轻人想法很多，世界却很小，有人说是迷茫；年轻人希望

捌 从军营到白交祠，一路绿韵悠长

成为一名共产主义接班人，有人觉得很可笑；还有一种年轻人属于"宝宝心里苦，但是宝宝不说。"叫人一脸懵圈。懵圈也不要紧，大人们最好不要过多干涉年轻人的生活，尊重他们的选择，让他们遵从自己内心的真实想法，走他们自己的路。

高水银对未来的憧憬也许和子女的理想不尽相同，但他们骨子里对家乡的眷恋与期盼是一致的，就像长在高山上的茶树、果树，长成了靓丽的风景。

走出去是一种使命，也是机遇；留守是一种责任，也是情怀。

军营村原村主任高泉国就高兴地告诉我们："我的三个儿子现在有两个走出了军营村，老大还做起了茶叶生意，老三在村里开办了'山里红'农家乐，全家每年收入能有20多万元，生活过得还是很不错的。"

乡村振兴不只是一句口号，而是要让村民真正脱贫致富奔小康。乡村小康能否可持续发展，一个重要因素就是要有年轻人的参与，而对于高山上的军营村、白交祠村来说更是如此。白交祠村党支部书记杨明福和军营村党支部书记高泉阳对此深有同感，两村都在持续发力，继续坚持"山上戴帽，山下开发"，一边大力发展茶叶经济和绿色银行，一边发展乡村旅游，试图通过一系列举措，把两村的发展推上一个全新的境界，吸引年轻人回乡创业，也吸引外面的有识之士来投资兴业。

如今，无论是在军营村还是白交祠村，外出打工的村民已经有一部分陆陆续续回来了，或继续种茶、制茶，农家乐、民宿，投身到乡村振兴的大潮之中。这种"凤回巢"现象已经给两村的可持续发展带来了勃勃生机。

高泉阳激动地说："我们将进一步贯彻落实'两山'理论，持续发展茶业经济、生态旅游、红色旅游产业，带领村民们过上更加美好的新生活。"

尽管我们看到的"留守青年"并不多,但他们却是乡村人才振兴的代表。他们在茶业经济、乡村旅游、种植养殖、餐饮业等行业中追逐他们的梦想,在乡村这片广阔土地上绽放出青春的魅力。

"留守"是一次考验、一次挑战,也是一次机遇、一次历练,更是一种使命、一种担当。

"青年兴则国家兴,青年强则国家强。青年一代有理想、有本领、有担当,国家就有前途,民族就有希望。"伟大的时代孕育伟大的故事。生机勃勃的新时代或许需要当代青年以梦为马、砥砺前行,把个人梦融入中国梦之中,把青春故事融入中国故事之中。广大的农村就像是一位位站在村口遥望远方的老者,他们希望自己的儿女闯荡出自己的广阔世界,可他们也无时无刻不在期待着儿女们回到自己的怀抱。作为远游在外的孩子,或许内心也跟自己守望乡土的亲人一样矛盾。家乡,永远是一杯醇香的酒,令人难忘,惹人思念。可家乡若是没有发展的好门路,青年们又怎敢回去消磨时光?好在党和政府正在想方设法解决这一难题,农村的建设迎来了契机,迎来了希望,迎来了团圆。青年的"留守"是农村的源头活水,注入了活力的同时也带来了诸多先进的元素,未来的农村,或将迎来更多的青年"回归"。

无论是军营村还是白交祠村,我们看到了一群新时代"留守青年"、一群朝气蓬勃的年轻人正在和村庄一起成长。他们有过彷徨,也有过挣扎,但最终回归到一条朝着梦想起飞的正确轨道前行。或许在前进的路上还会遇到各种各样的困难与考验,他们像自己的祖先和父辈那样,坚忍不拔,勇往直前。他们捧出的是青春靓丽,我们能看出故土和原乡才是他们的底色。

尾声

面朝大海，心潮澎湃 ○○○

站在高山村，看到美丽的底色，感受着纯朴的乡情乡愁，我们心潮澎湃。在这里，村民与大自然恶劣环境搏斗，脱贫致富，过上富美生活。

从1949年到2019年，共和国走过70年。中国乡村的巨大变化，两村只是一个缩影，但我们已经看到了腾飞的姿态。

凤凰涅槃，浴火重生。传说当中，凤凰是人世间幸福的使者，每500年，它就要背负着积累于人间的所有痛苦和恩怨情仇，投身于熊熊烈火中自焚，以美丽生命的终结换取人世的祥和与幸福，肉体经受了巨大的痛苦和轮回后它们才能得以重生。垂死的凤凰投入火中，在火中浴火重生，其羽更丰，其音更清，其神更髓，成为美丽辉煌永生的火凤凰。此典故寓意不畏痛苦、义无反顾、不断追求、提升自我的执着精神。涅槃是佛教教义，其为音译，通俗地讲，就是除尽烦恼，达到不生不灭，永久安全和平、快乐宁静的境界。

中华人民共和国的成立，标志着帝国主义、封建主义和官僚资本主义对中国人民反动统治的彻底结束。中国人民从此成为中国社会真正的主人，中华人民共和国从此开始进入新民主主义社会，并向社会主义社会过渡。中华人民共和国的成立，开辟了中国历史的新纪元，改变了中国历史发展的方向，也深刻影响了世界历史发展的进程。特别是改革开放以来，我们这个国家发生了翻天覆地的变化，经济实力大幅增长，人民生活水平显著提高。回首共和国的70年，中国奇迹的背后，是中国共产党领导亿万人民一路跋山涉水、一路砥砺奋进，是无数中国共产党人不忘初心、牢记使命的奉献与担当。

中国的乡村生活是一个错综复杂的社会关系的有机体，展示出丰富多样的区域社会的独特性。中华人民共和国成立70年来，乡村治理与自治走过了一段极不平凡的历史进程，深刻反映了国家与乡村关系的剧烈变动及其转型发展。20世纪50年代初期，为适应中华人民共和国的国家建构与国家治理的社会法权要求，范围广泛的农业合作社运动以及随后的政社合一的人民公社体制的确立，表明国家权力大幅度地延伸到乡村社会治理的各个领域，乡村自治缺乏赖以存在的社会政治条件。1978年，十一届三中全会开启的中国改革开放历史新时期，为乡村治理与自治的转型变革提供了广阔的空间。1982年，《宪法》通过国家根本大法的形式，用政社分开的乡政村治体制取代了"政社合一"的人民公社体制。其后的1987年村民委员会组织法（试行）以及1998年修订后的村委会组织法和2010年颁布的村委会组织法，旨在把乡村自治活动纳入制度化、程序化、法治化的轨道。在新时代，乡村治理获得了新的强大动能。党的十九大提出了"健全自治、法治、德治相结合的乡村治理体系"的战略性任务。2018年的新村委会组织法反映了实施乡村振兴战略背景下深化村民自治实践的法权要求。这充分表明新时代国家与乡村的关系正在经历深刻重塑的过程，乡村治理与自治发展迎来了历史性机遇。

有专家指出，在当代中国，乡村社会治理与法治发展具有自身独特的历史品格，是一个交织着正规化与非正规化的双重治理机理

尾声　面朝大海，心潮澎湃　○○○

的运动过程，其深刻地反映了来自国家规则与制度的正规化机制与渊源于乡土社会法则或法理的非正规化机制之间的对立统一关系。

见一叶而知秋，窥一斑而知全豹。站在高山村，看到美丽的底色，感受着纯朴的乡情乡愁，我们心潮澎湃。在这里，村民与大自然恶劣环境搏斗，脱贫致富，过上富美生活。

军营村、白交祠村巨变的背后，是两村人把科技创新作为转型升级的突破口，用他们的勤劳与智慧把创新名片越擦越亮。恒利茶叶公司是军营村最大的茶叶企业，高树足董事长是土生土长的军营村人，他十分敬重老支书高求来。他感慨地说："老支书把一生的心血都用在军营村的发展上。即使退位了，年岁大了，他仍念念不忘村里的茶叶主业。他多次对我说，我们村的茶叶过去产量少，质量高，价格也高；现在产量高，价格却回落了，这跟质量有关。他打算动员大家重新以传统工艺来制茶，尤其是晚上摇青三次的工序不可少，这样才能提升质量。作为企业老板，他希望我能在这方面发挥大作用。"

军营村、白交祠村的人都知道，摇青是乌龙茶加工工艺中重要的一步，直接影响到茶叶的品质。有经验的茶农告诉我们，茶叶本是恬淡的，是经历了做青才有了馥郁的芳香。做青其实是对茶叶的"折磨"，摇青——等青——摇青——等青，茶叶先是失了水分，凋了光泽，继而又如凤凰涅槃重生，形成金边，泛起暗光。这些不仅是老祖宗留下的制茶技艺，更是中华文明的瑰宝。

茶道如人道，做茶如做人啊。军营村、白交祠村的茶农意识到，关键是要做品质优良的良心茶。

高树足从小耳濡目染，对茶叶有着特殊的情感。这么多年来，他创办的恒利茶叶公司积极推行"公司＋基地＋协会＋农户"的订单农业生产经营模式，每年能为茶农增收360多万元。公司还在军营村建设茶叶体验园，发展观光农业，带动了军营村及周边800多户农户转产增收。高求来仍不时提醒高树足，继承传统，更要开拓创新，质量是企业的立身之本。高树足说："老支书不止一次地建议我对茶树品种进行改良，坚持创新。这是他的一片拳拳之心，我对他充满敬佩和感激。我已经改种金观音、丹桂、单枞，而且已经初见成效，还要大面积推广。相信再过几年，我们军营村的茶叶会有一个量变到质变的飞跃。"

军营村先后获评"一村一品"示范村、中国最美乡村、福建省文明村、福建省生态村、福建省美丽乡村文明建设示范村等称号。如今的军营村里，自然田园风光与古民居、新村相得益彰，人文景观与茶园、梯园相映成趣，经济也逐步走上了发展的快车道。这些都是活生生的事实，于是有人开始飘飘然起来，觉得幸福来得是时候，日子过得很惬意，应该好好享受了。高求来却不这样看，坚持不懈地走"党建富民强村"之路，真正实现"百姓富、生态美"的宏伟目标，军营村人任重而道远啊。

高求来的儿子高水明是厦门一家大型企业的高管，他是军营村走出去的大学生，在外闯荡的成功人士。说到自己的父亲，他激动之情溢于言表。他说："我父亲这个人可以说是几十年如一日，情系乡村，心为村民。不管是在支部书记岗位上，还是退下来之后，他始终不忘初心、牢记使命，保持共产党员本色。他生于斯、长于斯、奋斗于斯，在脱贫攻坚和勤劳致富的路上，一直是基层组织的领头雁，乡亲们的贴心人。尽管他年事已高，仍然在为村里的事而忙碌，在党员群众中树立了金口碑。他永远是我们的骄傲，永远是军营村的旗帜。"

"我算什么喽。"高求来笑着说，"我们军营村是依靠'山上戴帽，山下开发'，才脱贫致富，开启了富美新生活。"

尾声　面朝大海，心潮澎湃 ○○○

人生不言老，奋斗的人生最精彩。这句话用在老支书高求来身上再合适不过了。

人生的道路需要旗帜引领。旗帜是什么？是信念，是榜样，是目标，是方向。

杨孙和是我们在两村采访中见到的有点特别的人。我们正和白交祠村村主任杨武建聊着，风风火火进来一个人，中等个子，肤色黝黑，穿件灰白色制式衬衣，左臂上戴着一个"安全员"袖标格外显眼。

杨武建连忙介绍说："他叫杨孙和，是我们村的副主任。"

杨孙和看出我们一脸诧异，忙解释说："我还是个公交司机。"

村副主任、公交司机，这两个身份放在同一个人身上，总显得有些别扭，甚至把我们搞糊涂了。

杨孙和嘿嘿一笑，说："我过去就是一开车的，开了20多年了。没读多少书，在同安职业技术学校学的汽车驾驶，18岁回到村里就开车。那时没有公交车，又是土路，村民出行很不方便。我就自己凑钱买了一辆小型客车，既可以方便村民，又可以凭本事吃饭。"

杨武建说："我那时上初中，要到山下莲花中学去念书，都是坐他的车。我记得是7元钱一趟，现在坐公交车只要1元钱，老百姓出行方便又实惠，都是国家政策好，有政策补贴给公交公司。"

杨孙和说："过去全是土路，晴天一身灰，雨天一身泥。我是个体户，穿的也不讲究，每天都是灰头土脸，有人戏称我是'土八路'。我跑了十年个体运输，后来我们山上修了柏油路，开通了公交车，我就报考公交司机。"说着，他颇有几分得意地摸了摸"安全员"袖标，接着说，"我是正儿八经考上的，持证上岗。我是这条线路上的第一个公交司机。说实在的，过去干个体，起早贪黑，钱是多赚了点，但累得要死，赚的都是辛苦钱。现在开公交，工资稳定，还有五险一金。刚开始，上山下山的人不多，这里的公交车是一天一趟，早上去，下午回；现在是一天来回四趟；以前一人单边8元，如今只要1元，65岁以上的老年人凭老年证不要钱。现在我们村的人家庭条件好了，90%以上有私家车，但还是有好多人愿意坐公交，他们都是老年人和不会开车的人，觉得公交车既方便又实惠。每次看到村里人坐在我开的公交车上，我心里就特别舒坦。"

杨武建说："我们当村干部的，工资待遇并不高，村主任3000元一月，副主任2700元，村委2500元。这点钱肯定不够支撑一个家庭的开销。我们村干部平常都在村部上班，上班效率挺高的。在干好本职工作的前提下，必须找活干。"

杨孙和口口声声说自己是个开车的人，我们问他开车难不难，他说，对于会开的人来说并不难。可是要想开好一辆车并不容易，汽车往哪里开、开多快，最终是由司机决定的。司机需要永远把安全放在第一位，时刻注意安全，安全问题来不得半点侥幸心理。司机一边把握方向盘，一边注意行人、车辆及交通信号，自己不要去撞其他的人和车，也尽量避免其他车或人撞到自己，作为司机还要照顾好车上的每一位乘客。

一天下午，杨孙和准备驾驶车辆从同安城区返回白交祠村，他在打扫卫生时忽然发现乘客座位上有个背包。他打开一看，里面除了几件衣物，还有一个钱包，装有2600元现金及银行卡等贵重物品。他断定是刚才坐车的乘客不小心遗失的，如果是村民，等一下就会乘车回去，如果是外地游客也许会回来找。可是左等右等都不见失主来找，他只好把包交给公司，并特别交代清楚钱包里的现金及贵重物品。到了第二天，听公司负责人讲，失主是个外地人，昨天晚上急急忙忙跑到公司来，认领了失物，当场拿出500元钱来要感谢

尾声　面朝大海，心潮澎湃

拾金不昧的司机，被公司婉言拒绝了。公司负责人告诉失主："我们的司机都是好样的，是不会要失主任何酬谢的；如果要酬谢，他就不会交公了。"杨孙和打着哈哈，笑着说："知我者，公司也。"

杨孙和家里经济条件并不充裕，爱人身体不太好，不能干重体力活，在家开了一间小卖部，赚点小钱贴补家用。听杨孙和讲，在车上捡到乘客遗失的东西是经常有的，可他从来不动心，千方百计也要找到失主，归还钱物。

杨孙和说："我当村干部、开公交，两不误。我觉得都是为村民服务，这是我的幸运。当司机与做人是一致的，要时刻把握好方向盘，保证乘客安全，还要守住自己的道德底线，不拿群众一针一线，做一个全心全意为人民服务的好司机。"

在厦门同安的高山上，白交祠村与淡溪村等三个村都是好邻居，大家有福同享，有难同当，有资源共享，一同走进美好时光。

群山环抱的淡溪村，整个村子依山而建，号称厦门的"西藏"。人们说，这里颇有布达拉宫的神韵，是个充满仙气儿的小村庄。

金色的阳光、洁白的云雾仿佛给静谧的淡溪村披上节日的盛装。2016年3月1日上午9点半，厦门偏远山村淡溪村敲锣打鼓，鞭炮炸响，礼花绽放。村民们以他们最为古朴而隆重的方式，迎接637路首班公交车进村，结束了该村未通公交车的历史。

同安区交通运输局副局长叶永坚介绍，淡溪村路面狭窄，依山临崖，坡陡弯急，平均坡度达37度。为解决淡溪村村民公交安全便捷出行问题，同安区交通局投资248万元对圳上至淡溪3.1公里的公路进行了改造。挂钩帮扶淡溪村的市、区两级发改部门也多次与市、区交通运输局协调，推进淡溪村道路安保工程的建设。通车的道路路面由原来的5米增扩到约6.5米，山体高落差路段设置了防撞栏、防撞墩，沿线设置了防雨水冲刷的U形边沟、交通标志、标线，并增设涵洞等，以保障山区老百姓坐公交车出行安全。险峻的地形、地势，也极为考验驾驶员的技术。

"视野不好，山路弯曲又狭窄，会车不方便。"637路公交车驾驶员李木时已有10年驾龄，此前也开过山区专线公交。他兴奋地说，637路公交车全程约38公里，其中山区道路约23公里，从祥溪林场开始驶入山区道路时，车子的时速都控制在30公里/小时。据同安公交公司相关负责人介绍，挑选山区线路的公交司机，条件极为严格。"驾龄均为5年以上，安全服务星级在三星级以上，都有山区线路驾驶经验，并经过专业的安全驾驶培训。"同时，637路等山区公交车辆还配备了缓速器、时速控制报警器，车速接近或者超过30公里/小时，GPS就会发出提醒。

全村人欢天喜地，像过节一样，许多村民笑着闹着，争先恐后地走进公交车，好似进了大观园，这里摸摸，那里看看，新鲜又刺激。10时许，满载一车村民的公交车从厦门市同安区淡溪村缓缓开动，驶出了深山，驶向城区。至此，厦门同安111个行政村实现了村村通公交。《人民日报》以"一条公交线富了四个村"为题予以报道。

对于厦门高山村的村民而言，公交的通行让38公里外的同安城区变得不再那么遥远。不仅仅是淡溪村，此次开通的公交线所经过的还有西坑村、军营村、白交祠村，这才打通了最后一公里，把高山上的四个村全部连通了起来。这些村庄都曾是厦门市最边远的山村，也是最贫困的地方；交通一直是制约这些贫困山村发展的主要因素，公交的开通给这些贫困山村带来的不仅是出行的便捷，更是信息的互通及观念的改变。

是啊，像杨孙和这样既凭本事吃饭又为村民服务的人还有很多。他们有头脑、懂技术、有眼光、有情怀，率先脱贫致富，又能带领村民摆脱贫困，共同致富。同时，还尽心尽力去为村民着想，为村

尾声　面朝大海，心潮澎湃

民服务，并乐此不疲。他们是世界上最普通最平凡的人，也许他们身上还有局限与缺陷，还有这样或那样的毛病，但他们都有一颗纯真的心，向上、向善、向美，他们始终相信明天一定会更好。

高山上公交的全面贯通，带动了沿线四个村的快速发展。游客们不禁感叹，昔日名不见经传、锁在"深闺"的高山村，如今已是盘山公路蜿蜒而上，公交车、私家车、农用车、摩托车在山间来回穿梭，这些边远山村也有了城市里才有的"车水马龙"的印迹。是的，正是这一次次的转型和一次次的飞跃，让云雾山庄在新时代的影像中变得更加灵动鲜活，让村民们的创造精神在云蒸霞蔚之中尽显无穷魅力。

为了让贫困山区的村民能"走出去"，2007年以来，同安区财政先后共投入3906万元，购买155辆公交车，投入农村公交线路运营。全区农村公交线路32条，在营公交车135辆，全区所有建制村100%通了公交，基本实现了农村出行公交化。

"对于这里的扶贫而言，给资金不如给一条路。"曾经在莲花镇上工作过的林进柱深有感触地说，"公路对于贫困山村的重要性，相当于血管之于人体，道路通到哪里，哪里就能有发展。"

同安区是厦门市农村面积最大、农业占比最重、乡村人口最多的区，且背山靠海，地形复杂，具有很强的概括性。这不仅为厦门乃至福建提供了可供借鉴与参考的经验，同时也给省外的研究团队和高校提供了范本。2018年7月，南昌大学法学院实践团队在同安选取了军营、后埔、丙洲、顶村、古坑、梧侣和田洋七个村居进行走访。这七个村居各具特色，既有边远山村，也有临海村庄，既有城郊农村，也有工业区周边的村改居，几个村居的发展给实践团队留下了深刻的印象。

南昌大学法学院实践团队负责人吕昕怡说："同安区地形的复

杂性和质量兴农道路的可借鉴性，对我们加深乡村振兴布局下，质量兴农战略的认识具有相当的必要性。"

更重要的是，同安区围绕乡村振兴战略和农村转产增收工作进行了一系列的探索，吸引了该团队的关注。这几年，同安区深入挖掘当地乡村独具特色的自然人文底蕴，因地制宜地以旅游开发、农业发展为重点，探索出了以顶村村为代表的特色农业和乡村旅游相结合的路子、以前格村为代表的"国企+股份合作社+农民"模式、以军营村、白交祠村为代表的党建引领乡村旅游提档升级道路等多个可借鉴发展模式。这年3月召开的同安区委十三届八次全体(扩大)会议上，同安区委、区政府研究制定了《关于实施乡村振兴战略的意见》，生成2018年至2020年同安区乡村振兴项目174个，计划总投资84亿元。

我们欣喜地看到了同安的变化。同安乡村振兴的崭新目标：力争到2020年，农村居民人均收入增速要高于同期GDP和城镇居民收入，乡村振兴取得重要进展，制度框架和政策体系基本形成；到2035年，乡村振兴取得决定性进展，农业农村现代化基本实现；到2050年，乡村全面振兴，农业强、农村美、农民富全面实现。

经过30多年的奋斗，军营村、白交祠村从昔日的贫困山村已经蜕变成富裕、美丽的洁净村落，最具乡村游品质的"中国最美休闲乡村"。时下，他们正在加快步伐建设观光茶园，提升村民生活品质，把两村打造成厦门的"后花园"。军营村从一个脏、乱、差、穷的偏僻山村到生态美、产业兴、百姓富的现代文明示范村。2016年，村党支部获得"福建省先进基层党组织"的光荣称号；现在军营村的茶叶都由茶厂收购，80%出口外销。这几年茶叶价格不是很好，两村就利用各种资源，引导村民大力兴建民宿、农家乐，大力发展乡村旅游。军营村从原来最贫穷的山区村，到现在成为新农村建设的典型村。现在军营村的财政收入在莲花镇十几个行政村中名列前茅，人均纯收入达到了 25035 元。

白交祠村全村山地面积 1.29 万亩，耕地面积 1100 亩，茶园 3500 多亩，公益林面积 3000 亩。近年来，白交祠村坚持"山上戴帽，山下开发"不动摇，在茶园套种东魁杨梅、水蜜桃、金橘、砂糖橘等共计 300 多亩。村民收入来源主要靠茶叶生产加工、一村一品"白交祠地瓜"种植和外出务工经商。随着来村高山党校教学点的党员干部培训、农家乐、民宿以及来村乡村旅游购买农产品等收入，2018 年村民人均纯收入 25002 元。

高泉阳高兴地告诉我们，带着新的使命，军营村党支部确立了以党建为引领，整合资源引进外力，持续推进党建富民强村工程，推动乡村旅游进入品牌提升、产业融合、乡村振兴的新阶段。在党建引领下，随着旅游事业的蓬勃发展，走进新时代的军营村，也将拥有更加灿烂的未来。

杨明福则一再表明，我们一定要继续走"山上戴帽，山下开发"的道路。村党支部进一步做好抓党建促发展，带领全体村民创新思想，以乡村振兴战略为契机，以发展乡村旅游为抓手，把"云雾山庄"绿水青山打造成金山银山，打造成更加富美的新农村。

在军营村、白交祠村，到处都能看到许多宣传栏宣传画，那上面的一帧帧照片一张张图画，与青山绿水、云雾山庄相映成趣，在村民们的谈吐中和笑脸上，构成了一幅幅日新月异的壮丽画卷。那是两村从"输血"到"换血"再到"造血"，艰苦奋斗、摆脱贫困、建设全面小康社会的真实记录；两村 70 年间翻天覆地的变化，也是共和国 70 年乡村振兴脱贫致富奔小康的一个缩影。军营村、白交祠村的华丽转身正是不忘初心、久久为功精神铸造的又一段传奇。

同安区委党校相关负责人说，同安区在高山党校三年办学取得初步成效的基础上，推出"初心之路"现场教学路线，并将开发特色精品课程，努力打造成具有全国影响力的党员人才培训基地。

同安区委党校沈丽英老师介绍，"初心之路"设计了15个现场教学点，其中重点打造白交祠村口、军营村柿子林、九龙溪、军营村部等。目前重点打造的10个现场教学点，除了高山党员政治生活馆在建外，其他的教学点均可参观，并配置有工作人员进行讲解和点评。

2019年9月1日，同安区在位于莲花镇军营村和白交祠村的高山党校举办了"初心之路"媒体采风活动，向各界展示山村30多年来的巨变和乡村振兴战略实施以来的成效，同时公布了"初心之路"15个高山党校现场教学点。

2019年11月12日上午，位于同安区军营村、白交祠村的高山党校喜气洋洋，福建省委党校、福建行政学院与同安区共建现场教学基地合作协议签署及授牌仪式在这里举行。

据悉，同安高山党校从2016年挂牌成立以来，共举办了270个培训班，培训学员13500多人次，辐射吸引20多万名党员群众学习考察，有效推动新思想传播入脑入心，2018年带动两村村民人均纯收入双双突破2.5万元。

"金点子多了，人气旺了，钱袋子鼓了。"同安区莲花镇党委书记庄毅兴奋地说，随着党校办到高山上，教授请到家门口，带来很多发展新理念，让身处偏远山村的村民也能接触到最新的思想和经营理念，又带动两村发展。2019年两村人均纯收入预计将突破三万元。

我们重温一个个重要历史时刻,面朝大海,心潮澎湃；触景生情,感慨万千。在这片土地上，每个人都满怀期待和梦想，迈出新的步伐。这是一个充满希望的国度，这是一个生机勃勃的时代，在每个人向

尾声 面朝大海，心潮澎湃

着未来出发中，中国也满怀自信，奋力生长。一切都是那么纯真和新奇，一切都是那么和谐美好。

历史的镜头又回放到 1985 年，习近平同志来到福建厦门，担任市委常委、副市长。1986 年、1997 年，他先后两次到军营村和白交祠村访贫问苦。经过细致调研，针对山村发展的实际，他因地制宜提出"山上戴帽，山下开发"的发展思路，即"山上植树造林，山下种果种茶，发展多种经营"。这一思路，指导军营村和白交祠村走出一条生态建设与脱贫致富有机结合的绿色发展之路。如今，这两个村子都由穷乡变富壤，山上造林"戴帽"4100 亩，山下发展茶园 6000 多亩，打造"一村一品"。近五年，两村农民人均纯收入接近翻两番。

同安区委党校常务副校长叶文彬说，军营村和白交祠村与陕西延安的梁家河、福建宁德的下党、浙江湖州的余村一道，是当代中国具有特殊意义、讲述初心故事的村庄。

国务院扶贫开发领导小组办公室主任刘永富介绍，2018 年、2019 年贫困县摘帽处于高峰期，它是一个自然发展的过程。因为脱贫攻坚从 2013 年、2014 年开始，中央是 2015 年底发的文件，也就是六年的时间。经过这几年的努力，贫困县逐步都具备了脱贫摘帽的条件。全国 832 个贫困县，少数条件较好的县在 2016 年、2017 年率先摘帽，2018 年预计有 280 个左右的县达到脱贫条件，到了 2019 年可能就是 330 个左右，剩余最困难的县是少数，将在 2020 年实现所有贫困县脱贫摘帽。

脱贫攻坚是习近平总书记心里最牵挂的一件大事。他指出："中国共产党人的初心和使命，就是为中国人民谋幸福，为中华民族谋复兴。"

船到中流、人到半山，尤需勇立潮头、奋勇搏击。军营村和白交祠村正以"敢教日月换新天"的昂扬斗志，守住"两不愁、三保障"的底线，坚持精准方略，持续精准发力，同全国人民一道迈进全面小康社会。